中国古典诗词

名家菁华赏析丛书

豪放词赏析

王建忠 主编

商务印书馆国际有限公司

中国·北京

图书在版编目（CIP）数据

豪放词赏析 / 王建忠主编 . — 北京 ： 商务印书馆国际有限公司，2021.9
（中国古典诗词名家菁华赏析丛书）
ISBN 978-7-5176-0848-6

Ⅰ . ①豪… Ⅱ . ①王… Ⅲ . ①豪放派—词（文学）—诗歌欣赏—中国 Ⅳ . ① I207.23

中国版本图书馆 CIP 数据核字（2021）第 167424 号

HAOFANG CI SHANGXI
豪放词赏析

主　　编	王建忠
出版发行	商务印书馆国际有限公司
地　　址	北京市朝阳区吉庆里 14 号楼 佳汇国际中心 A 座 12 层
邮　　编	100020
电　　话	010-65592876（编校部） 010-65598498（市场营销部）
网　　址	www.cpi1993.com
印　　刷	三河市紫恒印装有限公司
开　　本	710mm × 1000mm 1/16
字　　数	310 千字
印　　张	19
版　　次	2021 年 9 月第 1 版第 1 次印刷
书　　号	ISBN 978-7-5176-0848-6
定　　价	39.80 元

总 目

说　明

一、本书选取历代不同风格的豪放词 94 首。

二、所收词作以《全宋词》等权威版本为底本，同时参考其他版本。

三、所收词作按照创作年代的先后顺序排列。

四、词作以作者分类，词作原文前有作者简介，内容涉及词人的生卒年、名号、籍贯、主要仕历或人生经历、代表作品、创作特点、他人评价或在文学史上的地位等。

五、词作原文后列有对一些难解字词、生僻字、历史词、方言词、古地名、出典、重要事件等的注释。

六、每首词都设有题解，内容包括诗词类型、写作背景（或人物关系）、思想内容以及其他需要交待的内容等。

七、每首词都有赏析，主要阐述词作所蕴含的文学性和思想性，对于比较难懂的词，一般有逐句翻译式的串讲，有名句的，大都给予点出。

八、本书使用简化字和现代汉语标点，在可能有歧义时，酌用繁体字或异体字。

九、行文中涉及的年份，一般用旧纪年，在其后括注公历纪年，“年”字从略。

十、行文中如涉及与今地名不一致的旧地名时，在旧地名后括注今地名或其归属地。

序

王建忠

词是中华民族优秀传统文化所独有的一种文体，又称“乐府”“长短句”“诗余”“琴趣”等。词萌芽于隋唐之际，与燕乐的盛兴有关（一说萌芽于南朝），形成于中晚唐，兴盛于两宋，衰落于金、元、明，复兴于清代。

词萌芽之初，原是合乐歌唱的诗体，故亦称作“曲”“杂曲”或“曲子词”等。随其发展，后依照一定的乐谱声律节拍而写新词，便称之为“填词”或“倚声”。再后来，依照前人作品的字数、句数、声律、韵律等而“填词”。此时，词方与音乐分离，成为一种句子长短不齐、形式如格律诗的独有文体。词有许多不同的词调，每种词调各有特定的名称，这就叫词牌，如《西江月》《如梦令》等。不同的词牌，其段数、句数、韵律，每句的字数、句数、声律等，均有各自的规则，填词时必须严格遵守。词按乐调上的变化，又可分为小令（58 字以内）、中调（59—90 字）和长调（91 字以上）。

可以说，词之肇始，其文脉依然源于《诗经》和《楚辞》的现实主义传统。因为词是表现苦难幽怨、凄凉愤懑之情的（当然也有抒写歌功颂德、淫逸享乐等其他内容的）。唐五代时期，闺怨、春愁、离情等题材的词作蔚为大观，李白、张志和、刘禹锡、白居易等一大批词家先后涌现，再加之以晚唐词人温庭筠为鼻祖的“花间词派”和以李璟、李煜为代表的“南唐词派”的推波助澜，形成了一股波澜壮阔的词坛新景。

到了宋代，时代为词之兴盛又创造了极好的契机：外忧与内患、入侵与偏安并存。国家不幸词家幸，怒涛排空，宋代词潮便汹涌而至，使得词这种文学形式达到了思想内容和艺术成就登峰造极的高度，形成了“婉约派”和“豪放派”相对举的两大词派（此说因明人张延有“少游多婉约，子瞻多豪放”之语而得名）。

豪放派由北宋著名词人苏轼所开创，经南宋词人辛弃疾发展而推向高潮。此派词人多有强烈的政治热情、豪爽的英雄本色，胸怀坦荡，抱负远大，故能突破“词为艳科”之藩篱，凡抒情、状物、记事、说理、怀古、感旧等，无事无意不可入词，开拓了词之题材领域，又敢于突破格律束缚，“不喜裁剪以就声律”，畅所欲言，直抒胸臆。语言流丽而畅达，情感激烈，气势磅礴，意境雄奇阔大，风格豪迈奔放，给人以波澜壮阔之感，把词引向了更为健康、广阔的道路。苏轼之《念奴娇·赤壁怀古》《水调歌头》（明月几时有）等与辛弃疾之《破阵子·为陈同甫赋壮词以寄之》《永遇乐·京口北固亭怀古》等为其代表作。当然，婉约派词人亦有一些极有特色的豪放之作，如柳永之《望海潮》（东南形胜）、《八声甘州》（对潇潇暮雨洒江天）、《鹤冲天》（黄金榜上）等和李清照之《渔家傲》（天接云涛连晓雾）等。

词衰落于金、元、明，复兴于清代。清代的吴伟业、朱彝尊、纳兰性德等词家，又把词推向了一个仅次于宋代的高度。

鉴于以上内容，我们兼顾传统之二分法，编写了这本《豪放词赏析》。在编写中，着重突出了以下几点：一是选篇的典型性。书中所选的100首词，皆是久经检验、极富豪放特色又具有代表性的脍炙人口之佳作。亦有一些大多读者较为陌生但其思想性、艺术性皆为上乘的豪放词作。二是鉴赏的深刻性和新颖性。书中鉴赏皆紧扣原作，语言精练，准确、生动、形象；见解独到，富有创新，旁征博引、睿智洞见之中又不乏厚重、犀利。一些典籍或文章中回避、解释不清或有意略过的问题，在本书中皆有明确的解释、观点或看法。三是书中鉴赏，具有极为鲜明的时代特征。既有政治方面的，又有科技和文化方面的，易为广大读者，尤其是青少年朋友所接受。

由于时间、水平所限，本书纰漏在所难免，期待广大读者批评指正。

目 录

李　白

李白（701—762），字太白，号青莲居士，唐代诗人。他的诗歌想象奇特，充满浪漫色彩，语言清新自然，有“清水出芙蓉，天然去雕饰”之美，在中国文学史上产生了巨大的影响，有“谪仙”“诗仙”之美誉。他写作的《菩萨蛮》词，被称为“百代词曲之祖”。安史之乱爆发后，他因为参加了永王李璘之变而被流放夜郎，中途遇赦，最后病死于当涂。

忆 秦 娥

箫声咽①，秦娥梦断秦楼月②。秦楼月，年年柳色，灞陵伤别③。　乐游原上清秋节④，咸阳古道音尘绝⑤。音尘绝，西风残照，汉家陵阙⑥。

注　释

① 咽：呜咽，形容箫声悲凉低沉。

② 秦娥：相传是秦穆公的女儿，名曰弄玉，嫁给萧史为妻，他们所居之楼称为秦楼。秦娥在这里泛指长安女子。

③ 灞陵：汉文帝的陵墓，在陕西西安东，旁边有一座桥，名曰灞桥，唐代时多在这里饯别。

④ 乐游原：长安城中地势最高的地方，登之可观全城。清秋节：重阳节，农历九月初九。

⑤ 音尘：声音和踪迹，引申为音信。

⑥ 陵阙：皇帝的陵墓。阙：陵墓前的牌楼。

乐游原上清秋节

题　解

忆秦娥是词牌名，世传唐代诗人李白首制此词。这首词以女子的口吻表达对爱人的思念，其情凄苦哀婉。词的上片写女子在一个明朗月夜被呜咽的箫声惊醒，好梦被打断，醒来只见凄凉的月色，杨柳依依，想起和爱人在灞陵分别时的离愁别绪，渲染了寂寞凄凉的氛围。词的下片写女子登上乐游原，看到爱人当初离开时走的咸阳古道，一片沉寂，丝毫没有消息传来，秋风萧瑟，夕阳残照，只有眼前的陵墓楼阙静静矗立着，将女子的孤独无望的心境展现得淋漓尽致。整首词意境开阔深远，下片的结尾两句和上片的结尾两句前后照应，从简单的怀念爱人上升到怀古伤今，无愧于"百代词曲之祖"的评价。

赏　析

这首词和《菩萨蛮》同被誉为"百代词曲之祖"，意境雄浑，境界博大，有豪放之气，实冠古今。

此词可分上、下两片。

词的上片，着重于伤别。

"箫声咽，秦娥梦断秦楼月。"开篇两句，词人通过景色描写人物内心的活动：悲凉、呜咽的箫声，把秦娥从梦中惊醒。此时，只见那秦楼之上，正高悬着一弦明月。这里，词人实则写了两个不同的场景：一个是将秦娥从梦境中惊醒的悲凄箫声和高挂中天的一弦明月，把怀人之意蕴含其中；一个是"梦中"之情景，定然是她与情人相欢正酣、尚未尽意之时，就被那可恨的"箫声"所惊扰，醒来时唯有那秦楼之上的一弦明月。"梦断"二字，把秦娥"梦里还相送"和"半日才知是梦"（南宋·辛弃疾《清平乐》）的无限伤感写了出来。"秦楼月"这一实景，更写出她似还沉浸美梦之中、可眼前只有那冰冷的残月相陪伴之情景，通过梦中和梦醒情景的反衬，把秦娥内心由喜极到悲极的无尽凄楚淋漓尽致地描写出来。

"秦楼月，年年柳色，灞陵伤别。"这三句，是秦娥的心理描写：那秦楼之上的明月，使她想到每年桥边青青的柳色，思念起那灞陵桥上凄怆的离别。"柳色"

二字，象征着离别，缀上“年年”二字，更见别后之凄伤。“灞陵”二字，点明送别之地点，那情那景，如在眼前。“伤别”二字，直接点题，更见秦娥之凄苦。

词的下片，着重于感伤。

过片二句，词人撇开先前的描写主体——“秦娥”，而将自己直接融入词中：我遥望那乐游原上，即使重阳佳节亦是一片冷落、凄凉；只见那通往咸阳的古道之上，此时早已音信全无。这里，词人脱开个人的悲欢离合，由“乐游原上清秋节”写起，想到“咸阳古道”，产生了一种深重的历史之忧：赫赫的秦、汉王朝的遗迹——“咸阳古道”，也如汉代陵墓一样，阒然无声。词人把对历史和现实的反思融入其中，以“乐”衬哀、以辽阔之“咸阳古道”衬托“音尘绝”之现实，把词人“大道如青天，我独不得出”（李白《行路难》三首之二）的悲苦蕴含其中。

词末三句，词人描写眼前之景：与咸阳古道音信断绝相同的是眼前之景，西风轻拂着夕阳的光照，只有那汉朝留下的陵墓和宫阙。这里，词人用一种历史消亡的场景，表达了内心的哀伤和对历史深沉的反思。

此词手法高妙，意旨深厚。词人用托人、写己和景情反衬之手法，表达了对历史深重的反思和自己有志难伸的悲苦，手法巧妙，境界阔大，确为宏妙、浑厚之作。

张 志 和

张志和（732—774），字子同，唐代诗人。少有才华，因获罪而被贬，随后归隐江湖，自号“烟波钓徒”。善于写歌词，能书会画，可以击鼓吹笛。作品大多数描写隐居田园的闲淡生活。

渔 歌 子

西塞山前白鹭飞①，桃花流水鳜鱼肥②。青箬笠③，绿蓑衣④，斜风细雨不须归。

注 释

① 西塞山：在今浙江湖州西南。
② 鳜（guì）鱼：即桂鱼，肉味鲜美。
③ 箬（ruò）笠：用箬竹叶或竹篾编成的斗笠。
④ 蓑衣：用草或棕编织的遮雨的衣服。

题 解

这首词意境优美，清新自然，前两句点明了地点在西塞山，季节是春季。词中写到青山、白鹭、桃花、流水、鳜鱼、箬笠、蓑衣等意象，色彩明净，共同组成了一幅恬淡优美的江南画卷。渔人在如此美妙的环境中垂钓，怡然自得、悠闲自在地享受着生活。白鹭鸟是闲适的象征，这首词寓情于景，借秀丽的自然风光和渔人的闲适生活，表现了词人对悠闲自在生活的美好向往。张志和是一位优秀的山水画家，他笔下的这首词极具画意，寄寓了其热爱自由、热爱自然的情怀。

赏 析

这首词把词人热爱自然、追求自由的情怀，融入对秀丽的水乡风光和理想化的渔人生活的描写之中。

起笔两句，词人勾勒出一幅秀美的江南风景画面：西塞山前，白鹭在自由自在地飞翔，江岸边的桃花正在盛开，江中春水初涨，水中的鳜鱼十分肥美。“西塞山前”，点明了词人所写景致的地点。“白鹭”，是人们常称为鹭鸶的水鸟，以其腿和脖子修长为特征，姿态优美，这里是闲适、自在的象征。“白鹭飞”三字，勾画出渔人垂钓的恬静、优美的环境，衬托出渔人的悠闲、自得。“桃花流水”，点明了时间，此时正是江南二三月间，桃花盛开，天气和暖，雨水亦颇丰沛。几场春雨之后，江水自会上涨，逆水而上之鱼群便多了起来。“鳜鱼肥”三字，正是对这种情景的形象描绘。而这种嘴大鳞细、味道鲜美的“鳜鱼”，也正是渔人的极爱。着一“肥”字，更加描写出鱼之肥美及令人喜爱。这样，“桃花”和“流水”相映成趣，“鱼”白“桃”红，写出了湖光山色之美，渲染出一个恬静、幽美的生活环境，有一种“白鹭行时散飞去，又如雪点青山云”（唐·李白《泾溪东亭寄郑少府谔》）和“桃花流水窅然去，别有天地非人间”（唐·李白《山中问答》）的自然、娴适之美。

“青箬笠，绿蓑衣，斜风细雨不须归。”词末三句，是渔夫风雨之中垂钓的形象描写：渔翁头戴着青色的箬笠，身披那绿色的蓑衣，冒着斜风细雨，乐然悠然地垂钓，根本就用不着回家。“青箬笠，绿蓑衣”，十分真切地描写出渔夫垂钓之中的衣着打扮。“斜风细雨”之中，他神态自若，十分愉悦。“不须归”三字，把那种“临溪而渔，溪深而鱼肥”（北宋·欧阳修《醉翁亭记》）之快意写了出来。词末三句，将渔人恬淡、愉悦的心情和富有诗情画意的自然之美融为一体，描绘出一幅令人神往的艺术画面，将词人对渔人悠闲自在生活的向往之情融入其中。

这首词语言生动、优美，意境清新、美妙。词人用动人的笔触，通过“山”“水”“花”和“白鹭”的优美之景和“斜风细雨”之中的“青箬笠”“绿蓑衣”的渔人形象的描绘，把一种“出淤泥而不染”（北宋·周敦颐《爱莲说》）的淡泊和清纯之志融于词中，给人一种美的艺术享受，从而使此词成为千古名篇。

毛 文 锡

毛文锡（生卒年不详），字平珪，高阳（今属河北）人，十四岁进士及第。是五代前蜀后蜀时期的大臣和词人，所作多为宫廷游冶之词，成就不高，却深受后蜀君主的赞赏。

甘 州 遍

秋风紧，平碛雁行低①，阵云齐②。萧萧飒飒，边声四起③，愁闻戍角与征鼙④。 青冢北⑤，黑山西⑥，沙飞聚散无定，往往路人迷。铁衣冷，战马血沾蹄，破蕃奚⑦。凤凰诏下⑧，步步蹑丹梯⑨。

注 释

① 碛（qì）：不生草木的沙石地，沙漠。
② 阵云：浓重厚积如战阵的云。
③ 边声：边关的各种声音，指号角、马嘶、风吼等声音。
④ 戍角：号角声。征鼙（pí）：出征的鼓声。
⑤ 青冢：汉代王昭君的陵墓，在今内蒙古呼和浩特南。
⑥ 黑山：今内蒙古和林格尔以北，又名杀虎山。
⑦ 蕃奚：指我国西北方的民族。
⑧ 凤凰诏：皇帝的诏书。
⑨ 蹑（niè）：登。丹梯：古代宫殿前用红色涂饰的石阶。这里指登上朝堂，身居要职之意。

题 解

这是一首描写戍边将士在艰苦的边关抗击敌人保家卫国的词。词中写到秋风飒飒，浓云密布，沙漠中的大雁低飞着，边关的戎马声、号角声、战鼓声交织在一起，引起征人几多愁。寥寥几笔勾勒出边疆阵地的紧张氛围。“青冢”“黑山”点出战争的对象和地点，飞沙迷人眼，冰冷的战甲，马蹄上沾染着敌人的鲜血，既可见环境之恶劣，又可见战争之激烈残酷。将士们最终打败了敌人，赢得了胜利，昂首接受朝廷的封赏。这首词的格调苍凉豪迈，语言雄浑慷慨，读之令人精神振奋，堪称佳作。

赏 析

这是一首边塞词，是唐末五代词人毛文锡所作。词人通过对边塞荒寒之景和酷烈的战争场面的描写，把边塞将士不畏艰苦、浴血奋战、英勇杀敌的精神面貌生动、形象地表现出来，给人一种莫大的鼓舞力量。

这首词可分为上、下两片。

词的上片，着重描写边塞的景象和场面，做到了融情入景。

“秋风紧，平碛雁行低，阵云齐。”起笔三句，词人直写边塞之景：边地之上，秋风正紧，沙漠中正有大雁向南飞去，在那天地相接之处让人感到大雁飞得很低，那战阵绵延如云，排列得十分整齐。“秋风紧”三字，既是写景，又点明了时间。“平碛”二字，既描写出景色特征，又巧妙点明了地点。“阵云齐”三字，既描写出战阵之壮观，又巧示了事件，让人感受到紧张的战争气氛。尤其是“紧”“低”“齐”三字，用字精妙、准确，将“风”“雁”和“阵”之特征极形象、准确地描写出来，有一种如临其境之感。

“萧萧飒飒，边声四起，愁闻戍角与征鼙。”这三句描写边地之声：大漠中各种声音响起，边地那战争的声音也四处响起，征人在愁苦中亦听到了戍边的号角声和征战的鼓声。词人用“萧萧飒飒”四字，来描摹“四起”的“边声”，有自然界中的风声、雨声、虫鸣声等等声音，亦有边地人事活动之中的马嘶之声、人喊人叫之声等等声音。词人以声写景叙事，给人一种惊心动魄的战争氛围，同时在凄寒中有一种“杀气三时作阵云，寒声一夜传刁斗”（唐·高适《燕歌行》）的生死鏖战之气和悲壮之气。在层层的“边声”“戍角”和“征鼙”的渲染之中，词人又着一“愁”字，化无形为有形，把征士厌恶战争但又不怕战争及尽快结束战争的复杂心理描写了出来。这里的“愁”，不是发愁，而是“恨愁”，有一种顽强、勇敢、不屈不挠的斗志蕴含其中。

词的下片，着重描写征戍生活的艰辛。

过片四句，描写戍地环境的恶劣：青冢的北面，黑山的西面，常常是飞沙时起时落，让行人也能迷路。词人用“青冢”和“黑山”代指边地环境之多变和险恶。“沙飞聚散无定”更是具体的描写。“路人迷”是衬托的写法，指熟悉路径之人尚且迷路，其他人就更不用说。

词末五句，描写战士们的英勇及胜利的情景：战士们穿着冰冷的铠甲，战马的蹄子上沾染着敌人的鲜血，而蕃奚也最终被攻破。皇帝下诏，勇士们踏着丹梯准备受赏。这里，词人具体描写了壮烈的征战情景，一“冷”一“沾”一“破”，突出了将士们不畏艰辛、英勇杀敌、取得胜利的过程。“蹑丹梯”写出他们理应受到表彰、封赏和尊崇。这几句用语精妙，突出了旨意。

敦煌曲子词

《敦煌曲子词集》是一本人们在敦煌发现的民间词曲的总集。它的内容广泛，形式活泼新颖，风格多样。收录敦煌卷子中清理的唐五代词曲一百六十一首。上卷为长短句，中卷为唐人写本《云谣集杂曲子》，下卷为乐府。是目前研究敦煌词的重要参考资料之一。

生　查　子

三尺龙泉剑①，匣里无人见。一张落雁弓②，百只金花箭。　为国竭尽忠，苦处曾征战。先望立功勋，后见君王面。

注　释

① 龙泉剑：古代传说中的宝剑。
② 落雁弓：代指良弓。和下句的“金花箭”，都是弓箭的美称。

题　解

这首词中塑造了一位爱国将军的形象。词的上片写龙泉宝剑和精美的弓箭，用这几种武器侧面描写人物。将军这一形象虽没有直接出场，但他威武的身姿和超群的武艺却跃然纸上。词的下片直接抒情，表达了将军渴望为国效力、征战戍边、建功立业的豪情壮志，这种豪情壮志其实也是词人自己内心中的渴望。整首词的语言直白浅显，基调乐观向上，和爱国将军豪爽直率的性格相契合，轻松地为我们勾勒出一位性格率真、伟岸豪迈、英武过人的将军形象。

赏 析

这首敦煌曲子词是一首赞颂爱国将军之词，是以爱国将军的口吻来写的。将军以藏锋未露的宝剑自比，抒发了为国尽忠、建立功勋的雄心壮志，洋溢着爱国主义的乐观情调和英豪之气。

这首词可分为上、下两片。

词的上片，通过爱国将军所佩剑、弓，塑造了将军武艺超群、威武不屈的形象。

起笔二句，词人直写宝剑之非同一般：我有三尺龙泉宝剑，一直藏于剑匣之中，不曾给人看见。词人乍一落笔，就以将军的口吻，把读者的视线聚焦于“三尺龙泉剑”上。这把古代传说中的宝剑，据传是用龙泉的水铸作而成（见《太平寰宇记》），剑曾化龙而飞去，故而称“龙泉剑”。“匣里无人见”，更显出这把剑的极为罕见。起首这二句，以剑衬人，有一种“剑戟横空金气肃”（南宋·吕定《扈驾》）的英雄之气。

“一张落雁弓，百只金花箭。”这两句写将军的弓和箭：我有一张虚发就能落雁的良弓，以及百只雕着金花的箭。我的宝剑、弓箭皆是用来报效国家的。“落雁弓”三字，采用夸饰的手法，写出此弓的威慑之力。“金花箭”写出“箭”亦非寻常之箭。这样，词人巧妙地通过将军自述的“龙泉剑”“落雁弓”和“金花箭”，使读者感受到将军的威武雄姿和超群的武艺，一个英气勃勃、威风凛凛的将军的高大形象展现在我们眼前。

词的下片，着重通过爱国将军的精神风貌，来揭示他极为感人的精神世界。

过片两句，是将军自述心志：从军以来，我为了国家竭尽忠心，曾参加过无数次艰苦卓绝的战斗。上句表达了将军“精忠报国”“报国行赴难”（唐·崔颢《赠王威古》）、“报国之心，死而后已”（北宋·苏轼《杭州召还乞郡状》）的雄心壮志。着“竭”“尽”二字，更见出将军“投死为国，以义灭身”（汉·曹操《让县自明本志令》）的坚定决心。

词末两句，是将军的心愿：我一心想着要立下显赫的功勋，在建功立业之后再去觐见君王。这里，写得实实在在，极为动人。“先”“后”二字，用字质朴，有一种“士当以功名闻于世”（北宋·苏轼《宝墨堂记》）之朴实和“报国心皎洁”（唐·韩愈《龌龊》）之纯美。

这首词语言浅显朴实，手法巧妙，词旨深厚。全词以将军自述的角度来写，真实、真切，极为感人。通过自述，让读者既看到将军高大威武的英雄形象，又感受到将军纯朴的内心世界，给人一种强大的爱国主义精神的感召力量。

范　仲　淹

范仲淹（989—1052），字希文，祖籍邠州，后迁徙苏州吴县（今属江苏），北宋初年著名的政治家和文学家。大中祥符八年（1015）进士。官至枢密副使、参知政事，因秉公直言而多次遭受贬谪。曾镇守陕西边陲，使得西夏不敢犯。谥号“文正”，世称范文正公。著有《范文正公文集》。

渔　家　傲

塞下秋来风景异[①]，衡阳雁去无留意[②]。四面边声连角起[③]，千嶂里[④]，长烟落日孤城闭。　浊酒一杯家万里，燕然未勒归无计[⑤]。羌管悠悠霜满地[⑥]，人不寐，将军白发征夫泪。

注　释

① 塞下：边塞要地，这里指西北边疆。

② 衡阳雁去：相传大雁南飞时，飞到湖南衡阳的回雁峰，就不再往南飞了。

③ 边声：边关的风声、羌笛声、马嘶声等。角：画角，军队中的一种乐器。

④ 嶂：高而险峻的山峰。

⑤ 燕然未勒：这里指战争还没停歇，功业未成。典出《后汉书》，东汉将军窦宪大破匈奴后，登燕然山，勒石记功。勒：刻。后来用燕然勒石指功臣名将建功立业。

⑥ 羌管：羌笛，古时西北方民族的一种乐器。

题 解

这首词是词人镇守西北边疆的感怀之作。词的上片侧重于写景，写了边疆的秋季风景和内地大不同，借大雁飞到衡阳回雁峰就停止，表现远在边疆的词人对家乡的思念之情。战地生活如此艰苦，一座孤城在长烟落日中紧闭着，戍守在边关的将士们想回到家乡，可惜家乡远在万里之外。词的下片侧重于抒情，敌人未破，何以还家？喝下一杯酒，在悠扬的羌笛声中，白了头发的将士彻夜难眠，流下思念的眼泪。这首词并不是意志消沉之作，词中表达了戍边将士思念家乡却无法归乡的愁思，和保家卫国的豪情并不矛盾，于思乡中饱含着报国立功的豪情，悲凉中饱含着深沉的英雄气概。

赏 析

这首词是北宋词人范仲淹的代表作。通过描写边地战士的艰苦，表达了词人破敌立功的决心和思念家乡的矛盾心情，读来悲壮苍凉，被欧阳修称之为“穷塞主之词”。

这首词可分为上、下两片。

词的上片，着重于写景。

起首二句，词人描写西北边陲之地的秋景：眼看秋天到来，西北边塞的风光显然和江南风光大不相同。头顶的大雁又飞到南方衡阳去了，竟然一点也没有停留的意思。词人乍一起笔，就落下“塞下”二字，点明了地点，说明了词之内容——边塞词。“秋来”，点示了季节。“风景异”，概写出边塞与内地之“异”在于“风景”，给读者留下广阔的想象空间。着一“异”字，既写出词人作为南方（苏州）人的敏感，也含有词人的惊异之意。“衡阳雁去无留意”，采用拟人手法，抓点带面，极写边地的荒寒之景，连大雁也没有留恋之意。笔力刚健而有力，亦不乏生动之感。

“四面边声连角起。千嶂里，长烟落日孤城闭。”此三句，描写边地傍晚之景：黄昏时分，军中号角催吹，周围的边声也随之而起。在那层峦叠嶂之中，暮霭沉沉，山衔落日，孤零零的城门紧闭。“边声”二字，概括力极强，把边地风号、马嘶、笳鸣、角响等各种声音皆含其中。正如李陵《答苏武书》所云："侧耳远听，胡笳互动，牧马悲鸣，吟啸成群，边声四起。""千嶂"二字，状写出高而险之山峰林立之景。"长烟落日"，使人自然想到"大漠孤烟直，长河落日圆"（唐·王维《使至塞上》）的壮阔之景。"孤城闭"三字，更是景中蕴意，隐隐透出不利大宋朝廷之形势，反映出宋朝居于守势的军事力量之薄弱：一到黄昏，就关闭城门。这就把词人的忧虑之情蕴含其中，为下片的抒情做了很好的铺垫。

词的下片，着重于抒情。

过片两句，是词人自抒心曲：饮一杯浊酒，我不由得想起万里之外的亲人；可是，眼下外患未平，功也不成名亦不就，又怎么能半途而废呢？！这里，"一杯"与"万里"形成对比，表达出词人难以消除的思乡之情。"未勒"二字，表达出词人战胜敌人、收复失地的决心，有一颗滚烫的爱国之心融于其中。

词末三句，描写夜景而抒情：远方传来羌笛的悠扬之声，天气寒冷，军营里早已结满寒霜。夜深人静，我还不能安睡，操持军务，我和士卒们一样发白泪落。"将军"一句用互文的手法，真实地描写出将士思乡、爱国之情。借景写情，有一种苍凉而悲壮的豪放之气，十分感人。

这首词写景苍凉雄浑，抒情悲壮深沉，情景交融，开创了宋代豪放词、爱国词的崭新领域。

柳　永

柳永（约987—约1053），字耆卿，原名三变，因为排行第七，又称柳七，崇安（今属福建）人。他通晓音律，长于慢词。后因为屡试不中，于是专心填词。他的词主要描写下层百姓男女之间的感情，展现了都市的繁荣和社会的太平景象，对宋词的发展产生了深远的影响。有《乐章集》，存词近二百首。

望海潮

东南形胜，三吴都会①，钱塘自古繁华。烟柳画桥②，风帘翠幕，参差十万人家③。云树绕堤沙，怒涛卷霜雪④，天堑无涯⑤。市列珠玑⑥，户盈罗绮，竞豪奢。　重湖叠巘清嘉⑦，有三秋桂子⑧，十里荷花。羌管弄晴，菱歌泛夜，嬉嬉钓叟莲娃。千骑拥高牙⑨，乘醉听箫鼓，吟赏烟霞⑩。异日图将好景⑪，归去凤池夸⑫。

注　释

① 三吴：指吴兴、吴郡、会稽，这里泛指今江苏南部及浙江部分地区。

② 烟柳：雾气笼罩下的柳树。

③ 参差：这里指楼阁高低错落。

④ 怒涛卷霜雪：形容波涛汹涌，掀起白色的浪花，好像霜雪一般。
⑤ 天堑：天然形成的隔断交通的大壕沟，多指长江。这里指钱塘江。
⑥ 珠玑：这里泛指珍贵的商品。玑：不圆的珠子。
⑦ 重湖：西湖以白堤为界，分为里湖和外湖，故称重湖。叠巘（yǎn）：重叠的山峦。清嘉：美好。
⑧ 三秋：秋季的第三个月，农历九月。
⑨ 高牙：高高扬起的牙旗。牙旗，古代将军的旗帜，上面用象牙装饰。
⑩ 烟霞：指湖光山色。
⑪ 图：动词，描绘。
⑫ 凤池：皇宫禁苑中的池沼，这里代指最高行政机关中书省。

题 解

柳永是北宋词人，这首词是其代表作。词的上片写了杭州的自然美景和繁华都市，写景起伏壮阔。首先点明了杭州的地理位置的重要性，历史久远，各朝都是繁华之地。雾气缭绕下的柳树身姿婀娜，钱塘江的浪潮浩浩汤汤，引来无数人观览。街上“珠玑”“罗绮”随处可见，“竞豪奢”写出市场之繁荣，人民生活的富裕。

词的下片描写西湖，“清嘉”一词将湖光山色囊括其中，无限风光尽在其中。九月的桂子，艳丽的荷花是杭州的典型景物。湖上泛舟嬉戏采莲的人们，快乐地吹着笛子，唱着菱歌，那种宁静悠闲的生活，令人心生向往。达官显贵们骑着马，高举着牙旗，也来这里饮酒赏景，潇洒恣意。待到回去后，将此绘制成精美的画卷，献给朝廷，必能得到夸赞。

全词语调婉转，以点带面，虚实结合，将杭州的自然风光和风土人情描绘得栩栩如生，精美绝伦。

赏 析

这首词是宋真宗咸平末年（1002—1003），柳永拜访两浙转运使孙何时所作。

描绘了太平、富庶、安定、祥和的都市生活景象。

此词可分为上、下两片。

词的上片，着重描写杭州的自然风光及都市的繁华之景象。

开篇三句，从地理位置、经济地位和历史传统三个方面突出杭州的非同一般：杭州是东南的形势险要之地，是三吴一带的重要都市，自古以来就十分繁华。“形胜”“都会”和“繁华”六字，为精妙的点睛之笔，“自古繁华”更是总括之笔。

“烟柳画桥，风帘翠幕，参差十万人家。”这三句是对“三吴都会”的具体铺叙、描写：如烟的柳树，彩绘的桥梁，挡风的帘子和翠绿色的帷幕，楼阁高高低低，大约有十万户人家。这是一幅幅错落有致、初具规模的杭州写意图。

“云树绕堤沙，怒涛卷霜雪，天堑无涯。”这三句是对“东南形胜”的具体铺叙、描写：茂密如云的绿树环绕着沙堤，钱塘江水卷起霜雪般的浪花，那广阔的天险无边无涯。词人着一“绕”字，给人一种绰约多姿之美。“怒涛”“天堑”二句移步换景，以比喻、拟人之手法写出潮涌之壮景。

“市列珠玑，户盈罗绮，竞豪奢。”这三句是对“钱塘自古繁华”的具体铺叙描写：街市上陈列着琳琅满目的珠玉珍宝，家家户户充满着绫罗绸缎，人们竞相攀比着豪华。这里，词人抓住“珠玑”和“罗绮”两个细节，把市场之繁荣、市民之殷富反映出来。“竞豪奢”三字，又总括了杭州的种种繁华之景象。

词的下片，着重描写杭州人民和平安静的生活景象。

过片三句，描写杭州西湖之美：重重叠叠的山峦映入里湖、外湖之中，非常秀美，有那秋天的桂花飘香，更有那仲夏之季的十里荷花。“重湖叠巘清嘉”，意谓白堤将西湖分为里湖和外湖，使湖光山色互相呼应，故曰“清嘉”。“三秋桂子，十里荷花”，兼及水陆、秋夏，时间、空间皆含其中，十分凝练。相传金主完颜亮读之，遂生投鞭渡江之志。

“羌管弄晴，菱歌泛夜，嬉嬉钓叟莲娃。”这三句，描写杭州人民游乐的情景：悠扬的羌笛在晴空回荡，采菱的歌曲在夜间唱起，垂钓的老翁、采莲的姑娘悠然戏耍。这里，词人运用互文的手法，表明无论昼与夜，皆能听到少女欢快的采莲歌声。这样，就写出了杭州人民的游赏之乐。

“千骑拥高牙，乘醉听箫鼓，吟赏烟霞。”描写杭州官员的游赏之乐：千名骑兵簇拥着长官，乘醉听箫击鼓，吟唱、观赏那美丽的山水烟霞。这里，从宴酣之乐和山水之乐，描写了达官们自乐和与民同乐的情景。

词末二句，是对杭州官员的祝愿：他日画出这美好景致，日后进京回朝也好向同僚夸耀。“好景”二字，画龙点睛，颇为精妙。

这首词工于铺叙，善用白描、夸张手法。比如起首三句，一说地理，二说经济，三说历史，铺叙精当。又如“十万人家”“三秋桂子”“十里荷花”“千骑拥高牙”等，或实写，或虚指，白描、夸张兼而有之，将杭州之兴盛繁华描绘得淋漓尽致。

八声甘州

对潇潇暮雨洒江天，一番洗清秋。渐霜风凄紧①，关河冷落②，残照当楼。是处红衰翠减③，苒苒物华休④。惟有长江水，无语东流。　不忍登高临远，望故乡渺邈⑤，归思难收。叹年来踪迹，何事苦淹留⑥？想佳人妆楼颙望⑦，误几回、天际识归舟。争知我、倚阑干处，正恁凝愁⑧。

注　释

① 霜风：秋风。
② 关河：关塞和河流，这里泛指山河。
③ 是处：到处。红衰翠减：花草凋零。红、翠：代指花草。
④ 苒（rǎn）苒：渐渐。
⑤ 渺邈：遥远。
⑥ 淹留：羁留，停留。
⑦ 颙望：凝望，抬头呆望。
⑧ 恁（nèn）：如此。凝愁：愁情凝结不解。

题　解

这首词以铺叙见长，词的上片写词人登高观景，眼前秋雨洗后的江天，一片清冷，秋风紧，山河冷，夕阳的余晖照在高楼上。花草依然凋零，万物渐渐陷入沉寂之中。只有长江的流水，依然向东不停地流去。景物描写渲染了悲凉凄冷的氛围，

对潇潇暮雨洒江天

为下片抒情铺垫。词的下片由景及情，写到登高望远，想念遥远的家乡，自己羁留在此地，无法归乡。接着运用虚写，想象佳人登上高楼，望眼欲穿，等待自己回去。这里不写自己思乡，却写佳人思念自己，笔法巧妙。结尾一句又转为实写，写自己正凭栏远眺，满腔的愁思郁结在心。整首词将情与景完美地结合在一起，表达了词人思念家乡亲人的羁旅之愁。

赏 析

这首词是柳永词的代表作之一，可分为上、下两片。

词的上片，着重于写景。

开头两句词人总写秋景：伫立江边，面对着潇潇暮雨，那暮雨仿佛在洗涤着清冷的残秋。词人用“潇潇”和“洒”二词来写“暮雨”，有声有色。着一“洗”字，采用拟人手法，真切生动，仿佛那“暮雨”亦脉脉含情。

接下来三句进一步烘托凄凉、萧索的气氛：渐渐地云收雨散，秋风紧迫凄凉，山河冷落，落日的余晖映照着江楼。此三句运用排比句式，笔下景色极有层次，做到了景中有情、景情合一。着一“冷”字，给景色涂上了冷落、悲凉的色彩，也把天涯游子的忧郁、悲伤之感蕴含其中。

“是处红衰翠减，苒苒物华休。”这两句写低处所见：这到处是花残叶凋，草木凋零，那些美好的景色都已歇休，全然不见。满目的万物凋零之景中，寓含着不可排解的悲苦、哀怨之情感。

“惟有长江水，无语东流。”这两句抒写词人的感慨：只有那长江水，默默地向东流去。这里看似平静，其实蕴情颇深：那些“红衰翠减”的花木并非无语无情，登高临远的客居他乡之人亦并非无语无情，只有那“无语东流”之“长江水”是那么无情地向东而流！这种指责之中，其实另有所感：流水无情，韶华易逝，时不我待！

词的下片，着重于抒情。

过片三句，点明全词中心：其实我真的不忍心登高望远，想到故乡遥远难以望到，一颗归乡之心是那么的迫切而难以抑止。这里，词人用“不忍”二字，即景抒情，把望远而难见故乡的急切、焦虑之情写了出来，与唐代诗人宋之问的诗句“近乡情更怯，不敢问来人”（《渡汉江》）有异曲同工之妙。

“叹年来踪迹，何事苦淹留”这两句是词人对自己的发问：叹息这几年我四处奔波流浪，究竟是什么事让我如此苦苦地到处滞留？着一“苦”字，流露出滞留他乡的凄苦，亦含有一种无可名状的悲哀和无奈。着一“叹”字，把那种千回百转难以排解的忧愁、感伤，准确而又传神地写了出来。

“想佳人妆楼颙望，误几回、天际识归舟。”这三句用“写对方”的手法来写：佳人一定是天天登上江边画楼，来眺望我的归舟，有多少回错把远处驶来的船当作我回家的船。词人想象“佳人”盼归的情节，悱恻动人，倍增远望不见之愁苦，因为似乎佳人那双愁苦哀怨的眼睛如在眼前。

词末两句，紧承上面的联想，实写内心的苦情：你可知道，我正在倚靠高楼的栏杆向你眺望，心中正充满着如此多的思念家乡和“佳人”的愁苦之情！词末两句，与词首两句遥相呼应，把思乡、怀人之苦情生动而真切地表达出来。

这首词言浅情深，情景交融。尤其是用细节描写来“写对方”，倍增思念之苦，艺术感染力更强。

鹤冲天

黄金榜上①，偶失龙头望②。明代暂遗贤③，如何向？未遂风云便④，争不恣狂荡⑤？何须论得丧。才子词人，自是白衣卿相⑥。　烟花巷陌⑦，依约丹青屏障⑧。幸有意中人，堪寻访。且恁偎红倚翠，风流事，平生畅。青春都一饷⑨，忍把浮名，换了浅斟低唱。

注　释

① 黄金榜：殿试后朝廷发布的中试者名单，用黄纸书写，也称黄榜。
② 龙头：状元的别称。
③ 明代：圣明的时代。遗贤：弃置贤才。
④ 风云：风云际会，指好的遭遇。
⑤ 争不：怎不。恣：放纵，无拘无束。
⑥ 白衣卿相：古时指进士，引申为尚未发迹的读书人。
⑦ 烟花巷陌：古代青楼妓馆。
⑧ 丹青屏障：彩绘的屏风。
⑨ 一饷：片刻。

题　解

这首词是柳永初次参加进士科考，落第之后抒发牢骚感慨之作。词的上片写词人科举失败，自诩自己是贤才，却被弃置不用，那就随心所欲，恣意生活吧，可见其狂傲自负。词的下片写词人把浮名都舍弃，终日流连于烟花柳巷，和歌妓为伴，过着寻欢作乐的放纵生活。词人的种种表现，反映的其实是一种矛盾心理。他渴望能得到朝廷的认可，出将入相，施展才华，现实际遇却打败了他，由此他产生了一种逆反心理。将内心中的苦恼和困扰，用放荡不羁来表现，是柳永性格中的反叛所决定的。

赏　析

这首词是柳永恃才纵情的代表作，也因为“忍把浮名，换了浅斟低唱”一句，使词人被黜而成为流连于坊间的白衣卿相——“奉旨填词柳三变”。

这首词分为上、下两片。

词的上片，着重表达词人落第后的失意不满。

落笔两句，开门见山，直言其事：在金字题名的榜上，我只不过是偶然失去夺得状元的机会。“龙头”二字，直接表达科考的目标——夺取殿试头名状元。且着上“偶失”二字，可见出其恃才傲物之性情。

“明代暂遗贤，如何向？未遂风云便，争不恣狂荡？”此四句，嘲讽朝政，表达词人的心迹：即使在政治清明的时代，君王也会一时错失贤能之才，我今后该怎么办呢？既然未能得到好的机遇，为什么不随心所欲地游乐呢？！词人着一“暂”字，表达了对号称清明盛世的宋仁宗朝的讥讽，自负之意显然含于其中。“遂”“恣狂荡”是词人怀才不遇、理想落空之后的放荡不羁，甘愿继续过那为封建士人所不齿的流连烟花柳巷的“狂荡”生活。

“何须论得丧。才子词人，自是白衣卿相。”此三句，是词人牢骚满腹时的自我安慰：何必为那功名患得患失！做一个风流才子有甚不好？！为歌姬写写词章，即使身着白衣，也不亚于公卿将相。这里，词人故意以惊世骇俗之语来求得心里的平衡。“白衣卿相”四字，就是对自己的最好宽慰。

词的下片，着重叙写词人放浪形骸的“狂荡”生活。

过片两句，词人描写“恣狂荡”的生活：在歌姬居住的街巷里，有那摆放着丹青画屏的绣房。这是词人才高落第之后产生的一种逆反心理，有一种“今宵酒醒何处”（柳永《雨霖铃》）的无可奈何之情蕴含其中。

“幸有意中人，堪寻访。且恁偎红倚翠，风流事，平生畅。”此五句，具体叙写词人“狂荡”情事：幸运的是那里住着我的意中人，她们值得我细心地追求寻访。姑且如此地与她们相依相偎，享受这风流的生活，才是我平生最大的欢乐。这里，实则是词人怀才负气、表示抗争的一种极端方式，亦不必求全责备。从字里行间，我们仍然可以品读出词人内心的苦楚和无奈，可见词人头脑清醒、未失自我。这从他后来登第为官的事实就可佐证。

词末三句，词人直抒胸臆：青春不过是片刻时间，我宁愿把功名，换成手中浅浅的一杯酒和耳畔低回婉转的歌唱。这里，用“卒章显志”之法，表达了词人怀才不遇而又无可奈何的愤激之情。词人本想求仕，不料屡试不第，故而将功名视为“浮名”（虚名）。

这首词语言浅直，意蕴深刻。全词用明白如话的语言，表达了怀才不遇的愤懑之情，有一种蔑视功名、同情弱者、消极反抗的倾向。是一首难能可贵的名作。

王　安　石

王安石（1021—1086），字介甫，号半山，北宋政治家、思想家和文学家，“唐宋八大家”之一。他曾两任宰相，积极推行变法。变法失败后，隐居金陵（今江苏南京）。他的诗词、散文成就很高，诗长于说理，善用典故，风格遒劲有力；词作大多为咏怀吊古，意境空阔，形象淡远。有《王临川集》《临川集拾遗》等存世。

桂枝香·金陵怀古

登临送目，正故国晚秋[①]，天气初肃[②]。千里澄江似练[③]，翠峰如簇[④]。归帆去棹残阳里[⑤]，背西风，酒旗斜矗。彩舟云淡，星河鹭起[⑥]，画图难足。　念往昔，繁华竞逐。叹门外楼头[⑦]，悲恨相续。千古凭高对此，谩嗟荣辱。六朝旧事随流水，但寒烟衰草凝绿。至今商女，时时犹唱，后庭遗曲[⑧]。

注　释

① 故国：这里指金陵，今江苏南京，曾为六朝古都。
② 肃：深秋天气清寂、肃杀。
③ 澄江：清澈的长江。练：白色的绢。
④ 簇：箭头，形容山峰林立。
⑤ 棹：船桨，这里代指船。
⑥ 星河：银河，这里指长江。
⑦ 门外楼头：语出杜牧的《台城曲》：“门外韩擒虎，楼头张丽华。”

指陈后主亡国之事。相传隋朝大将韩擒虎率军从朱雀门攻入金陵，陈后主还与宠妃张丽华在结绮阁中寻欢作乐。

⑧ 商女：歌女。后庭遗曲：指陈后主所作《玉树后庭花》，后被视为亡国之音。这几句化用了唐代杜牧《泊秦淮》中“商女不知亡国恨，隔江犹唱后庭花”。

题 解

这首词情景交融，境界开阔。词的上片写了词人登临金陵所见之景，点明季节是深秋，秋风肃杀下，万物开始凋零，清澈的长江好像白色的绢，翠绿的山峰聚集在一起，江上的船只在夕阳的余晖中缓缓归来，酒家的旗帜在秋风中飘摇，白鹭从沙洲中飞起，动态感十足。词人描写景物由远及近，动静结合，将一幅金陵秋景图点染成画。词的下片抒情，“念往昔”是转折，通过虚写，将历史和现实结合在一起，怀古伤今，表达了词人自己对历史兴亡更替的感慨，以及对当今朝政的担忧和关心。

赏 析

这是一首被誉为“绝唱”的词。可分上、下两片。

词的上片写景。

“登临”三句，直叙登临之事：我登上城楼放眼远眺，此时的故都金陵正是深秋，天气已变得清凉飒爽。“故国”二字，直扣题目，点明地点。“送目”二字，领起下文，表明以下描写皆为目中所见。“晚秋”和“初肃”相对，把那种“秋风萧瑟天气凉，草木摇落露为霜”（三国魏·曹丕《燕歌行》）的悲秋氛围呈现出来。

接下来二句，描写眼前静景：千里澄江，宛如一条白练；青翠的山峰，像箭镞一般耸立。“千里”二字，承上启下，过渡自然。“澄江似练”和“翠峰如簇”，比喻形象，对仗严整，色彩相映成趣，平面和立体交汇，景色秀美。“澄江似练”还巧妙化用“余霞散成绮，澄江静如练”（南朝齐·谢朓《晚登三山还望京邑》）

的诗意，而不露一丝痕迹。

“归帆”三句是词人描写的具体景点：帆船在夕阳中往来穿梭，西风起处，只见那斜插的酒旗在小街中飘拂。“残阳”“西风”，在写景中巧点时间。“酒旗”“归帆”，在写景中暗含人事、行旅，使自然之景中有了人的活动，顿时生机盎然。

“彩舟”三句，词人给读者展现出一幅赏心悦目的景色：画船如同在淡云中浮游，白鹭好像在银河里飞舞，丹青妙笔亦难描绘出这壮美的风景。“星河”两句，比喻贴切，色彩亮丽。“云淡”和“鹭起”，一静一动，互为衬托，画面极美。故而，词人以“画图难足”而惊叹之。

词的下片抒情。

过片四句，由上片的“登临”转写所思所想：遥想当年，故都金陵是何等的繁盛堂皇！可叹在朱雀门外的结绮楼中，六朝的君主一个个相继败亡。词人着一“念”字，抚今追昔。“繁华竞逐”，揭示六朝更替的根本原因：六朝帝王大都凭险极奢，广筑宫殿，博采声色，招致国破家残。“叹门外楼头”，巧妙化用杜牧诗句“门外韩擒虎，楼头张丽华”(《台城曲》)，陈述隋文帝灭陈的历史。着一“叹”字，把叹惋、嘲讽之意蕴含其中。“悲恨相续”，是对六朝统治者不引以为戒、沉溺酒色、相继覆亡的嗟叹。

“千古”二句，是词人凭吊古迹，直接抒情：自古以来，多少人在此登高怀古，无不感伤于历代的荣辱兴废。这里，显示了作者不同寻常的雄伟气概，是抒情之高潮。

“六朝”二句以景寄情：六朝旧事已随流水消逝，剩下的只有那寒烟惨淡、绿草衰黄。这里，词人又巧妙化用“伤心欲问前朝事，惟见江流去不回。日暮东风春草绿，鹧鸪飞上越王台”(唐·窦巩《南游感兴》)之诗意，借“寒烟”“衰草”之景以抒惆怅之情。

“至今”三句，词人含蓄地表达对现实的不满：时至今日，商女们时时地还把那《后庭花》的遗曲吟唱。词末这两句，词人又化用杜牧“商女不知亡国恨，隔江犹唱《后庭花》”(《泊秦淮》)之诗意，含蓄地表达了对现实的不满和批评。在情感的抒发中，沉淀着词人理性的思考。

这首词寄情于景，含蓄深沉；上片壮阔，下片委婉；巧用比喻，清新自然；用典化用，出神入化，毫无痕迹。其立意之高，则更显示出词人深邃的见解。

苏　轼

苏轼（1037—1101），字子瞻，号东坡居士，眉州眉山（今属四川）人，嘉祐二年（1057）进士，唐宋八大家之一，北宋文学家、书法家，在诗、词、散文方面成就最大。与黄庭坚并称“苏黄”，开创了豪放派词风，与辛弃疾同为豪放派代表，并称“苏辛”。有《东坡词》存世。

水调歌头

丙辰中秋，欢饮达旦，大醉，作此篇，兼怀子由①。

明月几时有，把酒问青天。不知天上宫阙，今夕是何年。我欲乘风归去②，又恐琼楼玉宇③，高处不胜寒。起舞弄清影，何似在人间。　转朱阁，低绮户④，照无眠。不应有恨，何事长向别时圆。人有悲欢离合，月有阴晴圆缺，此事古难全。但愿人长久，千里共婵娟⑤。

注　释

① 子由：苏轼的弟弟苏辙的字。

② 归去：苏轼将自己比作仙人，指回到月宫里去。

③ 琼楼玉宇：美玉砌成楼宇，这里指月宫。

④ 绮户：彩绘雕花的门窗。

⑤ 婵娟：指明月。

把酒问青天

题解

这是一首广为流传的佳作名篇，是苏轼在密州时所作，当时正值中秋佳节，词人面对一轮明月，把酒咏叹，字里行间蕴含着对弟弟苏辙的浓浓思念之情。词人将青天当作自己的朋友，把酒相问，问什么？问天上“今夕是何年”，构思巧妙自然，尽显豪放潇洒之意。天上的宫阙看着华美，却高寒难耐。在人间，可以翩翩起舞，观赏自己月下的身影，岂不妙哉？比较一下，那还是人间要更美好啊！词的下片由中秋的团圆月，联想到人间的离别，词人借埋怨明月，用看似无理的话语，表达对弟弟的思念，感慨人生的悲欢离合。最后用“但愿人长久，千里共婵娟”来表达对所有饱受离别之苦的人的美好祝愿。

整首词风格旷达悠远，富有浪漫主义色彩，既有理趣，又有情趣，读起来如行云流水，潇洒自如。

赏析

这是北宋文学家苏轼的一首望月怀人之词，表达了对胞弟苏辙的无限思念之情及对宇宙、人生的诸多感慨。

词前小序交代了写作缘由：丙辰年的中秋节，我高兴地喝酒直到第二天早晨，喝得大醉，写了这首词，同时思念弟弟苏辙。

词的上片，重在望月。

开篇二句，是词人的发问：明月是从什么时候开始出现的？我端起酒杯遥问那青天。这里，诗人继承了屈原《天问》和李白《把酒问月》的写法，以月为友，把酒相问，显示出一种豪放的性格和非同寻常的气魄，在设问之中有对“明月”的赞颂和向往，亦有对人生、宇宙深沉的思考。

“不知”二句，是词人的推想：我不知道在天上的宫殿，今晚是何年何月。词人之所以能如此推想，是因为“今夕”的月格外明亮、圆满，亦可想见词人的心境之好，探求的兴味之浓。

“我欲”三句，是词人心骛八极、展开的丰富想象：我想要乘御那清风回到天上，又恐怕在美玉砌成的楼宇，我受不住那高耸九天的寒冷。这里，词人巧用

《明皇杂录》中的典故，表达了“飘飘乎如遗世独立，羽化而登仙”（苏轼《前赤壁赋》）的奇思妙想，蕴含了词人不满现实、超脱人世的苦衷和追求，也表露出对人间生活的热爱。因为虽为“琼楼玉宇”，但那“寒”意却令人禁受不住。“高处不胜寒”一句，意蕴丰厚，富含哲理。

“起舞”二句，表达词人的心迹：飞升到天上，只有那影子相伴，哪里比得上人间快乐！这里，词人巧妙化用李白“我歌月徘徊，我舞影零乱”（《月下独酌》）的诗意，表达了对人生的热爱，体现了积极入世的人生追求，是词人“守其初心”（苏轼《杭州召还乞郡状》）、有所作为的心志的形象表达。

词的下片，重在怀人。

“转朱阁”三句，景中蕴情：那月儿转过朱红色的楼阁，低低地挂在雕花的窗户之上，照着毫无睡意的我。词人用“转”“低”“照”这三个极有特色的动词，写出了“无眠”的自己对弟弟的深情怀念。词简意丰，亦写出了中秋佳节难与亲人团圆的人们的共同感受。

“不应”二句，是词人心生的埋怨：明月啊，你不该对人们有什么怨恨吧，那又为什么偏偏在人们离别时才圆呢？词人以埋怨之语、拟人手法更加重了离人的愁苦。

“人有”三句，是词人的宽慰之语：人有悲欢离合的变迁，月有阴晴圆缺的转换，这种事自古以来就难以周全。词人对人、月做了高度概括，既回应了上句，又深入一层，表现出词人对宇宙、人生的达观认知，对未来寄寓了无限的希望。

词末二句，表达了词人最美好的祝愿：只希望这世上所有人的亲人都平安健康，即使相隔千里，也能共享这美好的月光。这两句，以“婵娟”借喻明月，熔铸成一种普遍而美好的情感，从而成为千古名句。

这首词构思奇特，手法精妙。上片设问、想象，入处似虚；下片峰回路转，由虚转实。达观、豪放之中又不乏浪漫色彩，怀念亲人之中又融入了积极入世、有所作为的人生态度，确是“格高千古”（王国维《人间词话》）之绝唱。

念奴娇·赤壁怀古①

大江东去，浪淘尽，千古风流人物②。故垒西边③，人道是，三国周郎赤壁④。乱石穿空，惊涛拍岸，卷起千堆雪。江山如画，一时多少豪杰。　遥想公瑾当年，小乔初嫁了⑤，雄姿英发⑥。羽扇纶巾⑦，谈笑间，樯橹灰飞烟灭⑧。故国神游，多情应笑我，早生华发。人生如梦，一尊还酹江月⑨。

注　释

① 赤壁：这里指湖北黄冈城外的赤鼻矶；而三国时赤壁之战的古战场，在今湖北赤壁。

② 风流人物：杰出人物。

③ 故垒：过去赤壁对战时留下的营垒。

④ 周郎：三国时期吴国的名将周瑜，字公瑾，人称周郎。赤壁之战中吴国统帅。

⑤ 小乔：周瑜的妻子。这里意在表现周瑜风华正茂、风流倜傥。

⑥ 英发：精神饱满，卓绝不群。

⑦ 羽扇纶（guān）巾：古代儒者的服饰，这里形容周瑜有儒将风度。羽扇：鸟羽做成的扇子。纶巾：配有青丝带的头巾。

⑧ 樯橹：代指曹操的水军战船。樯：桅杆。橹：船桨。一作“强虏”。

⑨ 尊：通“樽”，酒杯。酹（lèi）：将酒浇在地上以作祭奠。

题　解

这是一首怀古抒情词，词的上片描写了游览赤壁矶所见之景，意境开阔宏大，汹涌的江水拍打着岸边，浪花如雪。“穿”“拍”“卷”三个动词生动形象地写出了风起浪涌的壮观景象。“江山如画”，总结写景，引出下片对历史人物的感慨。下片用“遥想”开头，吊古伤怀，通过写三国名将周瑜风流倜傥、淡定从容，将周瑜大败曹军的激烈战争描写得举重若轻。词人当时被贬到黄州，从周瑜的年轻有为，联想到自己华发已生，仕途坎坷，心情不免低落了下来，不禁感慨人生如梦，暂且用手中的酒来祭奠江月吧！苏轼心中对建功立业充满了渴望，而现实却壮志难酬，内心不免悲愤，但是政治上的失意并没有让他失去生活的信心，因此词中的情感有消极悲观的一面，同时也不失豪放旷达。

赏　析

这首词是苏轼豪放词的代表作之一。

词的上片，立足写景，为英雄人物的出场作铺垫。

开篇三句，词人将雄壮之景与历史人物相联系，组成辽远的时空背景：滔滔长江奔流不息，从古到今多少杰出人物，都被那波浪冲洗得无声无迹。这里，词人从无限的流水和有限的生命之中，从容地抒发出自己沉郁、苍凉的心境。

“故垒”三句，指明地点，顺笔引出人物：在那久远古战场的西边，人们说那是三国周瑜大破曹军的赤壁。这里，既是点题，又以此引出所咏人物。

“乱石”三句，正面描写赤壁的奇险雄伟：四面乱石直插云空，惊涛骇浪猛烈地拍打着江岸，那卷起的无数浪花如同千万朵雪花。词人妙用“穿”“拍”和“卷”三个动词，把赤壁山势之险要高峻、水势之汹涌澎湃描摹出来，使人心胸开阔、精神振奋。

“江山”二句，承上启下，总收上片，引起下片：江山如此的壮丽如画，那一时期该有多少英雄豪杰。“江山如画”是词人对雄伟壮丽的大自然由衷的赞美。“一时多少豪杰”是词人之感慨：地灵人杰，山河锦绣，就必然会“引无数英雄竞折腰”。

词的下片，立足写人，抒发作者壮志难酬的慨叹。

“遥想”三句，词人插入生活细节，以美人来衬托英雄：遥想当年的周瑜，小乔刚刚嫁给了他，他英姿勃勃，勇武刚烈，神采照人。词人把赤壁之战十年前“小乔初嫁”的细节挪移到大战之前，更加衬托出周瑜的神采焕发。

接下来三句，词人从肖像仪态入手，抓住火攻水战之特点，用富有色彩的笔墨，精彩地描绘赤壁之战的胜利场景：周瑜手执羽扇，头戴纶巾，谈笑之间，火攻曹军，八十万曹军如灰飞烟灭一样。这里，词人用“谈笑间”三字，极言周瑜指挥若定、成竹在胸的大将风度。“灰飞烟灭”，极言强敌在周瑜面前之不堪一击。这样就成功塑造了周瑜这位叱咤风云的英雄形象，寓含着词人担忧国事、有志报国却壮志难酬的慨叹。

“故国”三句，词人缅怀英雄，回想自己：如今我身临古战场神游往昔，可笑我善感多情，两鬓过早地生出花白头发。这里，词人用周瑜的英雄业绩来反衬自己的失意：年华已逝，功业无成。

最后二句，是词人对人生的达悟：人生就像一场大梦，还是让我举起酒杯，去祭奠江中的明月吧！词人在词末，把一位襟怀旷达、善于自解自慰的自我形象展现在我们眼前。

这首词以长江、赤壁之战的场景、人物入词，这对当时的文坛来说是很大的突破，在词的题材、语言、风格等方面开拓了新的疆域，从而形成了苏轼“豪放派”的词风，使词的发展逐渐走上健康、宽广的道路。

临　江　仙

夜饮东坡醒复醉①，归来仿佛三更。家童鼻息已雷鸣。敲门都不应，倚杖听江声。　长恨此身非我有②，何时忘却营营③！夜阑风静縠纹平④。小舟从此逝，江海寄余生。

注　释

① 东坡：在今湖北黄冈东。苏轼因乌台诗案被贬到黄州后，开垦了一块荒地，命名为东坡，自号为东坡居士。

② 此身非我有：化用《庄子·知北游》中的“吾身非吾有也，孰有之哉”，意思是受外物限制，身不由己。

③ 营营：追求奔逐（名利）。

④ 夜阑：夜尽。縠（hú）纹：比喻水的波纹细密。縠：绉纱。

题　解

这首词作于苏轼被贬黄州的第三年，上片叙事，下片抒情。词的开头点明了词人在一个夜晚于东坡雪堂中饮酒，回到居所时已经是夜半时分。家里的小童睡得正沉，敲门也不回应，词人只能“倚杖听江声”。短短几句以动衬静，渲染出深夜的寂静，勾勒出一位遗世而独立、潇洒恣意的词人形象：饮酒酣畅淋漓，不在意时间，敲门不应，也坦然面对，举手投足间透出一种达观、超然的人生态度。下片词人发出了慨叹，自己被贬到黄州，心情抑郁却身不由己。寂静的夜晚，风平浪静，自己就像那小船一样，在江海中寄托余生吧！最后几句看起来是写景，实际上蕴含着深意，颇具浪漫主义色彩，表达了词人追求精神自由、寄情于大自然的人生理想。

赏 析

这是苏轼的一首即事抒情的词。

词的上片，着重于叙事。

开始词人就叙写饮酒沉醉的情形：夜里我在东坡饮酒，醉而复醒，醒了又饮。归来的时候，好像已经是夜半三更了。“夜饮”一句，点明了夜饮地点和醉酒的程度。

“归来”一句，点出饮酒的时间之长和归来时醉眼蒙眬的情态。尤其是“仿佛”二字，颇为传神，词人那种“醉眼青天小，吟情太华低”（唐·李洞《赠唐山人》）之情态如在眼前。

“家童”三句，描写回家敲门之情景：家童鼾声如雷，不停地叫门他也不应。我只好倚杖伫立江边，聆听那江水奔腾而流的声音。这里，词人采用了“鼾声”夜愈静、“江声”夜更深的以动衬静之法，在这恬静的夜之世界里，一位襟怀旷达、遗世独立、沉醉复醒的风姿潇洒的词人形象站立在我们眼前，那“卒然临之而不惊，无故加之而不怒，此其所挟持者甚大，而其志甚远也”（苏轼《留侯论》）之真性情显然可见。

词的下片，着重于言情。

“长恨”二句，属于承上启下的过片，词人直抒胸臆：我长恨身在宦途，这身躯已不是我自己所有。什么时候，我才能忘却追逐功名，不为那功名利禄而劳碌、伤神？！这里，词人巧妙化用《庄子》“汝身非汝有也”“全汝形，抱汝生，无使汝思虑营营”之意，表现了词人宠辱偕忘、达观超脱的精神追求，饱含着词人历经政治挫折、忧惧苦恼满腹而又无从言说的真切感受，是词人发自衷心的肺腑之言，有一种“一蓑烟雨任平生”（苏轼《定风波》）的人生信念蕴含其中。

“夜阑风静縠纹平”是词人借景来平复激动不已的心情：夜深风静，水波不兴。词人心与景会，神随景游，这种“夜阑风静欲归时，惟有一江明月、碧琉璃”（苏轼《虞美人》）的静谧美好，使词人深深陶醉、心旷神怡，一下子从苦闷中解脱出来。

词末二句，正是词人摆脱污秽现实的浪漫遐想：我要乘着小船，去泛游五湖四海，度过余生。词人厌恶那污浊的官场，曾遭受如“乌台诗案”那样的沉重打击，一种弃官退隐之意油然而生。这也正是词人磊落、豁达胸襟的真实写照。

这首词最突出的特点：写出了词人的真性情。那“夜饮东坡醒复醉”的饮酣之态、那“倚杖听江声”的风神潇洒、那“长恨”“营营”的愤懑难平、更有那“夜阑风静”“江海寄余生”的豁达和超脱，使词人“智贵乎早决，勇贵乎必为”（苏轼《代侯公说项羽辞》）的真性情跃然纸上。

江城子·密州出猎①

老夫聊发少年狂，左牵黄，右擎苍②，锦帽貂裘，千骑卷平冈。为报倾城随太守③，亲射虎，看孙郎④。　酒酣胸胆尚开张。鬓微霜，又何妨！持节云中，何日遣冯唐⑤？会挽雕弓如满月，西北望，射天狼⑥。

注　释

① 密州：今山东诸城。苏轼时任密州知州。

② 黄：黄狗。苍：苍鹰。古代出猎时用以追捕猎物。

③ 倾城：全城的人都出来了，形容围观打猎的人很多。太守：指词人自己。

④ 孙郎：指孙权，这里是词人自况。

⑤ 持节云中：这里引用《史记·张释之冯唐列传》中的典故，汉文帝时，云中郡守魏尚抗击匈奴有功，只因报功时多报了六个首级而获罪削职。后来，文帝采纳了冯唐的劝谏，派冯唐持符节到云中去赦免魏尚。这里苏轼以魏尚自喻。

⑥ 天狼：星宿名，又称犬星，古代认为其主侵掠，这里代指侵犯北宋的西夏。

题　解

这首词是苏轼豪放词代表作之一，词中描写了一次壮观的出猎场景，借历史典故抒发自己渴望建功立业的雄心壮志。写这首词时苏轼时年三十八岁，开头第一句中“老夫”指词人自己，“狂”字是全词的灵魂。词人左手牵着黄狗，右臂托着苍鹰，英姿飒爽。随从们“锦帽貂裘”，骑着骏马追随其后，声势浩大，何等壮观，令人赞叹。词的下片写举杯酣饮，胆气高涨，虽两鬓斑白，依然不改初心。词人把自己比作魏尚，迫切希望朝廷能派来“冯唐”，以求有机会施展才华，报效国家。结尾三句大开大合，用弯弓射天狼，来表达自己报国杀敌的愿望，豪情万丈，溢于言表。

赏 析

这是一首充满阳刚之气的词，表达了词人强国抗敌的政治主张，抒写了渴盼报效朝廷的壮志豪情。

词的上片叙事。

开篇三句，词人紧扣词题，直叙出猎之事：我姑且抒发一下少年人的狂傲之气，左手牵着黄狗，右手托着苍鹰。词人用“牵”“擎”“发”“狂”等词，精准地写出老当益壮、焕发勃勃青春的自我形象，豪壮、喜悦之情显然可见。尤其是“狂”字，贯串全篇，壮盛之气颇为不凡。

“锦帽”二句，描写围猎之时的装束及盛况：随从的将士们头戴锦缎的帽子，身着貂皮的衣服，大队人马浩浩荡荡如疾风一般，席卷那平坦的山冈。这里，词人用刚劲而富有神采的笔触，描绘出一幅极为壮观的“千骑”狩猎图。词人纵情放笔，豪壮之气充溢其间。

“为报”三句，转写词人的感想：为我报知全城的百姓，使他们随我出猎，我一定会像孙权一样，射杀一只老虎给大家看看。词人以孙权自比，“狂”劲十足，“狂”放不已，有一种“履巉岩，披蒙茸，踞虎豹，登虬龙，攀栖鹘之危巢，俯冯夷之幽宫”（苏轼《后赤壁赋》。大意：登上险峻的山崖，分开丛生的杂草，蹲在虎豹形状的石头上，爬上虬龙形状的树木，攀缘栖鹘之处的高巢，俯视水神居住的幽深宫殿。）的狂劲之气。

词的下片抒情。

过片三句，描写猎后的开怀畅饮：喝酒喝到正高兴之时，我的胸怀更加开阔，我的胆气更加张扬。即使头发微白，又有什么关系呢？！这里，总括上片对外观景象的描述，展现词人雄壮的内心世界，将“报国之心，死而后已”（苏轼

《杭州召还乞郡状》）的心志融于其中。

“持节”二句，词人自比魏尚，以表保国守边之志：朝廷什么时候才能派使者，如冯唐持节赦免魏尚一样，赦免于我呢？词人运用典故，表达了承担卫国守边重任的愿望。其忠心耿耿，感人至深。

词末三句，卒章显志，抒发杀敌报国之豪情：当朝廷赦免我之后，我定当拉开弓箭，使之呈现满月之状，瞄准西北，把代表西夏的天狼星射将下来。这样，就把词人壮心不已、志在千里的英豪之气酣畅淋漓地表达出来。

此词意旨深厚，手法精妙。词人将叙事、抒情、用典融为一体，巧用多种艺术手段，从行动和心理的多个角度、多个层面充分地展示了词人的报国之志，有一种感动人心的艺术魅力。

八声甘州·寄参寥子①

有情风、万里卷潮来，无情送潮归。问钱塘江上，西兴浦口②，几度斜晖？不用思量今古，俯仰昔人非③。谁似东坡老，白首忘机④。　记取西湖西畔，正暮山好处，空翠烟霏。算诗人相得⑤，如我与君稀。约他年、东还海道，愿谢公、雅志莫相违⑥。西州路，不应回首，为我沾衣⑦。

注　释

① 参寥子：苏轼的一位僧友，法名道潜，以参寥为别号，工诗。苏轼被贬黄州，他曾不远千里相访。

② 西兴：西陵，在今浙江萧山。

③ 俯仰：比喻时间短暂。语出王羲之的《兰亭集序》："俯仰之间，以为陈迹。"

④ 忘机：忘却巧诈之心，指淡泊宁静，与世无争。

⑤ 相得：相知，相交。

⑥ 谢公：指谢安。这里用典，据《晋书·谢安传》中记载，谢安曾"造泛海之装"，打算等到天下安定后，从长江水路回返东山。然而愿望还没有实现，就患重病。雅志：平素的意愿。

⑦ "西州路"三句：典出《晋书·谢安传》，谢安生前对外甥羊昙很好，他去世后，羊昙不开心了很久，每次出行都避开西州路。一次，羊昙喝醉酒路过西州门，悲伤不已，痛哭流涕。

题　解

这是一首苏轼寄赠给友人参寥子的词作，语言平实，风格豪迈，情感深刻。词的上片写钱塘江“有情”来又“无情”去，用潮起潮落比喻人世间的聚散离别。夕阳不会停歇，时间不会留步。俯仰之间，人事已非。词人自己头发也已斑白，与世无争地生活着，坦然达观的人生态度，可见一斑。词的下片写词人和参寥子的友情。词人回想起在西湖和参寥子饮酒赏景、赋诗参禅的情景。最后引用谢安的典故，表现了自己对友情的珍重以及寄情山水的人生理想、渴望出世的人生态度。

赏　析

这首词是北宋著名的豪放派代表词人苏轼所作。这首寄赠之作，表达了词人超然物外的达观的人生态度和寄情山水、珍惜友情的真挚情感。

词的上片，重在表现词人达观的胸怀。

开始二句，词人以景写情：有情风从万里之外卷潮扑来，无情时又送潮返回。词人起笔新颖，以拟人手法，来喻指人世的聚散离合，与词人的名句“人有悲欢离合，月有阴晴圆缺”(《水调歌头》）有异曲同工之妙。不过，这里的落点重在“无情”二字上，以突出、强调之。

接下来三句，词人再次对景发问：请问在钱塘江上或西兴渡口，我俩共赏过几回夕阳斜晖？这三句紧承上句的“归”之“无情”，以潮水之无情又引出“斜晖”（即阳光）之“无情”。一地一天，以表天地万物之无情。

“不用”四句，是词人在对古今社会、人生的考量中，表达自己的人生感悟：用不着仔细思量古今之变迁，俯仰之间早已物是人非。谁能像我东坡已老，白首之年，竟然淡忘了仕进的机会。“俯仰昔人非”，写人世瞬息万变的社会、人生之无情。这样，词人的“不用思量古今”——即不为古人伤情，亦不为现实担忧——的达观的人生态度，与天地万物和社会、人生之无情形成鲜明对比，把词人欲超脱现实的豁达乐观的人生态度含蓄地表达了出来，有一种“遗世独立，羽化而登仙”（苏轼《前赤壁赋》。遗世：离开尘世。羽化：传说人得道后能飞升成仙，如生羽翼。）的志趣蕴含其中。

词的下片，重在表达真挚之友情。

过片三句，是词人的美好回忆：记住那西湖的西岸，正在春日最美的山隈，就数那空明的翠微，如烟的云霏。词人以景蕴情，可以想见他与友人参寥子的曾经：一起饮酒和诗，一起说理论禅，一起流连忘返，那情那景、那诚那真恍如昨日，如在眼前；那“溪山好处便为家”（苏轼《临江仙》）的情景记忆犹新，难以忘怀。

接下来词人直写与友人的情深意厚：如我与您这样的友情，确实弥足珍贵，十分稀微。这里，词人以“诗人”代称友人，可见出二人志趣之投合，对友人诗才之欣赏。如词人对友人的“风蒲猎猎弄轻柔”“禅心已作沾泥絮，不逐东风上下狂”等诗句大加赞赏，这对学富才高的词人来说，是很不多见的，由此可见二人情谊之深厚。

词末五句，表现了二人志同道合的归隐之志：我们曾经约定，日后要像东晋宰相谢安那样，沿着直通大海的长江航道，向东回归、引退，别让这一高雅的志向与未来事实相违背。不应在西州路上回首恸哭，为了我而洒落泪水，沾湿衣襟。词人以“愿”和“不应”等词，表达了二人的心声，体现出情谊之深切。

这首词最显著的特点：语浅情真。词人用浅直平淡的语言，忆旧谈心，情发于心，真情感人，至情动人。

黄庭坚

黄庭坚（1045—1105），字鲁直，号山谷道人、涪翁，分宁（今江西修水）人，北宋著名的文学家、书法家，“江西诗派”的代表人物。治平四年（1067）进士。“苏门四学士”之一，其词豪放近苏轼，与苏轼并称“苏黄”。有《山谷词》。

定风波·次高左藏使君韵①

万里黔中一漏天②，屋居终日似乘船。及至重阳天也霁，催醉，鬼门关外蜀江前③。　莫笑老翁犹气岸④，君看，几人黄菊上华颠⑤？戏马台南追两谢⑥，驰射，风流犹拍古人肩⑦。

注　释

① 高左藏使君：指高羽，左藏使君是官职名。次韵：旧时古体诗词写作的一种方式，按照原诗的韵和用韵的次序来和诗。

② 黔中：黔州，今重庆彭水。漏天：阴雨连绵。

③ 鬼门关：即石门关，在今重庆奉节东。

④ 气岸：气概，意气。

⑤ 华颠：花白头发。

⑥ 戏马台：项羽所筑，在今江苏徐州南。两谢：指谢瞻和谢灵运。晋安帝义熙十二年，刘裕北征，九月九日会僚属于戏马台，赋诗为乐，谢瞻、谢灵运各赋《九日从宋公戏马台集送孔令》一首。

⑦ 风流犹拍古人肩：意为英雄气概可以和古时的风流人物比肩。语出晋郭璞《游仙诗》：“左挹浮丘袖，右拍洪崖肩。”洪崖、浮丘，皆仙人。

题 解

这首词是黄庭坚被贬黔州时的作品，彼时是词人生平最艰难困苦的一段生活。词的上片写边远的黔州之地阴雨连绵，词人待在屋子里无法出去，好似乘船一样苦不堪言。重阳节的时候天气终于放晴，词人登高醉饮，欣喜之情溢于言表。词的下片写重阳赏菊、簪菊花的习俗，“莫笑老翁”写出了词人不服老的气概。接着用谢瞻、谢灵运戏马台赋诗的典故，意在写自己虽被贬黔州，身处逆境，依然会骑马射箭，赋诗填词，表现了词人虽身处逆境，却老当益壮，穷且益坚的达观精神和旷达胸襟。

赏 析

这首词是黄庭坚贬谪黔州时所作。通过对自身处境的描述，抒写了作者老当益壮、穷且益坚的情志和身处逆境、宠辱不惊的胸怀。

上片重在写景，以示环境之恶劣。

“万里”二句，直写气候：万里黔中阴雨连绵，仿佛天漏，遍地都是水，终日被困家中，犹如待在一艘破船之上。这里，词人明写天气，实则暗含贬谪环境之恶劣。“一漏天”“似乘船”之比喻，准确而形象地写出苦不堪言之状，更显环境之险恶。“万里”二字，亦有“万里青天，姮娥何处，驾此一轮玉”（黄庭坚《念奴娇》。大意：碧空万里无云，嫦娥在何处驾驶着这一轮明月。）的去国怀乡之感。起首这二句，显然用了“抑”的写法。

“及至”三句，转而写重阳天晴，词人登高痛饮之情景：久雨放晴，又逢重阳佳节，我在那蜀江之畔，开怀畅饮狂欢。这里，显然采用了“扬”的写法，着一“霁”字，把“重阳”云开天霁之美写了出来。“及至”和“也”的运用，使语意过渡十分自然，更添喜出望外、喜上加喜之感。“催醉”二字，字少意丰，将畅饮之情景展现在眼前，增添了无限的想象空间。“鬼门关外蜀江前”一句巧与词首的“万里黔中”相呼应，以反衬之法，把词人“宠辱偕忘”的阔大胸襟蕴含其中。

下片重在言情，以抒豪迈之气概。

过片三句，紧承上片，描写重阳赏菊之情景：不要取笑我，我虽年迈但气概犹在。请您看看，像我这般头发花白的老翁头插菊花者又有几人？！这里，词人写出了一种不服老的精神，有一种“银山堆里看青山”（黄庭坚《雨中登岳阳楼望君山二首》之二）的英武之气。用语信心满满，让人叹服。此为再“扬”。

词末三句，是词人的豪迈之气达至极致：我吟诗填词，堪比那戏马台前赋诗的“两谢”！骑马射箭，纵横驰骋，我直追那时的风流人物！词人以十分自信的笔墨，使情感达到高潮。此为三“扬”。这里，词人巧用晋诗人谢瞻、谢灵运戏马台赋诗之典故，表达自己的无比喜悦，有一种苏轼般的“老夫聊发少年狂”（北宋·苏轼《江城子·密州出猎》）的狂傲、豪壮之气。尤其是“风流犹拍古人肩”一句，那种不屈于命运摆布的乐观自信、狂放不羁、洋洋得意之状犹然可见。

这首词抑扬有致，手法精妙。词人巧用“一抑三扬”之法，把一颗老当益壮之心熔铸于词中，给我们刻画出一位身处逆境、不屈命运的与风流拍肩、气岸凌举的老翁形象。

水调歌头

瑶草一何碧[①]，春入武陵溪[②]。溪上桃花无数，花上有黄鹂。我欲穿花寻路，直入白云深处，浩气展虹霓[③]。只恐花深里，红露湿人衣[④]。　坐玉石，攲玉枕[⑤]，拂金徽[⑥]。谪仙何处[⑦]，无人伴我白螺杯。我为灵芝仙草，不为朱唇丹脸，长啸亦何为？醉舞下山去，明月逐人归。

注　释

① 瑶草：传说中的仙草。一何：多么。

② 武陵溪：语出晋陶渊明《桃花源记》，晋太元中武陵渔人入桃花源，见其中居民生活恬静安逸，俨然另一世界。代指世外桃源，幽静清幽之地。

③ 虹霓：彩虹。

④ 红露：花瓣的露水。

⑤ 攲：斜靠着。

⑥ 金徽：琴弦音位的标志，即古琴面板左方的一排圆星点，用贝壳、瓷或金属镶制而成。

⑦ 谪仙：指唐代诗人李白。

题　解

这首词是黄庭坚春行记游之作，词中情景交融，写景瑰丽，恍若仙境，引人入胜。上片开头一句写喜仙草如碧，接着描绘了溪山美丽的春景、艳丽的桃花、灵动的黄鹂，尘世中的景物在词人笔下仿佛是世外桃源，词人置身其中，探寻春意，享受欢愉，忘却了尘世中的纷纷扰扰，尔虞我诈。下片塑造了一位遗世而独立、潇洒自在的人物形象，词人自己随意坐在石头上，斜靠着玉枕，抚弄着琴弦，颇有放浪形骸之意。词人渴望以李白那样恃才傲物的人为友，言外之意是说知音难觅，委婉地表达对现实的不满。最后表明自己追求的是“灵芝仙草”，不是“朱唇丹脸”，抒发了词人对污浊的现实社会的不满以及超然物外、鄙弃世俗的审美理想。

赏　析

这首词通过春行游赏所见之景，表现了词人晚年贬谪时期孤芳自赏、不愿媚世求荣的高洁品格。

词的上片，重在绘景。

开头二句，词人比兴写景：瑶草是多么的碧绿，这是因为春天来到了武陵溪。乍一起笔，词人就感慨瑶草的碧绿，并以“春入”二字，点明缘由，给人惊喜，春草有情、春意盈怀之感油然而生，给全词定下一个美好的情感基调，且有承上启下之功。

接下来二句，词人生动地描写春到“桃花源”之情景：只见那溪上有无数桃花，花枝之上又有婉丽的黄鹂。词人用“桃花”妙承上句“武陵”之陶渊明《桃花源记》的典故。巧写“桃花”，将词人对理想的追求和对现实社会的不满之意蕴于其中。“黄鹂”二字，从婉转悦耳的鸟鸣声中，给人一种诗情画意之美。

“我欲”三句，描写词人穿行花路之感受：我想要穿过花丛寻找出路，却走到了白云的深处，在那山巅之上我一吐胸中的浩然之气，竟化作虹霓。词人用饱含色彩的笔触，描写出一个神奇的景象，表现了词人对陶渊明式的人生道路的向往，与苏轼的“我欲乘风归去”有异曲同工之妙，隐讳地表达了对现实的不满。

接下来二句，词人借景融情：我只怕花深之处，露水打湿我的衣服。这里，词人巧妙化用唐代诗人王维“山路元无雨，空翠湿人衣”（《山中》）的诗意，兼用比喻和象征手法，委婉含蓄地表达了词人对尘世的厌倦却又不甘弃去的矛盾心理。

词的下片，重在寄情。

过片三句，词人以行为寄情：我坐在玉石之上，靠着玉枕，弹着瑶琴。词人用两个“玉”字和一个“金”字，来喻指自己与众不同的高洁志行。

“谪仙”二句，是以典寄情：那被贬谪的仙人李白又在哪里呢，没有人能陪我用田螺杯喝酒。词人用李白的典故，表达内心的寂寞和苦闷：知音难觅，异常孤凄，连吐露心曲的机会也没有，又把对现实社会的不满之意蕴于词中。

“我为”三句，词人以比喻和象征寄情：我为了寻找灵芝仙草，不为那赤唇红脸的表面繁华，长叹又为了什么呢？这里，词人用“灵芝仙草”“朱唇丹脸”来比喻、象征功名利禄，表达词人不慕富贵名利的高洁志趣。

词末二句，词人以化用寄情：我喝醉了手舞足蹈地下山，明月仿佛也在驱赶我回家。这里，词人巧妙化用李白“山月随人归”（《下终南山过斛斯山人宿置酒》）的诗意，表现出词人超然物外的情志。

这首词最显著的特点：寄情手法精妙。确为“一往深秀”“隽雅绝伦”（清·黄苏《蓼园词选》）之作。

贺　铸

贺铸（1052—1125），字方回，自号“庆湖遗忘”。因其相貌丑陋，时人称之“贺鬼头”。喜校书，能诗文，尤长于词。其词的内容风格多样，兼具豪放、婉约之长。其爱国词作，悲壮激烈，与苏轼相近。对后世的影响很大。

六州歌头

少年侠气，交结五都雄①。肝胆洞②，毛发耸。立谈中，死生同。一诺千金重。推翘勇③，矜豪纵，轻盖拥④，联飞鞚⑤，斗城东⑥。轰饮酒垆⑦，春色浮寒瓮⑧，吸海垂虹⑨。闲呼鹰嗾犬⑩，白羽摘雕弓⑪，狡穴俄空⑫。乐匆匆。　似黄粱梦⑬，辞丹凤⑭。明月共，漾孤篷。官冗从⑮，怀倥偬⑯，落尘笼，簿书丛。鹖弁如云众⑰，供粗用，忽奇功。笳鼓动⑱，渔阳弄⑲，思悲翁⑳。不请长缨㉑，系取天骄种㉒，剑吼西风。恨登山临水，手寄七弦桐㉓，目送归鸿。

注　释

① 五都：这里泛指北宋各大都市。

② 肝胆洞：肝胆相照。

③ 推翘（qiáo）勇：推举最勇敢的人为首领。
④ 轻盖：轻车。
⑤ 飞鞚（kòng）：策马飞驰。
⑥ 斗城：汉代长安城的别称，这里代指北宋都城汴京。
⑦ 轰饮：狂饮。
⑧ 瓮：酒坛子。
⑨ 吸海垂虹：形容狂饮酒。
⑩ 嗾（sǒu）：唤狗声。
⑪ 白羽：箭名。
⑫ 狡穴：狡兔的巢穴。俄：形容时间短。
⑬ 黄粱梦：典出唐沈既济《枕中记》载，有卢生者，在邯郸旅店中昼睡入梦，历尽富贵荣华，醒时店主炊黄粱未熟，因悟人生皆空。
⑭ 丹凤：唐时长安城有丹凤门，后用来代指京城。
⑮ 冗从：散职侍从官。
⑯ 倥偬（kǒng zǒng）：事情纷繁促迫。
⑰ 鹖弁（hé biàn）：古代武冠，左右各加一鹖尾，故名鹖冠。这里代指武官。
⑱ 笳鼓：笳声与鼓声，借指军乐。
⑲ 渔阳：安禄山起兵叛乱之地。此指侵扰北宋的少数民族发动了战争。
⑳ 思悲翁：乐曲名，多叙战阵之事。
㉑ 请长缨：请战之意。长缨：捕缚敌人的长绳。
㉒ 天骄种：原指匈奴等少数民族，这里泛指侵略宋朝的少数民族。
㉓ 七弦桐：即七弦琴。

题　解

这首词风格悲凉豪迈，上片以“少年侠气”开篇，追忆自己青少年时期在汴京度过的豪侠纵气的生活，少年们肝胆相照，意气相投，重义轻财，一诺千金，骑马射箭，豪饮玩乐！词的下片用“黄粱梦”转折，当初的快乐匆匆而去，从上片的快乐回忆回到了眼前的现实：自己官职低微，漂泊异乡，每天做一些打杂的粗活，好像落入囚笼中一般，空有报国之志，却被埋没。“笳鼓动，渔阳弄”，点明了宋朝的国事危机。“思悲翁”本是汉代战争乐曲，这里一语双关，表达词人年华老去，却报国无门、寸功未立的悲愤之情。当初的豪侠少年，如今只能登山临水，将忧思寄于琴弦，把壮志托付给远去的鸿雁。这是一个忧国忧民的志士的无奈与悲愤，也是那个时代的悲哀。

赏　析

贺铸的这首词是题材重大、情感深沉、在北宋词坛很少见的、闪耀着爱国主义思想光辉的豪放名作。

词的上片，是对少年时期任侠生活的回忆。

开篇“少年”二句是总写：我少年时一股侠气，曾结交了各大都市的豪雄之士。词人笔落“少年”，点示上片所写内容。“侠”“雄”二字，是对以下内容的精准概括。

“肝胆洞”到“矜豪纵”，着重写少年武士们性格之“侠”：我们待人真诚，肝胆相照；遇到不平之事，我们便会怒发冲冠，该出手时便出手，具有强烈的正义感。我们与人站立而谈，能够做到生死与共。我们重视一诺千金，推崇出众的勇敢和狂放不羁地傲视他人。这一层，词人用比喻（如“肝胆洞”）、夸张（如“毛发耸”）等手法及“同”“重”“推”“矜”等字眼，以饱墨酣笔，塑造出一群充满义气、侠气和豪气的侠士形象，从道德品质、为人准则和行为规范等方面刻画出他们的精神面貌。

“轻盖拥”到“狡穴俄空”，着重写少年武士们的行为之“雄”：我们轻车簇拥，飞马驰逐，呼朋唤友，游赏于京城内外。我们在酒店里狂饮，那酒坛里浮现出诱人的春色。我们像长鲸和垂虹那样海量饮酒，顷刻之间酒坛便会见底。我们间或带着鹰犬打猎，霎时间便荡平了狡兔的巢穴。这一层，词人运用夸张、比喻等手法，极尽铺叙、描写之能事，写出少年侠士的雄壮豪健之气。这与上层的“侠”之性格互为映衬，用笔真切传神。

上片词人用“乐匆匆”三字收束，表达了一种“虽然欢快，可惜时间太过短促”之意，把“岁月不居，时节如流”（晋·陈寿《三国志·吴书·孙韶传》）的叹息蕴含其中。

词的下片，是词人对今天现实生活的叙写。

过片四句，紧承上片，总括前半生：就像卢生的黄粱一梦，我很快就离开京城。驾孤舟漂流于水中，唯有明月相伴。这里，词人以典写情、以景融情，将凄苦、孤寂无为的半生形象地概括出来，有一种不堪回首之悲。

接下来七句是词人对如今为官情形的描述：我任散职从官品位卑微，事多繁忙，困苦不安。陷入那污浊的官场仕途的尘网、牢笼之中，担当繁重的文书事务。像我这样成千上万如云般的武官，都被支派到地方上去打杂，劳碌于文书案牍，不能杀敌疆场、建功立业。词人满腹才无所用的怨恨，确实是苦不堪言。

“笳鼓动”以下六句，抒写词人壮志难酬、悲愤难平的心境：笳鼓敲响了，战争爆发了，想我这悲愤的老兵啊，却无路请缨，不能为国御敌，生擒西夏酋帅，就连我的宝剑也感到不平，在西风中怒吼起来。词人运用比喻（如“笳鼓”喻战争）、夸张和拟人（如“剑吼西风”）、用典（如“渔阳弄”“思悲翁”“请长缨”）等手法，表达了空有报国之志而无处施展的悲苦。

词末三句，总写词人满腔的悲恨：我怅恨自己极不得志，只能满怀惆怅登山临水，手抚那七弦琴，目送归去的鸿雁。词人把万千的愤慨寄托于琴声和无助无声的目光之中，其哀、其悲、其愤怎一个“恨”字了得！

这首词写法独特，风格悲壮。词人运用叙事、议论和抒情相结合的写法，兼用比喻、夸张和以典写情、以景融情等手法，风格激越悲壮，将词人报国无门、忧国忧民的情怀融于词中，为南宋爱国词开了先声。

朱敦儒

朱敦儒（1081—1159），字希真，号岩壑、洛川先生，洛阳（今属河南）人。绍兴五年（1135）赐同进士出身，出任秘书省正字等职。后因与主战派来往密切，被劾罢官。与陈与义等并称为“洛中八俊”。留有词集《樵歌》。

念奴娇

插天翠柳，被何人、推上一轮明月？照我藤床凉似水，飞入瑶台琼阙①。雾冷笙箫，风轻环佩，玉锁无人掣②。闲云收尽，海光天影相接。　谁信有药长生，素娥新炼就③，飞霜凝雪。打碎珊瑚，争似看、仙桂扶疏横绝。洗尽凡心，满身清露，冷浸萧萧发。明朝尘世，记取休向人说。

注　释

① 瑶台琼阙：雕饰华丽的楼台。神话传说中神仙居住的地方，这里指月宫。

② 掣：抽、拉。

③ 素娥：即嫦娥，传说偷吃了长生不死药飞升月宫。

题　解

这首词写词人月夜神游月宫的乐趣，极富浪漫主义色彩。词的上片先写眼前实景：高高的柳树上挂着一轮明月，月光照在藤床上冰凉似水。接着写想象之景，词人用“雾”“笙箫”“环佩”“玉锁”“闲云”等意象，构筑了一个朦胧、悠远、清净、神秘的仙境。云朵散去，在天宫中一览海天相接的美景，令人神往。词的下片写月宫嫦娥的神话传说。词人认为那长生药是嫦娥炼制，月中的桂树玲珑美丽，远超过人间的名贵珊瑚。“洗尽凡心”一句，表面是写嫦娥飞升成仙，超脱了凡尘，实际上也表达了词人超脱俗世的心志。最后一句从想象回到现实，词人抒发了自己的心志不能向外人言说的感慨，情感深沉含蓄。

赏　析

这是一首颇能体现朱敦儒旷逸超迈词风的词作。

词的上片，着重想象神游月宫之趣。

开篇“插天”四句，是词人见柳而生发的想象：门前的翠柳，不知是被谁人推上那皎洁的明月？如凉水一般照在我的藤床之上，在如此的良辰美景里，我的思绪飘飞入瑶台月宫之中。词人运用夸张、想象的笔触，乍一开篇就营造出一种清婉、美妙的氛围，给全词增添了神秘而又瑰奇的色彩。一“月”一“床”，一仰一俯，天地之间，境界阔大，想象奇特，给人一种身临其境之感。

接下来三句，紧承上句，描写月宫所见所感：这里雾冷风轻，隐隐传来笙箫之声和那仙子们的环佩之声，那玉制的门锁也无人抽开。词人用“雾”“笙箫”“环佩”“玉锁”等意象，描绘了一个与世隔绝、冰清玉洁的仙境。这里极神秘、极清净，既无天兵天将把守，亦无“玉锁”禁锢。联系词人写作的背景，词人满怀收复中原的一腔热愿，却付之冰海，无奈之下只能在精神的世界里寻求归宿。

“闲云”二句，转而又写现实之景：等到那云朵散去之后，那天际又呈现出海天相接的胜景。这里，词人借眼前之景，寓示内心世界的阔大和超尘脱俗，将一种高洁的隐逸之意融于胜景之中。

词的下片，着重寄托隐逸脱俗之情。

“谁信”三句，词人巧拟设问：谁能相信有那长生不老之药？这只不过是嫦娥新炼制的凝霜而已，并不是传说中玉兔所捣之灵药。词人运用“嫦娥盗吃灵药”而长生不老的传说，寓含对现实无情、人生亦无情的深切感受。

“打碎”二句借典言情：被石崇斗富时打碎的那株枝繁叶茂的名贵珊瑚，是难以与月宫中疏影横绝、玲珑剔透的桂树相提并论的。词人用西晋巨富石崇的典故与月桂相比衬，表达对超凡脱俗境界的向往之情。

“洗尽”三句，表露词人的心曲：脱去那尘世的外衣，让心灵在超凡脱俗的境界里洗礼。保持那两袖清风、满身清露的高洁品行，让寒冷浸湿我萧条的白发。这三句是本词的主旨句。着一“洗”字，明示心志，表达隐逸之情怀。

词末二句，是词人表明隐衷：我明天将要隐逸的心志，恐怕尘世之人是无法理解的，自然是不必向外人言说的。词人将痛切的感受，用委婉而蕴意深沉的语言表达出来，有一种不忍离去又不得不离去的苦衷蕴含其中。

这首词最显著的特点：构思新颖，手法精妙。词人通过丰富的想象和神话传说，描绘了一个冰清玉洁的神话世界，并且用夸张、用典及虚实结合等手法，将词人追求的隐逸之志融于词中，有机杼独出之妙。

鹧鸪天·西都作①

我是清都山水郎②，天教分付与疏狂③。曾批给雨支风券，累上留云借月章④。　诗万首，酒千觞，几曾着眼看侯王！玉楼金阙慵归去⑤，且插梅花醉洛阳。

注　释

① 西都：洛阳。北宋以开封为都城，洛阳为西京，故称西都。
② 清都：神话传说中天帝居住的宫阙。山水郎：为天地管理山水的郎官。
③ 疏狂：狂放不羁，不受礼法约束。
④ 累上：多次上奏。章：指上呈天帝的奏章。
⑤ 玉楼金阙：指汴京城的宫殿。慵：困倦，懒得动。这句指词人不愿到朝廷做官。

题　解

这首词是词人从京都返回洛阳后写的，词中想象丰富，夸张大胆，抒情强烈，“疏狂”二字是全词的词眼。词的开头用豪放之语，写自己是天上掌管山水的郎官，狂放不羁的性格是上天赋予的，自己可以支配风雨，留住彩云，借走月亮，想象新奇，神秘浪漫。接着写自己沉醉在写诗喝酒中，不屑于应对王孙贵族，只愿斜插梅花，醉在洛阳。词人用天地间至清之物象征其志向的高洁，他在靖康年间曾经被召入京师做官，但是他坚辞不就，表现了词人纵情山水、淡泊名利、鄙弃世俗、傲视权贵、豪迈狂放的性格品质。

赏 析

这首表达不屑权贵、不与世俗同流合污的词，是南宋词人朱敦儒于宋钦宗靖康年间（1126），由京师返回洛阳后所作。

词的上片，着重描写词人居于洛阳之时纵情山水、狂放不羁的生活。

开篇二句，词人开门见山，直截了当地表明词人热爱山水的天性：我本是为天帝管理山水的郎官，我的天性就是懒散和疏狂。词人乍一开篇，就以浪漫的笔触，直抒自己不喜尘世、钟情山水的理想，且以“山水郎”自居，以“分付”“疏狂”来点示天性，口吻戏谑而语意肯定，显示了词人直爽坦诚、具有豪侠之气的性格。

“曾批”二句，词人用浪漫的笔触抒怀：天帝曾批给我管理风露的诏帛，我也多次上呈留住彩云、借走月亮的奏章。词人以神奇的想象，幻想出意趣盎然的情节。虽为幻想却煞有介事、一本正经，不仅风趣绝妙地诠释、补充了首句，而且巧妙地袒露了词人热爱自然山水的本性和对尘世凡俗的鄙弃。

词的下片，着重表现词人乐天自在、傲视王侯的淡泊胸怀。

过片三句，描写词人赛神仙的隐逸生活：我的诗一写就是一万首，我饮酒一饮就是一千杯，我不曾正眼看过那些王侯！词人以夸张的手法和狂放不羁的豪情，表现出对功名富贵的鄙夷及对王侯不屑一顾的铮铮铁骨，有“且乐生前一杯酒，何须身后千载名”（唐·李白《行路难三首》之三）的达观，亦有“功名富贵若长在，汉水亦应西北流”（唐·李白《江上吟》）的视富贵功名为过眼烟云的清高，更有“科头箕踞长松下，白眼看他世上人”（唐·王维《与卢员外象过崔处士兴宗林亭》）的狂傲。

词末二句，词人表达了不愿与污浊社会同流合污的心志：就算是在汴京城华丽巍峨的宫殿里做官，我也懒得前去，只愿插着梅花醉卧于洛阳的山水之中。这里，把词人厌恶官场、与山水为伴而隐逸归老的心志形象地表达了出来。词人着一“慵”字，极为精准地表明了自己鄙薄名利的态度。“插梅花醉洛阳”一句，用极为具体而又富含特征的细节描写，体现出词人鄙夷富贵荣华的清高和风流。尤其是“梅花”二字，把词人坚守高洁志行的坚贞和自信蕴含其中，使一位品行高洁、不愿与污秽之世同流合污的词人形象呈现在我们眼前。

这首词笔触浪漫而狂放，章法谨严。上片偏重描写恣情山水的洛阳生涯，下片侧重内在情怀的抒写，上下连贯，前后呼应，一脉相承。上片贵在浪漫、豪放，多以神奇的想象出之；下片贵在夸张、洒脱，多以形象的细节示人。故而，“最脍炙人口”（北宋·周必大《二老堂诗话》），“有神仙风致”（南宋·黄昇《花庵词选》）。

相见欢

金陵城上西楼[①]，倚清秋。万里夕阳垂地，大江流。　中原乱[②]，簪缨散[③]，几时收？试倩悲风吹泪[④]，过扬州。

注释

① 金陵：今江苏南京。
② 中原乱：指靖康之难后，金人攻占中原。
③ 簪缨：古代达官贵人的冠饰，后借指高官显宦。
④ 倩：请，央求。

题解

这首词上片写登楼所见之景：词人在萧条零落的秋天登上金陵城楼极目远眺，只见远处夕阳低垂，江水奔流。“夕阳垂地”之景，象征着南宋的国势日渐衰微，正如日薄西山。下片直接写国事：金人入侵中原，世家贵族纷纷逃散，什么时候能收复旧山河呢？只能请求萧瑟的秋风吹走我的眼泪，让我的眼泪飞过扬州。扬州是抗金的前线重镇，国防要地，这里表现了词人对前线战事的关切。这首词明暗两条线均写国事，情景交融，情悲，景也悲，抒发了词人渴望恢复中原的爱国精神，以及对朝廷苟安、不图收复山河的愤慨。

赏析

这是一首充满强烈亡国之痛和深厚爱国情感的词。

词的上片，描写登楼所见之景。

“金陵城上西楼，倚清秋。”开篇二句，词人直写登楼之事：我倚靠在金陵西门的城楼之上，观看那清秋时节的景色。词人用语简练，别有特色。着一“上”字，既叙事又含有登楼之过程和动作，平常之字用得恰切而形象。着一“倚”字，既承接“上”字，表明完成“上”之过程而到达城楼上面，且有一个形象的“倚靠”栏杆的动作。“西楼”点明地点。“清秋”点示季节和景色特点。让人顿生“悲哉，秋之为气也，萧瑟兮草木摇落而变衰”（战国楚·宋玉《九辩》）之慨叹，产生“万里悲秋常作客”（唐·杜甫《登高》）之凄楚，更有了“多情自古伤离别，更那堪冷落清秋节”（北宋·柳永《雨霖铃》）之悲苦。这是词人安居金陵、背井离乡、孑然一身登城见“清秋”之景油然而生的悲秋之情。

“万里夕阳垂地，大江流。”这二句，承前描写倚楼所见的远景：只见那万里的长江，在夕阳下，滚滚地东流而去。“万里”二字，可见出大地、夕阳，尤其是长江的阔远而绵长。“垂地”二字，形象而准确地描写出日薄西山、余晖黯然、大地和长江融于暮色苍茫之中的景致，把词人内心浓厚的国亡家破的凄伤之情融会景中。

词的下片，由景生情，直言国事。

过片三句，词人暗承上片“国亡家破之凄伤”的意脉，直抒胸臆：金人侵占中原，清贵权要、达官贵人四分五裂，什么时候才能收复国土？词人着一“乱”字，表现出中原沦陷的惨痛和凄苦。着一“散”字，写出中原陷落之后世家贵族纷纷逃散之哀景。“几时收”三字，表达了词人渴望早日恢复中原的强烈愿望，亦蕴含对南宋朝廷偏安一隅、不思恢复而苟安旦夕的无比的愤慨和抗议。这与南宋著名的爱国词人、抗金名将岳飞的“靖康耻，犹未雪。臣子恨，何时灭！”（《满江红》）有异曲同工之妙。

词末二句，词人借景表达悲凄之情：我要请那悲风，将我的悲泪，吹到那扬州前线。这里，词人巧设词眼，用一个“悲”字贯通全词。妙用拟人手法，表达出风悲、景悲、人更悲的旨意。“悲泪”的意象表达了词人“位卑未敢忘忧国”（南宋·陆游《病起书怀》）的深沉的爱国之情。

这首词巧设词眼，手法高妙。词人以“悲”为词眼来构思全篇，采用以景融情、由景生情、触景伤情和借景表情等多种手法，达到了“一切景语皆情语”的艺术佳境，“悲”歌慷慨，感人至深。

赵　鼎

赵鼎（1085—1147），字元镇，号得全居士，解州闻吾（今属山西）人。崇宁五年（1106）进士，累官河南洛阳令。南宋初年著名的政治家、文学家。因与秦桧不合而被罢相，后绝食而亡。谥号“忠简”，有《得全居士词》。

满　江　红

丁未九月南渡，泊舟仪真江口作①

惨结秋阴，西风送、霏霏雨湿②。凄望眼，征鸿几字③，暮投沙碛④。试问乡关何处是，水云浩荡迷南北。但一抹寒青有无中⑤，遥山色。　天涯路，江上客。肠欲断，头应白。空搔首兴叹，暮年离拆⑥。须信道消忧除是酒，奈酒行有尽情无极。便挽取、长江入尊罍⑦，浇胸臆⑧。

注　释

① 丁未：宋高宗建炎元年（1127），九月金人进犯，南宋朝廷退驻淮甸，并下诏修缮建康城池，准备南渡。赵鼎此次渡江至建康（今江苏南京），是为高宗南渡作先行。仪真：今江苏仪征。

② 霏霏：形容雨丝稠密。

③ 征鸿：远飞的大雁。几字：雁群飞行时，常在空中排列成“一”或“人”字，故曰雁字。

④ 沙碛：沙石浅滩。
⑤ 一抹寒青：一片苍翠色的远山。
⑥ 离拆：分离，这里指被迫南渡。
⑦ 尊罍（léi）：古时盛酒器具，形状似壶。
⑧ 胸臆：胸襟和气度。

题 解

这首词是赵鼎在宋朝为南迁作准备时期所作，是南宋爱国词的先声。词的上片用“惨”字起笔，暗写对宋朝时局的担忧。景物描写扣着秋季，阴雨绵绵，悲风瑟瑟，凄冷惨淡，和词人的悲凉心境恰好相合。词人抬头远望，见大雁南飞，正和自己仓皇南渡如此相像。傍晚投宿在沙石浅滩上，何等凄凉。乡关何处，水隔南北，词人告别中原，心中一片茫然。下片抒情，想到年迈头白，却要经历故土分离之苦，悲痛如断肠。酒无法消除心中的亡国之恨、郁结之愁，只能求助于长江水，来浇灭心中的悲愁。这首词情感沉郁，表达了词人对国难当头的深重忧虑和对故国故土的依恋之情。

赏 析

这首词是南宋词人赵鼎即景抒怀以表眷恋故国山河和暮年流离苦悲的悲愤之作。宋高宗建炎元年（1127）九月，金兵进逼，高宗退驻淮甸，准备渡江而南下。赵鼎作为先行，渡江至建康，泊船仪真江口，便写了这首词。

词的上片，着重于写景。

开篇二句，词人直接描写眼前的时令景色：秋季那惨淡的阴云密布于寒空，西风凄冷，吹送来满天霏霏细雨，打湿了江边的小船。词人乍一落笔，就着一“惨”字，描写出一个阴云密结、西风凄冷、寒雨淋漓的惨秋之景。可见，词人的心头亦笼罩着沉重的悲凉。联系词前的小序，可知此景也正象征了当时北宋沦亡、中原丧乱的时代气氛。

“凄望”三句，承前再写江头秋景：抬眼望去，在风雨凄迷的天空，那归雁排成“人”字队形，在暮色里振翅兼程，将投宿沙漠和荒丘。这里，词人以景写情：以“征鸿”自喻，以表去国离乡、仓皇南渡之苦悲。“沙碛”二字，用荒寒之景，以衬心中的凄伤。

“试问”二句，借景直抒词人内心的悲苦：请问在那铁蹄之下，我家乡在何处？此时，只见那江上云水相连、浩浩荡荡，辨不清南北。这里，词人巧妙化用“日暮乡关何处是，烟波江上使人愁”（唐·崔颢《黄鹤楼》）之诗意，表达去国怀乡之愁。着一“迷”字，以眼前的目断神迷、南北莫辨、茫然若失之感，表眷恋故国山河、暮年流离的凄苦心境。

“但一”二句，词人再写眼前之景：只见那一抹寒冷的青色时隐时现，遥望之中隐隐约约透露出山峦峰头。这里，词人又巧妙化用唐代诗人王维“山色有无中”（《汉江临泛》）和宋代人秦观“林梢一抹青如画，应是淮流转处山”（《泗州东城晚望》）的诗意，表达了对失地中原的无限依恋之情。“遥”“寒”二字，更见词人思念之凄伤，且巧妙照应了前面的“凄”“惨”二字。

词的下片，着重于抒情。

过片六句，抒写词人内心极度的凄楚：国亡家破，我南渡天涯，漂泊于大江之上，成了逃难之客。世事艰危，我寸肠欲断；忧愁满腹，我白发满头。我空自悲叹，心烦意乱，搔首踟蹰，郁闷苦恨，谁能料到晚年竟与家人天各一方，生生被拆离。这里，词人用难以言说的遭际以诉心中无限的苦悲。“天涯”“客”“断”“白”“空”“离拆”等词，精准地把年仅四十三岁的词人所经受的无尽的悲凄写出来了，怎一个“悲”字了得!

词末五句，极言词人的亡国之恨：我本该相信唯有酒可消心中忧愁，却无奈饮酒又尽情难休。我直须把长江之水当作酒喝，来冲刷我胸中的万千愁苦。这里，词人运用夸张、比喻等手法，一吐郁积于胸的愤懑不平之气，表现出词人强烈的爱国热情。

这首词用字精准，手法巧妙。词人写景、叙事，字字含情，尤其是“惨”“凄”“寒”“断”等字，极为精炼，准确传神，且妙用比喻、夸张和化用等手法，把词人忧国忧民的爱国热情生动地表现了出来，确有极为感人的艺术魅力。

李 清 照

李清照（1084—1155），自号易安居士，宋代女词人。李清照少有才华，她的丈夫赵明诚是一名金石学研究者。南渡之后，丈夫病逝，她独自一人孤苦伶仃。她的词作以靖康之变为界，前后词风变化显著。前期多为闺情之作，后期多为抒发个人身世的哀痛和山河破碎的感慨。

渔 家 傲

天接云涛连晓雾，星河欲转千帆舞①。仿佛梦魂归帝所②，闻天语，殷勤问我归何处。　我报路长嗟日暮③，学诗谩有惊人句④。九万里风鹏正举⑤。风休住，蓬舟吹取三山去⑥！

注 释

① 星河：银河。

② 帝所：天帝居住的地方。

③ 嗟：感叹。

④ 谩有：空有。

⑤ “九万里”句：典出《庄子·逍遥游》：“鹏之徙于南冥也，水击三千里，抟扶摇而上者九万里。”风鹏正举：大鹏鸟乘风而上。

⑥ 蓬舟：轻如蓬草的小舟。三山：传说中蓬莱、方丈、瀛洲三座海上仙山。

题 解

这首词是李清照南渡之后的作品，一改婉约闺情，风格转为豪放。词的上片写自己漂泊江南，云雾缭绕，星河斗转，水天一色，画面辽阔磅礴。接着想象出魂归上天，天帝和自己对话的场景，具有浪漫主义色彩，亦真亦幻。词的下片写自己回答天帝的问题，感慨路途遥远，空有诗书才华却毫无用处，最后写自己撑着小船希望被风儿吹到海外的仙山上去。这首词虚实结合，想象奇特瑰丽，通过人和神之间的对话，将梦幻和现实巧妙结合在一起，抒发了词人颠沛流离在外的真切感受，也寄寓着对生活的美好向往。

赏 析

这是宋代女词人李清照所写的一首豪放词。这首词以奇特的想象和独特的构思，打破了惯常的写法，寄情表意，寓含了对现实社会的不满、失望及对理想境界的追求和向往，充分显示了词人豪放不羁的性情，无一毫钗粉之气。

词的上片，由景入手，想象了一个奇特的梦境。

词人起笔不凡，一开始二句就给我们展现出一幅辽阔、壮美的图景：天海相连，云海翻滚；晓雾迷蒙，星河即将隐去，海上那无数的船只已扬帆远航。这里，词人用如椽巨笔，集“天”“云”“雾”“星河”“千帆”于麾下，勾画出一幅极富特色的壮丽、雄浑的画卷。“接”“连”二字，又使天幕四垂、波涛汹涌和云雾弥漫的壮景增添了动感和活力，一下子使这茫茫无际的画面生动起来。“转”“舞”二字，又把词人经受风浪、船只上下颠簸的真切感受，极逼真地传达给我们。“星河欲转”四字，似乎让我们亲历了那种从颠簸的船舱仰望星空的感受。“千帆舞”三字，似乎又让我们亲见了千百舟船破浪飞舞前行之情景。如此大气磅礴之景，真让人怀疑出自一位娇柔的女词人之手！

“仿佛”三句，词人又给我们描绘了一个瑰丽奇特的梦境：我的梦魂仿佛又回到了天庭，天帝传话善意地把我相邀，殷勤地问我：“你可有归宿之处？”这里，词人给我们细描出面见天帝的情景，并通过一句极简洁却极有温情的问话，塑造出一个关心民生疾苦、极有人情味的天帝形象，将词人的美好理想寄寓其中，亦将词人不满社会现实之意隐含其中。

词的下片，紧承上片所绘梦境，通过对答天帝，表现词人的苦闷、愤懑和心志。

过片二句，是对上片末句天帝问话的回答：我回报天帝说，路途漫长又自叹已到暮年，学习作诗，空有惊人之句。“路长”“日暮”，真实地反映了词人丈夫病逝、孤独无依、孤寂困苦的晚境。着一“谩”字，表现出词人生不逢时、知音难遇的苦闷，亦流露出词人对现实的强烈不满，把万千悲凄蕴于其中。

词末三句，词人借典抒情写志：我要像鹏鸟一样，在九万里的长空，展翅奋飞！风啊，请你千万莫要停息，将这一叶轻舟，载着我直送往蓬莱三座仙山。这里，词人融神话传说和用典于一体，将梦幻与生活、历史与现实结合，与词首相呼应，把词人不满现实的苦闷、愤懑和对理想境界的追求、憧憬之情，形象而又含蓄地表达了出来。

这首词风格豪放，写法新颖、独特。词人完全打破了通常词作上片写景、下片抒情之常规，妙用浪漫主义表现手法来构思全篇：上片以天帝问话作结，下片过片处以词人对答紧密相连，做到了天衣无缝。结尾又以与词首相同的绘景、想象的写法，使全词首尾呼应，圆合一体。同时，在想象之中，又做到虚实结合，把真实的生活感受融入梦境，把典故、神话传说融于词中，使全词呈现出气度恢宏、格调雄奇的豪放风格。

陈 与 义

陈与义（1090—1138），字去非，号简斋，洛阳（今属河南）人，北宋末、南宋诗人。他的诗歌创作以金兵入侵中原为界，分为前后两个时期。前期以表现个人生活情趣的流连光景之作为多。南迁之后，诗风转为悲壮苍凉，能够把自己的遭遇和国家的命运融合在一起。亦工词，其词意境与诗相近，有清婉奇丽的特点，而豪放处又接近苏轼。有“词俊”之称。

临江仙·夜登小阁，忆洛中旧游

忆昔午桥桥上饮①，坐中多是豪英。长沟流月去无声②。杏花疏影里，吹笛到天明。　二十余年如一梦，此身虽在堪惊。闲登小阁看新晴。古今多少事，渔唱起三更③。

注 释

① 午桥：在今河南洛阳。
② 长沟：这里指流经午桥的溪水。
③ 渔唱：渔人唱的歌。三更：午夜时分。

题 解

这首词约作于绍兴五年（1135）前后，当时词人南渡颠沛流离，寓居湖州青墩镇。词的题目中点明了词人在一个夜晚登上小阁楼，回忆起青年时期在洛阳游历的日子。词的上片用一个“忆”字引出昔日快乐的生活场景：在午桥上和英豪们一起喝酒，何其畅快，此时，月亮随着流水悄悄西沉，夜深人静，桃花潋滟，笛声悠扬，词人和友人一直欢聚到天明。词的下片由回忆回到现实，写二十几年的经历恍然如梦，自己身处亡国乱世中，胆战心惊。如今百无聊赖，登上楼阁看新雨初晴后的夜色，感慨古今兴亡大事，也不过被渔人编成了渔歌，在半夜吟唱一番。这首词直抒胸臆，通过今昔对比，抒发了词人对家国和人生的惊叹与感慨，韵味深远绵长。

赏　析

这首词是南宋词人陈与义夜登小阁楼追忆洛阳一带朋友的忆旧、感怀之作。

词的上片，着重忆旧。

开篇二句，词人追想昔日的午桥宴饮：回忆年轻时在午桥之上的那次酣饮，记得坐中的朋友大多是英雄豪杰。乍一开篇，词人直扣小序中的“忆”字，展开对往事的回忆。“午桥”二字，点明饮宴的地点。“豪英”二字，点示宴饮的人物，但词人眼前油然就浮现出当时与才俊们吟诗唱和、谈今论古、举杯相欢的情景，自然地引入下句。

接下来三句，是词人对游玩情景的具体描写：我们白天在午桥畅饮，到了晚上，月光随着那长沟的水波奔涌，流得悄然无声。我们在这恬静的夜里，对着杏花疏落的清影，尽情地吹着悠扬的笛子，一直玩到天明，竟然不知月光已随流水悄悄地消逝了。词人用桥上笑语欢声衬托桥下默默的流水声，尤其是悠扬的笛声和月下“杏花疏影”的静美之景，声、景相映，把春夜恬静、清婉、奇丽之景和充满闲情雅兴的“豪英”相聚的生活情景真实地描写了出来，且给人以充分想象的空间。

词的下片，着重感怀。

过片二句，词人概括国破家亡、颠沛流离的痛苦经历：二十余年如同梦境，浩劫过后人虽活着，可心里怎能不感到震惊呢？！这里词人以沉重的笔触写出了痛心的过往：词人在政和三年（1113）为官之后，屡遭谪贬，仕途一直不顺。尤其是靖康之变，北宋沦亡，他饱尝逃难、流离的苦痛。如噩梦般的劫后余生的经历，与午桥相聚宴乐的情景形成了鲜明的对照，词人的心中自然就有了“堪惊”的“如一梦”的感触。九死一生的家亡国破的经历，使词人油然而生“人世多违壮士悲，干戈未定书生老”（陈与义《居夷行》）的家国之痛和身世之悲。

词末三句，词人以眼前之景情而生发深沉之慨叹：如今，我闲散无聊地登上小阁，观看这雨后新晴的月夜美景，触景生情，感叹古今有多少兴亡旧事，皆被渔夫编成歌谣，在那半夜三更低声吟唱。“闲登”二字，于词末点题，点明写作此词的时间、地点及心境。“新晴”与上片“长沟流月”、“渔唱”与上片的“无声”皆形成强烈的对照，在上、下片的今昔对比中，把国破家亡的哀痛蕴含其中，此种“白头吊古风霜里，老木沧波无限悲”（陈与义《登岳阳楼》）之哀痛感人至深。

这首词旨意深刻，手法高妙。词人看似信手写来，自然而然，但蕴意极深。在清婉绮丽的午桥宴饮乐事的描写之中，在二十余年后劫后余生的慨叹之中，把无尽的家国之痛融于其中。尤其是“流月”之“无声”的巧语，“吹笛”“天明”的爽语及“渔唱”“三更”的冷语的今昔对比，把词人吊古伤今之情形象而生动地表达了出来，真切感人，意味深长。

张　元　幹

张元幹（1090—约 1170），字仲宗，自号芦川居士、真隐山人，南宋著名词人。其词长于抒发悲愤之感，风格豪迈，对后来的爱国词人影响很大，与张孝祥一起号称南宋初期“词坛双璧”。金兵入侵时，宰相李纲任亲征行营使，张元幹曾为其幕僚。后因不满秦桧的专权误国而被投入监狱，除去官籍，后客死他乡。

贺新郎·寄李伯纪丞相①

曳杖危楼去。斗垂天、沧波万顷，月流烟渚②。扫尽浮云风不定，未放扁舟夜渡。宿雁落、寒芦深处。怅望关河空吊影，正人间、鼻息鸣鼍鼓③。谁伴我，醉中舞④。　十年一梦扬州路⑤。倚高寒，愁生故国，气吞骄虏。要斩楼兰三尺剑⑥，遗恨琵琶旧语⑦。谩暗涩、铜华尘土⑧，唤取谪仙平章看⑨。过苕溪、尚许垂纶否⑩？风浩荡，欲飞举。

注　释

① 李伯纪：抗金名臣李纲。绍兴八年（1138），高宗赵构向金拜表称臣，李纲上书反对，词人得知，作此词寄之，表示支持。

② 烟渚：雾气笼罩的小洲。

③ 鼍（tuó）鼓：这里指睡熟后鼾声如鼓。

④ 谁伴我，醉中舞：典出《晋书·祖逖传》，东晋祖逖和刘琨闻鸡起舞的故事。

⑤ 十年一梦扬州路：化用杜牧《遣怀》：“十年一觉扬州梦。”十年前

金兵占领了扬州，词人写这首词时，相隔十年，宋金和议已成，主战派遭迫害，收复失地已成梦想。

⑥ 要斩楼兰：典出《汉书·傅介子传》，西汉傅介子出使西域斩楼兰王的故事。这里言词人抗金报国的雄心。

⑦ 琵琶旧语：化用杜甫《咏怀古迹（其三）》："千载琵琶作胡语，分明怨恨曲中论。"汉代王昭君出塞嫁匈奴，有琵琶乐曲《昭君怨》。这里指宋金和议将成千古遗恨。

⑧ 暗涩：暗淡无光彩。铜华：宝剑上的铜锈。

⑨ 谪仙：指唐代诗人李白。平章：品评，评论。

⑩ 垂纶：垂钓。相传姜太公在渭水垂钓，后遇周文王。后世以垂钓指隐居。

题 解

这首词是词人对李纲坚决主战、反对议和的行动表示敬仰、支持而作，情感慷慨激愤，具有爱国主义精神。词的上片写登高所见之景，词人怅望祖国山河，吊影自伤，世人皆沉睡如鼓，只有我还清醒。词人用"谁伴我，醉中舞"来表示自己和李纲志同道合。词的下片运用典故，表明对朝廷屈膝议和的强烈不满以及对李纲的敬仰之情。

赏 析

这是南宋词人张元干所作的一首洋溢着爱国主义精神的词。写于绍兴八年（1138），当词人得知被罢官的抗金名臣李纲上书反对宋高宗赵构向金拜表称臣之事后，特作此词以寄李纲，以表坚决支持之意。全词写得慷慨激昂，充溢爱国之正气。

词的上片，着重写登高远眺所引发的深沉的感慨。

开始三句，描写词人携杖登楼所见之景：我拖着手杖，独自登上高楼。只见北斗星低低地垂挂在天空，只见那沧江正翻起万顷波浪，月光流泻在烟雾弥漫的小洲之上。乍一开篇，词人即以"曳杖"二字开篇，将词人激愤不平的内心用锵然有声的"曳杖"的动作显示出来。在"垂""波"和"烟"三字中，将词人内心无尽的义愤蕴于其中。

接下来三句，词人紧承上句，再写夜景：江风极大，竟把那天上的浮云吹散，江面亦因风大而无人乘舟夜渡。凝望沉思之间，又见那栖宿的鸿雁已经落在萧索凄寒的芦苇深处。词人描绘了“风不定”“宿雁落”之动景和“未放扁舟夜渡”“寒芦深处”之静景，使动静映衬，把内心的激愤不平之情含于景中。

“怅望”四句，写词人望景而生情：我怀着无限惆怅的心情，望着那支离破碎的山河，只感到十分孤单。朝廷里，众人都酣睡不醒。除了你（指李纲），谁还和我一起闻鸡起舞呢？词人用“怅望”二字，直接点明惆怅、失意之心情。“吊影”二字，将词人形影相吊、孑然神伤之神情勾画出来。“鼻息鸣鼍鼓”，以形象的比喻，来喻指苟安求和之辈，把众人皆醉你我独醒之慨叹寓含其中。“谁伴我”二句，妙化辛弃疾“谁共我，醉明月”（《贺新郎·别茂嘉十二弟》）之意，且巧用“闻鸡起舞”的典故，表达与李纲志同道合却难以共商恢复大计的悲慨之情，点明题意。

词的下片，借典蕴情，表达对朝廷屈膝求和的强烈不满和对李纲的无比敬仰之情。

“十年”四句，是词人见景忆昔而愁思和壮心皆生：事隔十年恍如一场噩梦，我走尽了那扬州路。我独倚高楼之时，夜气寒冷，想到祖国破碎，顿生满腔愁恨，恨不得一气吞掉那骄横的胡虏。词人愁恨填膺，豪气冲天，壮心不已，有一种“壮志饥餐胡虏肉，笑谈渴饮匈奴血”（南宋·岳飞《满江红》）的豪壮之气。

接下来三句，是词人立下的铮铮誓言：我要用这把三尺宝剑，杀敌报国。绝不留下如王昭君琵琶怨语般的怨恨。不能让宝剑暗淡无光，生锈化为尘土。这里，词人表达了对苟安求和的强烈不满，表明了抗金报国之雄心壮志。这三句化用杜甫名句和比喻手法运用十分巧妙。

词末四句，是词人借景抒情：我请您来评论看看，经过苕溪之时，还能允许我们悠闲地垂纶而钓吗？！大风浩荡，我雄心勃发，要气冲霄汉，乘风飞举。这里，词人以“谪仙”喻指李纲，表达推崇、敬仰之意。然后，用形象的语言，表达自己意欲振起之决心。

这首词情感炽烈，手法巧妙。词人运用化用、用典、比喻和景中融情等多种手法，把支持李纲、崇敬李纲和反对议和、恢复中原的爱国之情融于词中，其慷慨、悲愤和忠义之气感人至深。

渔家傲·题玄真子图[①]

钓笠披云青障绕，橛头细雨春江渺[②]。白鸟飞来风满棹。收纶了[③]，渔童拍手樵青笑[④]。　明月太虚同一照[⑤]，浮家泛宅忘昏晓[⑥]。醉眼冷看城市闹。烟波老，谁能惹得闲烦恼。

注　释

① 玄真子：唐代诗人张志和的号。

② 橛头：尖头小船。

③ 纶：钓鱼线。

④ 渔童、樵（qiáo）青：张志和的侍婢。“渔童”句：唐颜真卿《浪迹先生玄真子张志和碑铭》：“肃宗尝赐奴婢各一，玄真配为夫妻。名夫曰渔童，妻曰樵青。”

⑤ 太虚：指天空。

⑥ 浮家泛宅：指以船为家。《浪迹先生玄真子张志和碑铭》谓：颜真卿以舴艋既敝，请命更之。答曰：“愿以为浮家泛宅，沿溯江湖之上，往来苕、雪之间，野夫之幸矣。”

题　解

这首词是南宋词人张元幹给玄真子图题词而作。词的上片主要写景，由景入情，勾勒出一幅江水辽阔，远山环绕，渔翁在如丝的春雨中乘舟垂钓的恬静图画，写出了渔家生活的悠闲自在，其乐无穷。词的下片着重抒情，融情入景。“明月”二句，从动态到静态，环境清幽静谧，词人写自己“醉眼冷看”

尘世的喧嚣，表达了自己不图名利，超脱世俗的旷达情怀。最后“闲烦恼”指世俗中的是是非非，抒发了词人对归隐生活的渴望和向往，也表明了自己不和世俗同流合污的志向。

赏　析

南宋词人张元幹的这首词，独辟蹊径，就图题词，通过一位不求名利、钟情山水的渔翁形象的描绘，表达了词人对江南秀丽景色的喜爱和对渔家自由自在生活的热情向往。

词的上片，重在写景。

开篇三句，词人就勾勒出一幅优美的图画，描述垂钓之景：只见图中钓鱼的玄真子头戴斗笠，顶着那天上正在下雨的云，周围青山环绕，细雨霏霏，洒落在青绿色的蓑衣之上，春江的水面辽阔苍茫。白鹭飞来的时候，满船都是风声。开篇即用“钓笠披云”和“橛头细雨”紧扣住“玄真子（即唐代词人张志和）图”之“青箬笠，绿蓑衣，斜风细雨不须归”（《渔歌子》）之意，勾勒出一幅细雨迷蒙的渔翁独钓图。“白鸟飞来风满棹”一句，亦正是“西塞山前白鹭飞”的垂钓时的景致之翻版，不过，用“风满棹”增加了“斜风”满船的细节描写。

“收纶”二句，描写垂钓收获之乐趣：收钓线了，站在旁边的渔童和樵青竞高兴地拍着手笑。这里，词人又暗扣“桃花流水鳜鱼肥”（《渔歌子》）之诗意，用互文的手法，描写出渔童和樵青欣喜之态，把乐趣无穷的渔家生活生动地描述出来，增添了浓郁的生活气息，把词人对如诗如画的江南景色的喜爱和热切向往渔家自由欢乐生活的情感蕴含其中。

词的下片，重在抒情。

过片二句，词人紧承上片，由动景转入静景：月色和天光一同映照着小船，以船为家之时是不去分辨早晨还是傍晚的。词人用清新、恬静的画面，用“忘昏晓”的细节描写，把词人“人生贵得适意尔，何能羁宦数千里以要名爵”（南朝宋·刘义庆《世说新语·识鉴》）的心志融于其中，生动地反映出词人不愿与世俗同流的高洁志行。

词末三句，直抒胸臆：喝醉了酒，面对城市的繁华和喧闹，我冷眼相看。我若能在烟波浩瀚的江湖中终老一生，怎么还能招惹世俗社会上的无聊的烦恼呢！词人用“卒章显志”之法，直接表达了不慕功名利禄，摆脱世俗烦恼而超然物外的旷达情怀。“烟波老”三字，表达了词人坚定不移的心志，有一种“烟波与春草，千里同一色”（唐·刘禹锡《淮阴行五首》之二）的人生追求蕴含其中。“闲烦恼”三字，特指那种“枉了闲烦闲恼，莫管闲非闲是，说甚古和今”（南宋·沈瀛《水调歌头》）终身浪迹江湖的不必认真的飘逸情致，且与词首的“钓笠披云”的垂钓景象遥相呼应，使全词构成一种情景交融的艺术境界。

这首词写人融己，物“我”为一。词人明是摹写“玄真子图”之图意，实则是表明自己不慕名利、摆脱尘俗羁绊的旷达心志。词人通过生活场景和细节的描写，将自己的情怀完全融入其中，做到了物“我”为一的“无我”的艺术至境。

胡　铨

胡铨（1102—1180），字邦衡，号澹庵，庐陵（今江西吉安）人。建炎二年（1128）进士，任枢密院编修官，与李纲、赵鼎、李光并称“南宋四名臣”。因反对秦桧与金议和而被贬为福州签判。后除名。谥号“忠简”。有《澹庵词》传世。

好　事　近

富贵本无心，何事故乡轻别？空使猿惊鹤怨①，误薜萝秋月②。　囊锥刚要出头来③，不道甚时节。欲驾巾车归去，有豺狼当辙④。

注　释

① 猿惊鹤怨：猿和鹤凄厉地啼叫。这里指山中的猿和鹤也不愿隐者出去做官。

② 薜萝：代指隐者居住的地方。

③ 囊锥：比喻有才能的人显露才华。典出《史记·平原君列传》：“臣乃今日请处囊中耳。使遂蚤得处囊中，乃颖脱而出，非特其未见而已。”

④ 豺狼当辙：语出《后汉书·张纲传》：“豺狼当道，安问狐狸。”豺狼：这里指奸臣秦桧。当辙：当道。

题　解

这首词短小精悍，是当时反对和谈的名篇。词的上片表明自己本无心功名利禄，却离开故乡踏上官场，用“猿惊鹤怨”表达自己的高尚气节。词的下片运用毛遂自荐的典故，以“囊锥”比喻自己满腹才华，可惜却没看清朝廷的形势；官场路上奸臣当道，坎坷崎岖，想施展抱负，羁绊良多。词人曾直接上书斥责秦桧，结果被贬居新州。词的结尾写词人希望归隐，却发现“豺狼当辙”，无法归去。词中揭露了以秦桧为首的奸臣残害忠良的丑恶嘴脸，表达了自己不畏权势，绝不和投降派同流合污的气节。

赏　析

这是南宋词人胡铨所写的一首极有名的词。这首词牵涉着一桩大案：绍兴八年（1138），再次入相的秦桧力主议和，激起朝野一片抗议。当时身为枢密院编修官的词人，尤为愤慨，写了极为有名的《戊午上高宗封事》，上书高宗。秦桧等主和派十分恐惧、恼怒，以“狂妄凶悖，鼓众劫持”的罪名，将词人除名贬谪，并一贬再贬，意欲置之死地而后快。这首词就是词人被贬十年后（1148），在贬居地新州（今广东新兴）时所作。此词表现了词人无所畏惧的抗争精神和对国事的深切关注，充分体现了词人决不和以秦桧为代表的投降派同流合污的高尚的民族气节。

词的上片，着重于言明心志。

乍一开头，词人就采用反问的形式，直抒胸臆，以表悔恨；我本来无心把富贵追求，可为什么要轻易地将家乡抛别身后？！上句，词人直击内心：富贵名利，本乃身外之物，自己竟然步入歧途！下句着一“轻”字，把词人轻率地、鬼使神差般地入仕之痛悔含于其中，有一种抛家离乡的极为深切的自责自恨之情包含其中。

接下来两句，词人通过用典和景物描写以写情：我空招来山中猿鹤的怨尤，辜负了隐居处的新月凉秋。“猿惊鹤怨”，借用《北山移文》（南朝齐·孔稚珪）中的典故，运用拟人、夸张和互文手法，以表达心中无与伦比的怨愤和悔恨，反衬出词人轻视富贵名利的高尚气节。“薜萝秋月”，用以借指隐居之人徜徉自适的安逸生活，有一种“晓月临窗近，天河入户低”（唐·沈佺期《夜宿七盘岭》）的恬静、闲适，寓含了词人的追求。着一“误”字，与上句的“空”字相呼应，把词人为官而未能遂愿、弃隐而仕的悔恨极为强烈地表现了出来。

词的下片，着重抒写怨愤之情。

过片两句，词人以自责的口吻表达深重的怨愤之情：囊中的锥子刚想脱颖出头，也不看看现在是什么时候。“囊锥”“出头”即“脱颖而出”之意，词人用“毛遂自荐”（见《史记·平原君列传》）的典故，以“出头”喻指十年前词人反对议和、抨击秦桧而上书《戊午上高宗封事》遭贬谪之事，看似自责，实则把对秦桧之流主和误国、陷害忠良的罪恶行径的无比痛恨之情饱含其中，同时隐含着对秦桧之流的抨击。这与上片“富贵本无心”有异曲同工之妙。

词末二句，“欲驾巾车归去，有豺狼当辙”再写词人之苦衷：我很想像陶渊明那样，驾着小车回归故乡，可谁知又被豺狼挡住了路口。上句暗用陶渊明归园田居的典故，表达归隐之志。下句又用东汉张纲的典故（见《后汉书·张纲传》），把批判的矛头直指高居相位、把持朝政的奸臣秦桧，比喻恰切，讽刺犀利，使其党同伐异、迫害忠良，求和卖国的丑恶嘴脸暴露无遗。“豺狼”二字，凝聚着深重的千仇万恨！

这首词旨意深刻，手法精当。全词恰切地运用比喻、拟人、夸张、用典、化用、以景融情等手法，把词人宁赴东海而死、也不愿处小朝廷苟活的心志和气节表现出来，其无畏的斗争精神和对国事深切的忧愤之情皆蕴词中，文字豪壮，气势如虹，表现了词人是中国历史上“拼命硬干”（鲁迅《中国人失掉自信力了吗》）的具有中国脊梁的人！

岳　飞

岳飞（1103—1142），字鹏举，相州汤阴（今属河南）人。南宋军事家、抗金将领、书法家、诗人。岳飞一生戎马征战，以恢复中原为己任。先后带兵为南宋朝廷收复了湖北、河南、陕西大片土地，使得金人闻风丧胆。后因为反对和议而被秦桧以“莫须有”罪名诬陷致死。今存词三首。

满江红·写怀

怒发冲冠①，凭栏处、潇潇雨歇。抬望眼、仰天长啸，壮怀激烈。三十功名尘与土，八千里路云和月②。莫等闲、白了少年头，空悲切。　靖康耻③，犹未雪。臣子恨，何时灭！驾长车踏破，贺兰山缺④。壮志饥餐胡虏肉，笑谈渴饮匈奴血。待从头、收拾旧山河，朝天阙⑤。

注　释

① 怒发冲冠：形容极端愤怒。冠：帽子。

② 八千里路云和月：南征北战，披星戴月。

③ 靖康耻：指靖康二年（1127），金兵攻陷汴京，掳走徽、钦二帝，中原失陷，北宋灭亡。

④ 贺兰山：在今宁夏与内蒙古交界处，当时被金兵占领。

⑤ 天阙：天子的宫阙。

题 解

岳飞是南宋抗金英雄，这首词是爱国名篇，它以低沉雄壮的笔触激励着中华民族的爱国心，感染着历代中华儿女。词的上片先言极端的愤怒，登楼远望，山河破碎，心中满怀激越，抒发词人渴望为国家建立功业的急切心情。将军戎马一生，南征北战，得到的功名如尘土，时光流逝很快，而自己还没有实现抱负。岳飞主战，而当时的朝廷主张议和，理想与现实的矛盾，令词人心中万分痛苦，“空悲切”。词的下片写了宋金之间的深仇大恨，希望能带领战士们为国雪耻，统一山河。全词气势豪迈，激昂慷慨，表现了岳飞精忠报国之志，是一首英雄的赞歌。

赏 析

岳飞的这首词，是脍炙人口的爱国名篇。全词慷慨壮烈，饱含激情，具有浓烈的浩然正气和英雄胆气，生动地刻画了忧国忧民、精忠报国的自我形象，表现了词人报国立功的坚定信念和英雄主义、乐观主义精神。

词的上片，着重抒写词人的悲愤及心愿。

开篇二句，写词人凭栏之时怒火中烧：我怒发冲冠登高倚栏杆，一场急雨刚刚停歇。词人乍一下笔，就用“怒发冲冠”这一夸张的手法，写自己怒火满腔。“潇潇”二字，以急骤迅猛的雨势渲染出这种“怒”之气氛。

接下来二句，写词人“望”中之愤怒：抬头放眼四望，国土沦陷，我不由得仰天长啸，奋发有为的激情高昂。“抬望眼”三字，点明“怒”“啸”和“壮”“烈”之原因。词人目见强敌铁蹄蹂躏下的大片国土满目疮痍，惨不忍睹。词人怒火中烧，难以抑制：金兵侵扰中原，烧杀掳掠的罪行使他不能不发雷霆之怒；还有无路请缨、报国无门的愤懑使他不能不发忠愤之啸；更有杀敌立功、精忠报国的宏志大愿不能不使他情绪高亢激昂。“仰天长啸”“壮怀激烈”和“怒发冲冠”十二字，把一位赤胆忠心的忠臣义士和忧国忧民的英雄形象树立在我们面前，而那些出卖国家利益、苟且偷生者应该汗颜！

“三十”二句，是词人反省过去，瞻望未来：三十年来，我得到的功名，如尘土一样微不足道；收复失地，恢复国家，我南征北战、披星戴月、流血献身在所不辞！这是词人对自己的激励：决不虚度壮年光阴，一定要完成抗金统一祖国大业！这两句对仗工整，铿锵有力，把词人以国家为重、以个人为轻的一腔滚烫的爱国热忱抒发了出来。这两句也成为人们立志报国的千古名句。

上片末两句，是作者的自勉：千万莫要虚度年华白了少年头，到那时只剩下独自悔恨、悲切。词人巧妙化用“少壮不努力，老大徒伤悲”的诗意，勉励自己珍惜时光，积极进取，抗金复国，为完成祖国的统一大业而生命不息、奋斗不止！词人在这里不仅仅是自勉，也是对全体抗金将士的鼓励和鞭策。这两句亦成为人们勉励自己珍惜时间、奋斗不已的名言警句。

词的下片，着重抒写词人的深仇大恨和赤胆忠心。

“靖康”四句，描写词人深埋于心的仇恨：靖康年的奇耻仍然未能洗雪，臣子的愤恨到什么时候才能泯灭！这四句突出了词之主旨：“靖康耻”未雪，“臣子恨”难灭！用语精练，铿锵有力，正气弥张，其忠心苍天可鉴！

“驾长车”两句，写词人之决心：我只想驾驭着一辆辆战车，踏破那贺兰山敌人的营垒。“踏破”二字，虽系夸张，但英雄之志气、胆气、豪气尽含其中，气贯长虹！

接下来两句，形象地展现出词人收复山河的宏愿：壮士同仇敌忾大吃敌军之肉，笑谈蔑视仇敌痛饮敌军之血。这两句用精致工整的对仗句，表达了对仇敌的不屑和必胜的信心，充满了一种乐观主义的精神，亦充满英雄之气，成为激励人们蔑视敌寇、保家卫国的千古名句。

词末两句，表达了词人胜利的信心和对祖国的忠诚：我要从头彻底地收复旧日河山，再回京阙向皇帝报捷。这里，充分体现了词人“还我河山”、洗雪靖康之耻的素志，把击退金兵、收复中原视为自己生命中的头等大事，英雄之志，感人肺腑！

岳飞此词，极有激情，把炽热的爱国之情、英雄之气贯串全词，具有鲜明的个性和强烈的艺术感染力，读之令人深感词人凛凛然的一腔正气。

韩 元 吉

韩元吉（1118—1187），字无咎，号“南涧”，开封雍邱（今河南开封）人，南宋诗人。其诗词多抒写山林情趣，和张孝祥、范成大、陆游、辛弃疾等多有唱和。官至吏部尚书。存词80多首。

霜天晓角·题采石蛾眉亭①

倚天绝壁，直下江千尺。天际两蛾凝黛②。愁与恨③，几时极④！　　暮潮风正急，酒醒闻塞笛⑤。试问谪仙何处，青山外⑥，远烟碧。

注　释

① 采石：采石矶，在今安徽当涂西北，牛渚山下突出江中者。

② 两蛾凝黛：长江两岸东西对峙的梁山好像美人的眉毛。

③ 愁与恨：古人描绘美人的眉毛常用含愁凝恨等词汇。

④ 极：尽，消失。

⑤ 塞笛：边塞军中的乐器。采石矶当时正是军事要地，在此听塞笛，寓含了作者的感慨。

⑥ 谪仙：指唐代诗人李白，他晚年住在当涂，病死在青山，李白墓在山的北麓。

题 解

这是一首风格豪放的即景生情之作。词的上片移步换景，由景入情。词人在山下仰望采石矶，只觉陡峭矗立，等到登上蛾眉亭后，低头俯视，崖壁千尺。继而远望天际的梁山，好似美人的眉毛含愁凝恨。“愁”和“恨”同时也是词人的情感表达：愁金兵入侵，中原失守；恨朝廷苟安，不思抵抗，表达了词人对国家时局的关切之情。

词的下片由情入景，风起潮涌，词人酒醒后听到边声四起，想起几百年前葬在青山的李白，空有一腔抱负，却壮志难酬。在词人写作此词前不久，南宋将士曾在此奏响过“采石大捷”的凯歌。可是此时南宋的政局发生了变化，朝廷又推行起苟安媾和的政策。词人主张北伐抗金，却心有余而力不足，这种忧惧之情融入词中。

赏 析

这首词是咏写采石矶的名篇，为南宋词人韩元吉所作。此词虽为题咏山水之作，但寓含词人对时局之感慨，把词人对祖国河山和历史的无限热爱之情融于字里行间。

词的上片，重在写景，由景而生情。

“倚天绝壁，直下江千尺。”下笔极有气势，是词人仰、俯所见：我登上采石矶那蛾眉亭凭栏望远，只见牛渚山峭壁如削，倚天而立，上有飞瀑千尺悬空奔流，泻入滔滔的长江之中。上句是词人抬头仰视所见，下句是词人登上蛾眉亭低首俯瞰所得。仰俯之间，一上一下，壮观伟丽，如在目前，既有“壁立千峰峻”（唐·孟浩然《入峡寄弟》）之壮美，又有“飞流直下三千尺”（唐·李白《望庐山瀑布》）之奇丽，画面感极强。

接下来三句，是词人骋目四望所见之景：只见东、西梁山（又名天门山）似两弯蛾眉，横亘于西南天际，那黛眉不展之态，又宛似凝愁含恨，不知到什么时候才能消散！词人把内心的情感赋予所见的梁山之景中，表达深沉的愁恨：词人一贯坚持北伐抗金、恢复中原的主张，但又反对轻举冒进；他的心中有着金兵步步进逼、朝廷抵抗不力、东南国土就将不保之“愁”；又有北宋覆亡、中原沦陷至今未能收复之“恨”。“几时极”三字，把词人“忧国孤臣泪，平胡壮士心”（南宋·陆游《新春》）的愁、恨蕴含其中。

词的下片，重在抒情，融情入景。

过片两句，是词人傍晚之时的所见所闻：波涛汹涌的江水正卷起连天的暮潮，浪高风急；我的酒意初退，耳畔仿佛响起如怨如诉、不绝如缕的塞外羌笛。词人着一“暮”字，巧点时间，并把一种“暮潮还入浦，夕鸟飞向家”（南朝梁·何逊《渡连圻二首》之二）的中原不能恢复的黯然之情融会其中。

“试问谪仙何处？青山外，远烟碧。”词末这三句，词人想到了病死在距采石矶不远的当涂的唐代大诗人李白；试问我到哪里才能追寻到谪仙人李白的踪迹？在那万重的青山之外，在那千里烟波的尽头，在那郁郁葱葱的地方。词人展开想象，自问自答，用形象的语言表达了对“诗仙”李白的追慕之情。因为李白一生胸怀“济苍生”“安社稷”的政治抱负，有“平胡虏”（李白《子夜吴歌·秋歌》）之志，但“在世不称意”（李白《宣州谢朓楼饯别校书叔云》），壮志难酬，病死当涂。词人此时虽身任官职，但投降派得势掌权，自己的恢复之志亦难实现，故而以追慕李白以坚定收复之信念。

这首词最突出的特点：情景交融，意味深长。词人以景语开篇，又以景语收束；中间由景生情，情融景中，把恢复之志、爱国之情融于其中。

陆　　游

陆游（1125—1210），字务观，号放翁。他具有多方面的文学才能，尤以诗的成就为最，有“小李白”之称，不仅成为南宋一代诗坛的领袖，而且在中国文学史上享有崇高的地位。他的诗，以忧国、爱民、呼吁抗金、收复失地为主旋律，充满了爱国主义精神。他的诗歌内容非常丰富，其中最典型的是爱国主题和日常生活情景的抒发。语言明朗瑰丽，风格潇洒磊落。著有《剑南诗稿》85卷，收诗9000余首。

鹧鸪天·送叶梦锡①

家住东吴近帝乡②，平生豪举少年场。十千沽酒青楼上③，百万呼卢锦瑟傍④。　身易老，恨难忘，尊前赢得是凄凉⑤。君归为报京华旧⑥，一事无成两鬓霜。

注　释

① 叶梦锡：名衡，婺州金华（今属浙江）人，词人的友人。
② 东吴：今浙江东部绍兴一带，为古吴国东部。帝乡：指南宋都城临安（今浙江杭州）。
③ 十千沽酒：指饮酒作乐。青楼：妓院。
④ 呼卢：古代一种赌博方式。锦瑟：琴的美称，这里代指美女。
⑤ 尊：樽，酒杯。
⑥ 京华旧：京城的老朋友。

题 解

这首词作于词人送别友人还乡之际。词人追忆往昔，抒发了自己如今年华老去，却一事无成的伤感之情。词的上片是回忆，描写词人当初风华正茂、意气风发，和朋友饮酒作乐的快意生活。其中，“十千”“百万”，运用了夸张的手法。下片写眼前现实：友人要回京了，替我告诉京城的老朋友，我这些年一事无成，只是两鬓斑白，年老了些，勾勒了年老衰颓，凄凉落寞、一事无成的词人形象。词中运用了今昔对比，虚实结合的手法，表达了词人恨岁月匆匆、年华易逝，恨抗金路难、报国无门的情感。

赏 析

这首词是陆游送友人叶梦锡离开成都赴建康上任时所写。词人借此以抒内心隐忧，抒写了自己年华已逝、一事无成的凄楚和人生短暂、难有作为的感慨。

词的上片，着重叙写词人的出身、家世和生活环境。

“家住东吴近帝乡，平生豪举少年场。”词人乍一落笔，便自诉生平及性情：我的家住在东吴靠近都城的地方，平生的豪壮之举就是少年时的结伴欢游。这两句与另一首同词牌词的起句“家住苍烟落照间，丝毫尘事不相关”，叙写居住环境的优美、纯净显然不同，而是着重于表述词人那一种豪士游侠之气质。

“十千沽酒青楼上，百万呼卢锦瑟傍。”两句是词人对“豪举”的具体描写：毫不吝惜钱财，在妓院中饮酒作乐，伴着美女尽兴豪赌，挥金如土。词人用无情的“解剖刀”反思自己，以夸饰的手法、工稳的对仗突出饮乐和赌博之事，有一种浓重的“游侠儿”的气质，与词人同词牌词的“斟残玉瀣行穿竹，卷罢黄庭卧看山”全然不同，没有了那种生活闲适、无不惬意的静美，有的只是放荡不羁的乖张。孰真孰伪？联系词人的生平经历，实则既不是那样静美，亦不是如此的乖张，而是词人襁褓之中便随家人颠沛流离，幼时便立下“上马击狂胡，下马草军书”（陆游《观大散关图有感》）的爱国壮志，二十九岁省试名列第一，次年应礼部试，为秦桧所黜。至死“但悲不见九州同”“王师北进中原日，家祭无忘告乃翁”（陆游《示儿》），是一生力主抗战、报国信念至死不渝的伟大的爱国词人！

词的下片，着重抒写年华不再、难有所成的凄伤。

过片三句，由上片的忆昔转入眼前：人生易老，旧恨难忘，举杯消愁反而更觉得凄凉。这里，词人巧妙化用唐代诗人韩偓“光景旋消惆怅在，一生赢得是凄凉”(《五更》) 的诗意，把“举杯消愁愁更愁”（唐 · 李白《宣州谢朓楼饯别校书叔云》) 的“凄凉”写了出来。

词末二句，具体描写“凄凉”景况：您回去请替我告诉京城的老朋友，我一事无成已是两鬓如霜。这里，词人用“一事无成”来总结自己，表现了词人不断进取的紧迫感和使命感。作此词之时，词人四十九岁，虽有“豪举”的夸饰和“凄凉”的感受，但“位卑未敢忘忧国”（陆游《病起书怀》) 的情感依然炽烈。

这首词最显著的特点是构思精妙。本词以“豪举”和“凄凉”二词结构全篇，用夸饰、化用和对仗等手法，表达了“一身报国有万死，双鬓向人无再青”（陆游《夜泊水村》) 的心志。

诉衷情

当年万里觅封侯①，匹马戍梁州②。关河梦断何处③，尘暗旧貂裘④。　胡未灭，鬓先秋，泪空流。此身谁料，心在天山⑤，身老沧洲⑥。

注　释

① 觅封侯：寻找建功立业的机会。

② 梁州：指今陕西汉中一带，词人曾在那里任职。

③ 关河：关塞和河流。这里指汉中前线险要的地方。

④ 尘暗旧貂裘：貂皮衣服落满灰尘，颜色暗淡。典出《战国策·秦策》："（苏秦）说秦王，书十上而说不行。黑貂之裘敝，黄金百斤尽，资用乏绝，去秦而归。"这里指自己不受重用，无法施展抱负。

⑤ 天山：我国西北部的祁连山，这里指抗金前线。

⑥ 沧洲：靠近水的地方，古时常用来指隐士居住之地。这里指作者位于镜湖之滨的家乡。

题　解

这首词是词人晚年隐居在山阴时所作，词中通过今昔对比，描写了词人一生中最怀念的一段岁月。上片开头用"当年"二字将读者带入回忆中，再现了词人往日壮志凌云、奔赴抗敌前线的勃勃英姿。"梦断"一句情感发生变化，在梁州前线仅半年，陆游就被调离，从此关塞河防，只能时时在梦中达成愿望。词人深沉感叹现实和理想之间的矛盾。下片写金人未灭，年华已老，眼泪空流，三句话用短促的语调，说尽平声不得志。最后总结自己的一生，"心在天山，身老沧洲"二句，苍凉悲壮，抒发了词人空有报国志，却无法实现抱负的悲愤之情。

赏 析

这是一首融会了陆游炽热爱国之情的词。词人通过描写一生中最难忘的岁月，表达了壮志难酬、报国无门的悲愤不平之情。

词的上片，追忆往昔岁月，蕴含宏愿难遂之失望。

开篇两句“当年万里觅封侯，匹马戍梁州”，词人回顾昔日胸怀壮志、勇赴抗敌前线之情景：回想当年，我鹏程万里，为了寻找建功立业的机会，单枪匹马奔赴边地保卫梁州。“当年”，指词人于乾道八年（1172）投身四川宣抚使王炎幕下之事。“觅封侯”，用班超“投笔从戎”的典故，表达词人“自许封侯在万里”（《夜游宫·记梦寄师伯浑》）的自许、自负和自信的雄心壮志。“万里”和“匹马”形成强烈的对比，把那种“壮岁从戎，曾是气吞残虏”（《谢池春》）的匹马征万里的宏壮之气写了出来。

接下来两句，是词人对自己仅半年的从戎守边经历的沉痛回忆：如今防守边疆要塞的从军生活只能在梦中出现，梦中醒来不知身在何处？只见那灰尘已经盖满了那时出征的貂裘。词人着一“暗”字，把年近七十的自己的惆怅、凄悲饱含其中。

词的下片，瞻望前景，表达英雄迟暮之慨叹。

过片三句，是词人诉说平生不得志：胡人还未消灭，鬓边已染秋霜，任感伤的眼泪白白地流淌。这里，词人用短促的三字句，尤其是“未”“先”和“空”三字，把词人“时易失，志难成，鬓丝生”（《诉衷情》）的无比的沉痛之情蕴含其中。词人兼用排比、借喻（“秋”）和夸张等手法，把“壮心未与年俱老”（《书愤》）的失望、痛苦、不满、愤慨等种种感情融会其中。而这“空流”之泪，更是忧国忧民之泪，壮志未酬之泪！

词末三句，词人总结了一生，反省现实：我这一辈子谁曾料想到，志在抗金复国，结果年纪老了却退职闲居于沧洲，将要老死于此地！词人慨叹一生“心”与“身”之矛盾，用“谁料”二字道出，万千慨叹皆含其中，有一种“有谁知，鬓虽残，心未死”（《夜游宫》）的炽热爱国情感！

这首词风格豪放悲壮，词旨深厚。词人以明白畅达、如泣如诉的语言，恰切地运用排比、借喻、夸张、对比、用典等多种手法，将一腔“老骥伏枥，志在千里；烈士暮年，壮心不已”（汉·曹操《步出夏门行·龟虽寿》）的悲愤之情表达出来，有回肠荡气、感人至深的艺术力量。

张孝祥

张孝祥（1132—1170），字安国，号于湖居士，南宋著名的词人、书法家，历阳乌江（今安徽和县）人。绍兴二十四年（1154）进士第一。精于诗词，尤以词名。词作多为感怀时事、表现爱国激情。上承苏轼，下启辛弃疾，是豪放派的代表词人之一。有《于湖居士文集》《于湖词》等传世。

六州歌头

长淮望断，关塞莽然平①。征尘暗，霜风劲，悄边声。黯销凝②。追想当年事，殆天数③，非人力；洙泗上④，弦歌地⑤，亦膻腥⑥。隔水毡乡，落日牛羊下，区脱纵横⑦。看名王宵猎⑧，骑火一川明。笳鼓悲鸣，遣人惊。　念腰间箭，匣中剑，空埃蠹⑨，竟何成。时易失，心徒壮，岁将零。渺神京⑩。干羽方怀远⑪，静烽燧⑫，且休兵。冠盖使⑬，纷驰骛，若为情？闻道中原遗老，常南望、翠葆霓旌⑭。若行人到此，忠愤气填膺⑮，有泪如倾。

注　释

① 莽然：草木丛生貌。

② 销凝：销魂凝神。

③ 殆：大概。
④ 洙泗：洙水和泗水，在今山东一带，这里代指中原地区。
⑤ 弦歌地：指孔子讲解礼乐教化的地方。
⑥ 膻腥：旧时对北方少数民族的风习或其所建立的政权等的蔑称。这里指金人。
⑦ 区（ōu）脱：匈奴语。指汉时与匈奴连界的边塞所立的土堡哨所。这里指金兵的哨所。
⑧ 名王：指古代少数民族声名显赫的王。
⑨ 埃蠹（dù）：蒙尘生虫。蠹：生虫。
⑩ 神京：指北宋都城汴京。
⑪ 干羽方怀远：指朝廷向金人讲和。干羽：舞者所执的盾和雉尾。
⑫ 烽燧：即烽火。古代边防报警的两种信号，白天放烟叫烽，夜间举火叫燧。
⑬ 冠盖：冠服求和的使者。
⑭ 翠葆：帝王仪仗的一种，以翠羽为饰。霓旌：缀有五色羽毛的旗帜，为古代帝王仪仗之一。
⑮ 填膺：充塞于胸中。

题 解

这首词上片写宋金在长淮两岸对峙的形势，宋朝的防御前线无屏障可守，埋没在茫茫平野中，边境战后景象一片荒凉。词人黯然神伤，回忆起当年靖康之难，觉得大概是天意。如今中原之地沦陷于金人之手，隔着岸能看到对面金兵的活动，笳鼓悲鸣，令人心惊胆战。这里指金人南下之心未死，国家形势依然危急。下片重点抒情，词人倾诉自己空有杀敌的武器，却没有用武之地；感慨空有报国之志，却只能虚度年华。词人在这首词中把剑锋直指南宋朝廷偏安一隅，苟且偷安，而中原百姓怀念故土，渴望光复，抒发了词人的无限悲愤之情，慷慨激昂。

赏 析

这首词是南宋爱国词中的名篇。词人通过临淮纵览所见，谴责偏安一隅的南宋朝廷的苟安政策，抒发了强烈的忠愤和报国之情，强有力地表达出人民的心声，是一首无愧“词史”之称的名作。

词的上片，着重于写景、叙事。

“长淮”五句，词人描写关塞之景：我伫立于漫长的淮河岸边极目远望，只见关塞之上野草茂盛，是一片开阔的荒原。北伐的征尘已经暗淡，寒冷的秋风还在劲吹，边塞之上寂静悄然。“长淮”二字，深含词人之感慨：绍兴十一年（1142）十一月，宋“与金国和议成，立盟书，约以淮水中流画疆”（《宋史·高宗纪》）。昔日曾为国之动脉的淮河，如今却成了南宋的边境！国土收缩至此，只剩半壁江山！“暗”“劲”和“悄”三字，把如今所谓的边塞征尘暗淡、霜风凄紧、寂静悄然的荒凉景象描绘了出来，把词人的无限感伤包含在其中。

“黯销”七句，是词人对往昔的追想：我凝神伫望，心情黯淡。追想当年的中原沦陷，恐怕是天意运数，并非人力可以扭转；在孔门弟子求学的洙水和泗水边，在弦歌交集的礼乐之邦，现在已经变成了膻腥一片。“黯销凝”三字，写出了词人一旦回首往事，就黯然神伤。靖康之变，二帝被掳，宋室南渡，这桩桩不堪回首之事，谁不神伤，又是何人之过也？词人着一“非”字，痛苦之情蕴含其中。尤其是“洙泗上”三句，表现了今昔之变，给词人带来的震惊、痛苦和愤慨：昔日孔圣人讲学之地，如今却被金人所占！“膻腥”二字，以味入词，可见出词人内心五味杂陈，国土变“味”，内心之痛更甚。

“隔水”七句，词人写所望中的敌军景况：隔河相望是敌军的毡帐，黄昏落日中，只见牛羊返回的圈栏，纵横交错地设置了敌军的前哨据点。你看那金兵将领夜间出猎，威风凛凛，骑兵手持火把照亮了那整片平川，胡笳鼓角发出悲壮的声音，闻之令人心惊胆寒。这七句再写词人心中之“痛”：昔日的耕稼之地，此时已成眼前的游牧之乡。日夕之时，成群的牛羊被吆喝进遍野的帐幕、牛栏之中。此时此景，词人心内如同火烧油煎：金人南下之心未泯，国势岌岌可危！

词的下片，着重抒怀明志。

“念腰”四句，是词人之慨叹：想我腰间弓箭，匣中宝剑，空自遭那尘埋虫蛀，壮志满怀竟得不到施展。“腰间箭”“匣中剑”和“空埃蠹”把词人空有杀敌武器却不能施展的痛悔形象衬托出来，词人痛惜自己徒有雄心，却只能虚度。词人虽早有“击楫中流”的宏愿，但此刻仍感报国无门，徒增伤感。

接下来四句，写“时不我待”的伤痛：时机轻易流失，雄心徒自雄健，而人已迟暮。而收复汴京的希望更加渺茫。“徒”“渺”二字，把词人哀叹之中的愤懑发泄了出来，矛头直指偏安一隅的南宋朝廷！这里的“渺”，不仅仅是空间距离之遥远，而更是光复祖国之渺茫、遥远！

“干羽”六句，表达了词人对朝廷的极度不满：朝廷正推行礼乐以怀柔靖远，边境烽烟宁静平息，敌我暂且休兵。冠服乘车的使者，纷纷地匆匆奔驰，实在让人羞愧难当。这里，词人活用“舞干羽于两阶”的典故（见《尚书·大禹谟》），用舜大修礼乐使远方的有苗族来归顺的古事，辛辣地讽刺朝廷苟安一隅、不思收复失地的行径。“若为情”三字，写出词人忠愤填膺、难以忍受的痛楚！

“闻道”两句，写金人统治下的父老同胞的心愿；听说留在中原的父老同胞，常常盼望朝廷光复，盼望皇帝仪仗驾临，盼望那翠盖车队彩旗蔽空。“常南望”三字，把中原同胞的切切企盼之情写了出来。这与词人所写的诗句“忍泪失声询使者，几时真有六军来”（《州桥》）的情感同样强烈！眷眷之心，感人肺腑。

词末三句，写使者、路人的心情：如果使者、路人来到失地中原，那么就会忠愤满腔，怒气填膺，热泪倾洒于胸前。“忠愤气填膺，有泪如倾”写出“行者”的悲愤，他们声泪俱下，忠愤填膺。这实则是词人的忠愤，这忠愤更加激起人们的爱国热情。难怪词罢张浚（抗金名将）感动而罢席。

这首词意旨高远。词人将极其深厚的爱国情结熔铸词中，发自肺腑，感人至深，有振聋发聩的力量，确是“词史”上的佳作。

水调歌头·闻采石矶战胜[1]

雪洗虏尘静[2]，风约楚云留[3]。何人为写悲壮，吹角古城楼。湖海平生豪气，关塞如今风景[4]，剪烛看吴钩[5]。剩喜燃犀处[6]，骇浪与天浮。　忆当年，周与谢[7]，富春秋。小乔初嫁，香囊未解[8]，勋业故优游。赤壁矶头落照，肥水桥边衰草，渺渺唤人愁。我欲乘风去[9]，击楫誓中流[10]。

注　释

① 宋高宗绍兴三十一年（1161）十一月，词人的好友虞允文在采石矶击溃金主完颜亮南侵之军，当时词人任抚州（今属江西）知州，捷报传来，欣喜若狂，作此词以贺。

② 虏尘：金兵入侵的战尘。

③ 楚云：指词人在江西（旧属楚国）任职，未能参与战斗。

④ 风景：指宋南渡。

⑤ 吴钩：春秋时期的一种弯刀，这里泛指兵器。

⑥ 剩喜：更喜。燃犀处：指采石矶，晋温峤平乱还镇至采石矶，传云其下多怪物，燃犀照之，见水族奇形怪状。

⑦ 周与谢：指周瑜和谢玄。周瑜是赤壁之战中东吴主将，谢玄在淝水之战中击溃苻坚，当时二人分别只有三十四岁和四十一岁，故曰“富春秋”。

⑧ 小乔：周瑜的妻子。香囊：谢玄少时喜佩紫香囊。这里指周瑜、谢玄建功立业时很年轻。

⑨ 乘风去：典出《南史·宗悫传》，宗悫少年时胸怀大志，曾对叔父说：“愿乘长风破万里浪。”

⑩ 击楫誓中流：典出《晋书·祖逖传》，祖逖统兵北伐，渡江至中流，击楫而誓：“祖逖不能清中原而复济者，有如大江！”

题　解

这首词首句用“雪洗虏尘静”，写明此次战胜金兵的胜利情景。“风”暗喻朝廷，云指自己官职在身，词人在江西任职，无法亲自前往战场参加战斗，表达了词人希望亲自参与军事、恢复国土、报效国家的愿望。接着写自己具有豪迈的志气，采石矶大捷令词人深受鼓舞，夜里挑灯检查自己的兵器，想象采石矶掀起惊涛骇浪，词人摩拳擦掌，准备随时走上战场。词的下片运用周瑜和谢玄的典故，表达词人对建功立业的向往。赤壁夕照，肥水衰草，唤起词人的忧愁，愁什么呢？愁的是抗击金兵的优秀将领短缺。最后用宗悫和祖逖的典故，写自己要效法前人，做驱逐金兵恢复中原的英雄，抒发了词人豪情满怀、志在恢复河山的决心。

赏　析

由本词的题目《闻采石矶战胜》可知，宋高宗绍兴三十一年（1161）十一月，虞允文在采石矶大胜金兵，当时正任抚州知州的张孝祥闻之，欣喜若狂，遂作此词以贺。

词的上片，着重于写景，景中融情。

开篇二句，词人紧扣题目，以表欢欣之情：这一次终于雪洗了敌寇所扬起的耻辱尘嚣，我却被风云羁绊滞留于抚州。首句“雪洗虏尘静”，壮语快辞，可见词人之欣喜。尤是一个“雪”字，将宋朝雪耻的快意淋漓尽致地表达了出来，极有气势和声威，可说是对靖康之耻的一次洗雪。下句着一“留”字，婉曲地表明了自己因风雨所阻未能亲自参战的遗憾心情。

“何人”二句，叙写欢庆胜利之情景：有谁来谱写勇士们舍身鏖战的悲壮颂歌呢？只听得那古城楼头激越雄壮的号角声。这里，“悲壮”与“吹角”相呼应，渲染出一种欢庆胜利的气氛。着一“写”字，把词人闻捷报而喜不自胜的心情蕴含其中。

“湖海”三句，是词人自抒壮怀：我平生就具有如江河湖海那样壮阔豪迈的雄心壮志，如今我军在采石矶击溃金兵，现在边塞的情况跟过去已大不相同。剪去烛花，看着我的宝刀，时刻准备着为恢复中原效力。这里，“湖海”句是词人用典自抒襟怀，言说自己素有像陈登那种平天下的豪壮之怀。“关塞”句，暗用“风景不殊，正自有山河之异”（南朝宋·刘义庆《世说新语·言语》）之意，表达了词人坚定不移的恢复之志。“看吴钩”三字，巧妙化用了“少年别有赠，含笑看吴钩”（唐·杜甫《后出塞》）和“男儿何不带吴钩，收取关山五十州”（唐·李贺《南园》）之诗意，表达了词人杀敌立功的强烈冲动和迫切愿望。

“剩喜”二句，是词人的想象：令人大喜过望的是，我的心愿在采石矶之战的大胜中得以实现：那采石矶掀起的惊涛骇浪，也是气冲霄汉，高浮于天际。这里，词人用晋代温峤的典故，以表对采石矶大胜的无限喜悦与祝贺之意。

词的下片，着重于抒情，以抒爱国之情。

过片六句，词人以典抒怀：回想当年，三国时期的周瑜和东晋时期的谢玄，他们正年富力强。那时的周瑜与小乔结婚不久，谢玄则还未解下少年时佩戴的香袋，但他们都于风流潇洒之中，从容不迫地在水上建立了不朽的功业。这里，词人先用三十四岁就大破曹军的周瑜和四十一岁击溃前秦大军的谢玄，来赞誉取得采石矶大捷的虞允文（时年五十二岁），亦不无词人年少有为、欲大展宏图（其时方三十岁）之意。“小乔”三句，巧妙化用“小乔初嫁了，雄姿英发”（北宋·苏轼《念奴娇》）的诗意及借谢玄“少年时好佩罗香囊”（《晋书·谢玄传》）之典，再次赞颂虞允文，再表词人的政治抱负和生活理想。

“赤壁”三句，是词人的联想和暗示：周郎破曹的赤壁矶头，如今唯有落日残照；谢玄杀敌的淝水桥边，也早已蔓生荒凉衰草。像这些古人大展身手的地方现在还会有吗？想到此不由得使我产生了无限的惆怅和愁绪。这里，词人用“落照”“衰草”的意象来暗示中原失地，而真正能如虞允文振臂一呼、英勇抗战者，却并不多见，故而词人触景伤情，愁绪油然而生。词人从赞颂英雄的亢奋之中，一下子又忧从中来，深重的忧国之情涌上心头。

词末二句，“卒章显志”：我愿乘长风，冲破万里波浪，像祖逖决心北伐那样，挥桨击水，誓死收复中原的大好河山。这里，词人巧用宗悫和祖逖两个典故，又化用苏东坡“我欲乘风归去”（北宋·苏轼《水调歌头》）之诗意，表达自己恢复中原、报效祖国的心志。

这首词意旨博大，手法精妙。词人综合运用了用典、化用及景中融情等多种手法，把炽热的爱国情感融于字里行间，是不可多得的思想性强、艺术水平高的佳作。

辛 弃 疾

辛弃疾（1140—1207），字幼安，号稼轩，南宋词人，豪放词派代表人物。他的词题材极其广泛，以豪放为主，内容以驱除外敌、恢复国家统一为主，多抒发壮志难酬的愤懑，语言多有创新，善于把民间口语入词，丰富了词的表现力。后人将他与苏轼并称为“苏辛”。存词600多首。

水龙吟·登建康赏心亭①

楚天千里清秋，水随天去秋无际。遥岑远目②，献愁供恨，玉簪螺髻③。落日楼头，断鸿声里④，江南游子。把吴钩看了⑤，栏干拍遍，无人会，登临意。　休说鲈鱼堪脍⑥，尽西风，季鹰归未？求田问舍⑦，怕应羞见，刘郎才气⑧。可惜流年，忧愁风雨，树犹如此⑨。倩何人唤取⑩，盈盈翠袖⑪，揾英雄泪⑫？

注 释

① 建康：今江苏南京。赏心亭：位于建康下水门城上，下临秦淮，尽观览之胜。

② 遥岑（cén）：远山。

③ 玉簪螺髻：形容群山像美人头上的玉簪和发髻。

④ 断鸿：失群的孤雁。

⑤ 吴钩：春秋时期流行的一种弯刀。这里指自己空有才华，得不到重用。

无人会，登临意

⑥ 鲈鱼堪脍：典出《世说新语·识鉴》，西晋张翰，字季鹰，在洛阳为官，见秋风起，思念家乡的菰菜羹和鲈鱼脍，便辞官回乡。后多指思念家乡，辞官归隐。

⑦ 求田问舍：典出《三国志·魏书·陈登传》，许汜（sì）曾向刘备抱怨陈登看不起他，“久不相与语，自上大床卧，使客卧下床”。刘备批评许汜在国家危难之际只知置地买房，而陈登关心的是国家大事。

⑧ 刘郎才气：指刘备的胸怀气魄。

⑨ 树犹如此：典出《世说新语·言语》，西晋桓温北伐，途经金城，见自己过去种的柳树已有十围之粗，便感叹说：“木犹如此，人何以堪！”

⑩ 倩（qìng）：请，央求。

⑪ 盈盈翠袖：代指女子。

⑫ 揾（wèn）：擦拭。

题 解

这首词是词人登临赏心亭抒怀之作。词的上片侧重写景，点明季节是清秋，境界开阔壮观：楚天辽阔，秋色无边，江水和天相接，看不到尽头，远山连绵；落日余晖中，听到孤雁悲鸣。“断鸿”和“吴钩”都是词人自喻，抒发词人的家国之恨、思乡之情以及怀才不遇的悲愤不平。词的下片运用三个典故，对历史人物进行褒贬评价，借此表达自己的胸怀抱负，即渴望为国效力。词人悲叹时光飞逝，以“风雨”暗示国势衰微，而自己的壮志难以实现，于是留下失意苦闷的眼泪，深刻抒写了诚挚无私的爱国情怀。

赏 析

这首词是南宋爱国词人辛弃疾的壮怀激昂之作。通过写景和联想，曲折迂回地表达了词人功业未就的抑郁心情，表现了他诚挚无私的爱国情怀。

词的上片，着重于写景抒情。

开篇二句，词人直扣词题，写登亭所见之景：楚天千里，空阔辽远，一派凄清之秋，长江之水随天流去，秋色无边无际。“千里清秋”和“秋无际”，写出了江南之秋的特点，给人一种空阔、旷远的气势。

接下来写词人所见之山：极目眺望北国的崇山峻岭，它们好像都在传送着忧愁和怨恨，就仿佛是碧玉发簪和螺形发簪。词人巧用移情于物的手法，景中含情，点明“愁”“恨”。“玉簪螺髻”也非常形象逼真。

“落日”三句，是景中寓情：夕阳西下，落日斜挂楼头，孤雁声声哀鸣，让流落江南的游子悲情难抑。这里，词人虽是写景，但句句寓情：看到楼头落日，听到断鸿哀鸣，不由使词人想起自己的处境——流落南方，事业无成！岁月不待人，词人急切希望有用武之地，却难以被人理解。

“把吴钩”四句，词人直抒胸臆：把宝刀吴钩看尽，把九曲栏杆拍遍，也没有人能领会我登临楼台的心意。这里，词人连用两个动作，来抒发自己报国无门、壮志难酬的悲愤。“把吴钩看了”这一动作表明，本应在战场杀敌，如今却成为手中玩物，英雄无用武之地的苦闷深含其中；“栏干拍遍”这一动作，显然是发泄郁积于胸的壮志无以施展的悲愤之气。“无人会，登临意”这两句是词人之慨叹：自己空有恢复中原的志向，但无人理解，尤其是南宋统治集团中没有自己的知音。

词的下片，着重于用典抒情。

过片三句，词人采用晋朝张翰的典故来抒情：不要说家乡的鲈鱼正好可以切碎煮熟品尝，秋风吹遍大地，张季鹰怎么还没有回乡？“尽西风，季鹰归未？”这两句既有有家难归的乡思，又有对金人、对南宋朝廷的激愤。张翰弃官归乡的典故，词人用“休说”二字，表明了词人也不愿学张翰弃官归隐。可见，此典确有一石三鸟之效。

“求田”三句，词人又用许汜的典故来抒情：如果只想像许汜一样买田置屋，怕会羞于看见才气横溢的刘备。词人用刘备鄙视许汜的典故，表达了对刘备建功立业的仰慕和对追求享受的许汜的鄙视，抒发了自己报国无路的悲慨。

“可惜”三句，词人继续用庾信、桓公的典故来抒情：可惜年华如水流去，我们的国家还处在风雨飘摇之中，我无比忧愁，连树木也如此幽怨！“可惜”二字，把词人时光流逝、北伐无期和恢复中原无望的忧愤表达出来，使情感达到高潮。

词末三句，抒发了词人心中的愤慨：让谁唤来身穿翠衣手拿红巾的美女，揩拭英雄流下的眼泪？这里，词人义愤填膺，满腔愤懑：抱负难遂、世无知己，亦无人理解与同情！词人深感孤寂，面对楚天清秋，不禁潸然泪下。

这首词最显著的特点有二：一是情与景的有机统一和融合。词中自然之景的描写融入了情感，为之后的抒情营造了一种苍凉、空阔的意境。二是巧用典故抒情言志。词的下片几乎全用典故，但毫无堆砌、罗列之感，却让人窥见到词人那颗炽热、滚烫的爱国之心！

太常引·建康中秋夜为吕叔潜赋[1]

一轮秋影转金波[2]，飞镜又重磨[3]。把酒问姮娥[4]：被白发，欺人奈何[5]？　乘风好去，长空万里，直下看山河。斫去桂婆娑[6]，人道是，清光更多[7]。

注　释

① 吕叔潜：名大虬，生平不详，应为词人的友人。
② 秋影：秋月。金波：形容月光如水波一样。
③ 飞镜：指月亮。
④ 姮娥：嫦娥，传说中的月中仙子。
⑤ 被白发，欺人奈何：化用唐薛能《春日使府寓怀》："青春背我堂堂去，白发欺人故故生。"意为白发逐渐增多，欺负我拿它没办法。
⑥ 斫：砍。婆娑：枝叶纷披的样子。
⑦ 清光：清亮的光辉，多指月光。

题　解

这首词巧妙运用了神话传说，颇具浪漫主义色彩。上片写词人在中秋夜，把酒问明月，感慨年华老去，壮志未酬，却无可奈何！下片写词人想象自己乘风而去，一览大好河山，甚至飞到月宫中，砍去桂树纷繁的枝叶，只为让人间多一些月光。遮挡住月光的婆娑枝叶，实际上暗指了南宋朝廷中阻碍抗金的投降势力和侵占中原的金人的势力。词人一生以恢复中原为己任，残酷的现实使他的理想无法实现。这首词借神话传说，表达了词人反对妥协投降、立志收复中原的政治理想和爱国情怀。

赏 析

这首词的写作时间，由词题可知，大约写于宋孝宗赵昚（shèn）淳熙元年（1174），辛弃疾在建康安抚司参议官任上。此时，词人南归已整整十二年。此前，词人曾多次上书朝廷，力主抗金恢复。但苟安一隅的南宋朝廷，根本不予理睬。词人的一腔忠愤，只能倾泻于词中。从这首词里，我们可以清楚地听到词人的心声。

词的上片，由写景而抒写词人的苦闷和感慨。

"一轮"二句，词人乍一落笔，就描写出一幅优美迷人的景致：正值中秋佳节，秋高气爽，晴空万里，一轮缓缓移动的秋月洒下万里金波，就像那刚刚磨亮的铜镜飞上了天空。这里，词人用"金波"喻指月光，用"飞镜"喻指月亮，描写出一幅"月色溶溶夜"（金·董解元《西厢记诸宫调》）的美景，自然让人生发"月白风清，如此良夜何"（北宋·苏轼《后赤壁赋》）之感慨，以此导入下句。

"把酒"三句，紧承上句，抒发词人胸中的感慨：我举起酒杯，问那月中的嫦娥，怎么办呢？白发日增，好像故意欺负我！这里，词人用嫦娥食不死之药而飞入月宫的神话传说，以借喻的手法，来表达自己的政治理想和黑暗现实的矛盾：一生以恢复中原为己任，忠肝义胆，无人理会，却屡遭排斥和打击，多次被贬官，根本无法实现统一祖国的抱负。词人想到功业无成而白发日增之境况，不由得迸发出摧心裂肝的呐喊："被白发，欺人奈何！"这句把词人怀才不遇的悲愤淋漓尽致地展示了出来。

词的下片，词人展开想象的翅膀，抒发了铲除邪恶、恢复中原的强烈的爱国情感。

过片三句，绘景写情：我要乘风飞上万里长空，俯视那祖国的大好山河。这里，词人以想象的手法，表达了自己对中原沦陷区的怀念和对恢复事业的渴望，有一种"要挽银河仙浪，西北洗胡沙"（辛弃疾《水调歌头》）、"补天裂"（辛弃疾《贺新郎》）的坚定的恢复之志融于其中。

词末三句，承前再展开想象：我还要砍去月中摇曳的桂树枝叶，人们说，这将使月亮洒向人间的光辉更多。这里，词人用借喻的手法，来抒发内心的强烈情感。"桂婆娑"，喻指南宋朝中朝外的投降势力，也包括侵占中原的金人，表达了词人对南宋朝中投降派打击抗金志士、破坏恢复事业的无比憎恨。

这是一首用浪漫主义手法抒写豪放、悲壮之情的词。它与词人的其他抒情词很不相同。它在构思上，紧紧围绕月亮展开，这就是借景抒情之笔，显得格外自然，也达到了情景交融的艺术境界。在同类题材中，它与苏轼中秋抒怀的词作《水调歌头》（“明月几时有”），在中国古典诗词中，可称之为璀璨的双璧，千古流传，相映成辉。

贺新郎·同父见和，再用前韵答之[①]

老大那堪说[②]。似而今、元龙臭味[③]，孟公瓜葛[④]。我病君来高歌饮，惊散楼头飞雪。笑富贵、千钧如发[⑤]。硬语盘空谁来听[⑥]？记当时、只有西窗月。重进酒，换鸣瑟。　事无两样人心别。问渠侬[⑦]：神州毕竟，几番离合？汗血盐车无人顾[⑧]，千里空收骏骨[⑨]。正目断、关河路绝。我最怜君中宵舞[⑩]，道“男儿到死心如铁”。看试手，补天裂[⑪]。

注　释

① 淳熙十五年（1188），陈亮自浙江东阳到江西上饶带湖访辛弃疾，晤谈十日而归。辛先作《贺新郎》赠陈，陈次韵以和，辛再用原调原韵作此篇。

② 老大：年纪大。

③ 元龙：三国时陈登，字元龙。许汜称其“湖海之士，豪气不除”。这里指词人和陈亮意气相投。臭（xiù）味：气味。比喻同类。

④ 孟公：西汉陈遵，字孟公。瓜葛：指关系、交情。

⑤ 千钧如发：视千钧之重如一发之轻。

⑥ 硬语盘空：形容文章气势雄伟，矫健有力。此指不合时人口味的言论。

⑦ 渠侬：吴语方言，他们，这里指南宋当权者。

⑧ 汗血盐车：用宝马拉盐车，喻埋没人才。汗血：大宛良马，汗出如血，日行千里。

⑨ 千里空收骏骨：比喻招揽贤才，典出《战国策·燕策》，古人

有出千金买千里马的，三年没有买到，后来找到一匹千里马，可是马已死，于是用五百金买了它的骨头。此后不到一年，就买到三匹千里马。

⑩ 中宵舞：典出《晋书·祖逖传》，祖逖闻鸡起舞的故事。

⑪ 补天裂：女娲炼石补天的神话，比喻收复中原大业。

题 解

辛弃疾当时闲居上饶，陈亮拜访十日，二人同游鹅湖山，豪饮狂歌，志趣相投，共商抗金大计。这首词是词人应陈亮的词而作的唱和词。上片写二人的深厚友情，用历史人物陈登、陈遵作比，言自己和陈亮志趣相投，不慕荣华富贵，胸怀国家恢复大业，可惜无人响应的无奈之感。下片议论国事，写国家离散之悲。词中用千里马沦落到拉盐车的遭遇，写人才得不到重用的悲哀。最后四句，用铿锵有力的语言，表达了抗击金兵、收复中原的决心。全词慷慨激昂，写出词人和陈亮之间的战斗友谊，抒发了他们坚持抗战、志在统一的壮志豪情。

赏 析

辛弃疾的这首词，由词前小序可知，是词人与陈亮的唱和之作。通过对友人陈亮的高尚品格和强烈爱国精神的歌颂，抒发了他们坚持抗战、志在统一的壮志豪情。

词的上片，着重于叙事写景，言说友情。

“老大”三句，词人直写心怀，直叙友情之深：我本来已老大无成，哪里还有什么可以言说？！可是，如今遇到这个如同陈登、陈遵般志同道合、志趣相投者，便忍不住要“老夫聊发少年狂”了。词人乍一落笔，便以“老大那堪说”出之，情感激烈。“那堪”二字，蕴意丰富，把词人有志难伸、恢复无望的悲愤蕴含其中，是志士暮年、壮心难遂的喟叹。“元龙臭味”“孟公瓜葛”二句，用陈登、陈遵的典故，说明词人与陈亮友情深笃、志趣相投。不久之前，他们“憩鹅湖之清阴，酌瓢泉而共饮，长歌相答，极论世事”（辛弃疾《祭陈同父文》），共商抗金恢复大计。故而，词人津津乐道。

“我病”二句，是词人深情的回忆：记得我正生着病，你来了，我高兴得陪你高歌痛饮，那种欢喜驱散了楼头上飞雪的寒意。这里，词人用细节描写和夸张的手法，写出了二人的情真意挚，友情非同一般。着一“惊”字，更衬出情意之深。

“笑富贵”三句，叙写词人与友人谈论国事的情景：可笑那些功名富贵，别人将其看得如同千钧般重，我们却把它看得轻如鸿毛。然而，我们当时所谈论和阐发的那些国家兴亡的真知灼见，又有谁能听得见呢？记得当时，只有那轮照人间沧桑、不关时局安危的西窗明月。这里，词人叙写相谈情景，可见出两人皆为爱国志士，皆有旷达的胸怀和不慕富贵的情操，皆有一颗滚烫的志在恢复的爱国之心，皆有对投降派的同仇共愤。“只有西窗月”，以景衬情，形成鲜明的“热谈”和“冷景”的对照，亦寓示了当时抗战志士处境之艰危。

“重进酒”二句，接叙谈论情形：我们相谈投机，一次又一次地斟酒，更换着琴瑟音乐。这里，虽只有寥寥六字，却写出了虽已夜阑更深，他们仍相谈正酣，兴趣丝毫未减。

词的下片，着重于抒情，抒发恢复壮怀和对南宋朝廷苟安求和的愤恨。

过片四句，是词人痛心疾首的感慨和质问：国家大事依然如故，爱国志士力主恢复，南宋朝廷苟安投降。请问朝廷，神州大地究竟还要被金人割裂主宰多久呢？这里，词人通过“事无两样”和“人心别”的对照，把对南宋朝廷苟且偷安的愤懑之情融会其中。“离”“合”二字，在咄咄逼人之中，更显出词人的凛凛正气！一位热血沸腾的爱国志士的形象呈现在我们眼前。

“汗血”三句，是词人的联想：汗血良马拖着笨重的盐车无人顾惜，当政者却要到千里之外用重金收买骏马的骸骨。极目远眺，关塞河防道路阻塞，难以通行。词人以“汗血盐车”的典故，以喻朝廷之埋没人才。在“收骏骨”的典故中，着一“空”字，表达了词人对当政者排挤、打击抗战志士行径的无比怨恨。“目断”“路绝”，景中融情，悲怆之情皆融于景中。

词末四句，是词人对友人的鼓励：我最尊敬你那闻鸡起舞的壮烈情怀，你曾说过：“男子汉大丈夫，抗金北伐的决心至死也会像钢铁一般的坚定！”我等待你大显身手，为恢复中原做出重大贡献！词人运用用典（“中宵舞”)、比喻（“心如铁”“补天裂”）的手法，鼓舞友人，也是鞭策自己，使爱国豪情达至高潮。

这首词情感奔放、激越，手法恰当、巧妙。词人把叙事、写景和抒情融为一体，又恰切地运用比喻、夸张和用典等手法，把志在恢复的壮志豪情及强烈的爱国精神融会词中，英气勃发，极为感人。

丑奴儿·书博山道中壁①

少年不识愁滋味，爱上层楼。爱上层楼，为赋新词强说愁。　　而今识尽愁滋味，欲说还休。欲说还休，却道“天凉好个秋”！

注　释

① 博山：在今江西广丰。这首词是题在崖壁上的作品。

题　解

辛弃疾写这首词时，正值罢官，闲居在带湖。全词围绕一个“愁”字展开，含蓄蕴藉，语浅言深。上片写少年时期登高望远，风华正茂，书生意气，不知道什么是愁，却硬要吟咏愁情。下片写随着年龄增长，阅历渐深，词人满腔热情，却报国无门，被罢官放逐，怎一个“愁”字了得？“识尽”的“尽”字言愁之深切，“却道天凉好个秋”，言情感之复杂难言。词中将“少年”和“而今”对愁的不同理解进行对比，表达了词人心怀国事却怀才不遇、报国无路的痛苦，也表达了对南宋朝廷的讽刺与不满。

赏　析

这是辛弃疾的抒怀之作，是词人被弹劾去职，闲居带湖（1181—1192）时所作。他常游于博山道中，那里风景如画，他却无心赏玩。词人看国事日非，自己却无能为力，一腔悲愁无法排遣，遂在博山道中一壁上题了此词，表达自己受压抑、遭排挤、报国无门的痛苦，也表达了对南宋朝廷偏安一隅、不思恢复的讽刺与不满。

词的上片，着重回忆少年时代的自己不知愁苦的情景。

“少年不知愁滋味”，词首的这一句是上片的中心。词人以回顾入笔，道出对年少时的自己的认识：风华正茂，历世不深，思想单纯，对社会、人生缺乏深切的感受和认识，尤是对人们常说的“愁”还缺乏真切的体验。

接下来说词人年少时喜欢登高望远。辛弃疾从小生长在中原沦陷区，亲见了金人之凶残，同时也受到北方人民英勇抗金精神的鼓舞，使他有一种抗金复国的志气和决心。辛弃疾二十一岁时，就曾组织两千多人参加耿京的农民抗金部队，图谋恢复失地。因此，他是不知“愁”的。

“爱上层楼，为赋新词强说愁。”这两句是说，我喜欢登高望远，只是为写一首新词本来心中无愁而勉强说愁。“爱上层楼”与上句重叠，其实表达的意思不同，上句与“少年不识愁滋味”构成因果关系，是“果”；本句则与下句“为赋新词强说愁”构成因果关系，是“因”。前一个“爱上层楼”写出了词人的无所畏惧，敢于尝试，就如上段所列举的参加抗金斗争之事。后一个“爱上层楼”写自己虽没有愁苦可言，却装出一副老于世故的样子，硬要去写愁。

词的下片，笔锋一转，由忆昔转而述说现实。

过片两句是说，现在我尝尽了忧愁的滋味，想说却说不出。这里，词人道出了自己的真切体验：当耿京被害之后，词人遂率众投归南宋，历任右承务郎、江阴签判及浙东安抚使等职。词人一生坚持抗金，反对投降妥协，遂被统治者所忌恨，多次被迫退职。写本词时，正是词人被弹劾去职之时。一个“尽”字，把词人的以上经历囊括其中。

词末两句说：想说的却说不出来，却说好一个凉爽的秋天啊！这里的“欲说还休”与上句重叠，表意与上句却不相同：前一个是指在严峻的现实面前，“愁”到极点时无话可说，就如写此词之时的情形；后一个则是后句“却道天凉好个秋”的前句，说不出来却说了个无关痛痒的常见惯用语，说说天气而已。因为在当时投降派把持朝政的情况下，抒发忧国伤时之愁是犯大忌的！词人所写正是自己的切身感受。词人曾被迫退职闲居二十年，后虽起用，然壮志仍无法施展，终回铅山，忧愤而死。看来，言不由衷的“却道天凉好个秋”，并不能消磨掉爱国词人的心志。

这首词言浅意深，既是词人人生经验的高度概括，又对我们的人生有重要的启迪作用。比如我们在写作中，就不能有封建文人所具有的通病——“为赋新词强说愁”，即无病呻吟。

这首词重章叠句的形式，不仅具有一定的音乐美，而且也增强了表达效果，赋予本词更深、更强烈的情感内涵。

破阵子·为陈同甫赋壮词以寄①

醉里挑灯看剑，梦回吹角连营②。八百里分麾下炙③，五十弦翻塞外声④，沙场秋点兵。　马作的卢飞快⑤，弓如霹雳弦惊。了却君王天下事⑥，赢得生前身后名。可怜白发生⑦！

注　释

① 陈同甫：名亮，字同甫，辛弃疾的好友。

② 吹角连营：军营中接连不断的号角声。

③ 八百里：指牛。语出《世说新语·汰侈》，晋代王恺有一头珍贵的牛，叫八百里驳。麾（huī）下：部下。炙：烤肉。

④ 五十弦：指瑟，这里泛指乐器。翻：演奏。塞外声：指悲壮粗犷的战歌。

⑤ 的卢：额部有白色斑点的骏马，三国时刘备的坐骑。作：像。

⑥ 君王天下事：这里指抗金复国大业。

⑦ 可怜：可惜。

题　解

这首词风格豪放，意境雄奇，词中塑造了一位忠勇杀敌、英武爱国的将军形象。词的上片追忆了自己当初在抗金战场上的沙场生涯，“梦回”表明虚写，战场上的激烈，将士们的斗志昂扬，凯歌响起，欢天喜地，旌旗招展，所有的场景仿佛就在眼前，表达了词人为国效力、收复失地的渴望。下片先写战马飞快，弓弦声震耳，统一国家的大业迫切需要完成。最后一句“可怜白发生”是一个转折，词人从美好的想象忽然一落千丈，跌回冷酷的现实，言尽失望，抒发了词人英雄迟暮、壮志难酬的悲愤之情。

赏 析

这首词是一首极其含蓄的豪放词，是词人失意闲居时写给朋友陈同甫的。此词通过描写想象中抗金军队的生活，给读者塑造了一位披肝沥胆、忠贞不渝、勇往直前的将军形象，表现了词人精忠报国的宏大抱负和壮志难酬的悲愤心情。

词的上片，着重描写战前的军营生活情况。

开头两句“醉里挑灯看剑，梦回吹角连营”，着重描写将军“醉酒”和“梦醒”时的情状：将军醉酒时，挑亮油灯，仔细观看他那心爱的宝剑；他从梦中醒来，军营中已响起了嘹亮的号角声。乍一落笔，词人就摒弃俗套，给读者展现出两个“特写镜头”：一是将军“醉”“挑灯”和“看剑”三个极富特征的连续动作的画面，另一个是将军“梦回吹角连营”的既有形象动态又有音响的画面。这就给了读者极大的想象空间，形象感是极强的，尤其是让读者展开想象，去想象和体会每一个动态和将军的内心活动。比如，“醉里”是“醉和金甲舞”（唐·卢纶《和张仆射塞下曲》）的状况呢，还是“醉眼渺河洛”（南宋·方岳《水调歌头》）的情形呢？这就给了读者想象的空间。所以说词人的描写，是极高明和超前的。词人对夜前“醉”酒、夜半挑“灯”和破晓“梦回吹角连营”的一系列的军营生活的描写，让我们从视觉和听觉相交汇的画面中，既看到一位将军的军旅生活，又感受到一种浓厚的战争氛围。

接下来这三句，词人描写军中用餐、集合和检阅的情景：把烤牛肉分给部下享用，让乐器奏起粗犷而有力的军乐来鼓舞士气，在秋天的战场上检阅军队。前两句，用极工整、极雄健的句子，突出地表现了军容之雄壮和士气之高昂，有振奋人心之感。后一句着一“秋”字，突出了“秋高马壮”“沙场”“点兵”之威武，预示这是一支攻无不克、战无不胜之师！

词的下片，着重描写战斗的场面及词人的慨叹。

过片两句，词人紧承上片，描写战斗的过程及胜利：将军率领铁骑奔赴前线，战马像的卢马那样跑得飞快，弓箭如惊雷一般震耳离弦。这里，词人同样给我们展现了两个“特写镜头”，预示了敌军的溃败和我军的大胜。

随后两句，是词人对胜利的评价：将军一心要为君王完成收复国家失地的大业，也为自己生前死后留下美名。由此可见，此次战斗是收复失地的反击战。而这不过是词人的想象，是词人理想的形象展示而已，故而末句发出“可怜白发生”之慨叹：可惜事业未成，我却已成白发之人！词人从理想的峰巅瞬间掉入冷酷的现实，把报国无门、壮志难酬的悲愤融会其中。

这首词意旨深刻，构思独特。全词分为理想（前九句）和现实（末一句）两个层次，前者以“大壮”以表宏大抱负，后者以“大悲”以诉心中块垒，以含蓄的手法表达了悲壮、豪放的内容。

西江月·遣兴[①]

醉里且贪欢笑，要愁那得工夫。近来始觉古人书，信着全无是处。　昨夜松边醉倒，问松“我醉何如”[②]？只疑松动要来扶，以手推松曰：“去！”

注　释

① 遣兴：抒发情怀。

② 何如：如何，怎么样，表示询问。

题　解

这首小词是词人的即兴之作，语言明白如话，描写生动活泼。上片写词人醉中取乐，无法排解内心的苦闷，姑且借酒醉后的笑闹来忘却忧愁。接着词人全盘否定了古人书中的话，其实是表达自己对南宋朝廷的不满。下片写醉后的状态，构思巧妙，幽默诙谐，酒醉的词人和松树对话，问松树“我醉了是什么样？”迷迷糊糊中以为松树要来扶自己，自己还推了一把。词中的情感表面看起来悠闲自在，其实反映出词人对现实的不满和担忧，词人主张抗金，反对投降，被当权派排挤、摒弃，但是词人依然不改倔强的性格。

赏　析

这首词是宋代著名词人辛弃疾借醉酒表达心志的词，抒写了不满现实、怀才不遇、壮志难酬的愤慨和伤感，把词人旷达、耿介的性格真实地呈现出来。

词的上片，着重描写词人闲居时的饮酒、读书生活。

“醉里且贪欢笑，要愁那得工夫。”开头两句，词人直扣词题中的“遣”字，描写乐于饮酒、醉中贪欢的情形：酒醉后我暂且醉中尽情欢笑，哪里有工夫整日发愁？！乍一落笔，词人就着一“醉”字，此与“醉里挑灯看剑”（辛弃疾《破阵子》）之“醉”显然不同：如果说前者是以“大壮”抒写壮志，那么此处则是以“大悲”透露心中的苦悲。这从“且”字就可以看出，“贪欢笑”比“要痛哭”要悲哀得多！词人采用反衬的手法，以极端的“欢笑”来表达内心无法排解的凄苦、郁闷和忧愁，这与《儒林外史》中范进中举时的喜极而疯相类似。这样，就把词人极度的“愁”深刻地反映出来。“要愁那得工夫”一句，更是正话反说，把词人整日整夜沉浸于“愁”中的苦况用另一种形式表现出来：“醉里且贪欢笑”的非“愁”状态，比“愁”更为悲凄！

“近来始觉古人书，信着全无是处。”这两句，是词人的愤激之言：近来我才觉得，完全相信古人书上的话，那就全错了。词人在这里巧妙化用亚圣孟子的“尽信书，则不如无书”（《孟子·尽心下》）之名言，亦是正话反说，以表古书之中尽管有诸多的“至理名言”，可在这国家破败、国土沦陷的现实中，又有谁能真正付之于行动呢？！故而如此嘴上一套、现实中又是另一套的情况下，信它又有何用呢？！词人婉曲而又犀利的语言，给南宋统治者数典忘祖、违背圣贤古训以迎头痛击！

词的下片，着重描写词人醉酒情态。

过片两句，词人描写出一个戏剧性的场景：昨晚我在松树旁醉倒，问那松树：“我醉到什么程度？”这里，“昨夜”二字，交待了醉酒的时间。“松边”，则是醉酒的地点，“醉倒”是醉态，“问松”之语是醉话。词人以“松”为友，可见知音稀少。词人用醉话、醉态、醉情以表“要挽银河仙浪，西北洗胡沙”（辛弃疾《水调歌头》）之心愿难以实现的凄楚。

词末词人再写醉态：我疑心松枝摆动要扶我起来，连忙用手一推说：“去！”词人用拟人的手法把醉态写得惟妙惟肖、逼真可掬，既蕴含倔强不屈的性格，又影射真正纸醉金迷者是南宋小朝廷中苟安求荣、不思恢复的昏君佞臣！

这首词巧设词眼，手法新奇高妙。词人以“醉”为词眼，以直白、活泼的语言，以散文式的细节描写，以拟人、反衬、化用及正话反说、影射等手法，三见其“醉”，把愤慨、伤感之旨融于其中，确是匠心独运。

南乡子·登京口北固亭有怀①

何处望神州②，满眼风光北固楼。千古兴亡多少事？悠悠。不尽长江滚滚流。　年少万兜鍪③，坐断东南战未休④。天下英雄谁敌手？曹刘。生子当如孙仲谋⑤。

注　释

① 京口：今江苏镇江。北固亭：在今镇江北固山上。
② 神州：指中原地区。
③ 年少：这里指孙权十九岁继承父兄之业统率江东。兜鍪（móu）：头盔，这里代指士兵。
④ 坐断：占据。
⑤ 生子当如孙仲谋：语出《三国志·吴书·吴主传》注引《吴历》：曹操见东吴军容整肃，喟然叹曰："生子当如孙仲谋，刘景升儿子若豚犬耳。"孙权，字仲谋。

题　解

这首词借古讽今，风格豪迈，斗志昂扬。词的上片写词人远望中原大地，感慨悠悠千古，兴亡之事犹如滚滚东流的江水。下片赞美了古代少年英雄孙仲谋雄踞东南，英姿勃发，他和强大的曹操刘备较量，非凡的胆识和气魄令人叹服。这里也借此暗讽了当朝官员的怯懦无能。这首词表达了词人希望能像孙仲谋一样，金戈铁马，为国效力，收复山河，抒发了爱国之情。可是理想和现实总是存在矛盾，南宋政府偏安一隅，苟且偷生，词人有无限的热情，却报国无门，这种愤懑之情，可窥一斑。

不尽长江滚滚流

赏 析

这首词是词人重新被起用为镇江知府时所写。词人登临北固亭，联想到南宋朝廷妥协退让、屈辱求和的现实，表达了对南宋朝廷的极度不满。

词的上片，触景生情。

词人起笔以设问开篇，问中蕴情：从什么地方能望见故土中原呢？在北固亭上，我满眼都是美好的风光。词人站立于长江之滨的北固楼上，翘首眺望沦陷的中原地区，不由得感慨万千：大好河山落于敌手，怎能不悲愤？！“风光”二字，饱含愤激：山河变色，落入敌手；朝廷不思收复，我怎能不义愤填膺？！一问一答，感慨系之。

接下来三句，紧承上句，抒发了词人深沉的慨叹：千百年来的盛衰兴亡，历经了多少事？这种风云变幻，真的是说不清、道不完的，就如那滚滚的长江之水奔流不还。这里，把词人对山河变迁、国家兴亡的慨叹深刻地表现出来。“千古兴亡多少事？”词人纵观古今，意味深长地发问，含有极深的情感。“悠悠”二字，包含了时间的漫长久远和词人思绪的邈远无穷。“不尽长江滚滚流”与“悠悠”是词人对问句的回答，词人满腹的愁思、感慨就如江水一样长流不息。

词的下片，主要是因事怀古。

过片二句，是词人对孙权的回忆和赞颂：遥想当年，那孙权是多么的英武威严，青春年少就统率着强大的军队，占据江南百战犹酣。词人不但仰慕孙权，更钦佩他年少英雄、战斗不息的气魄和精神。据史载，孙权十九岁就继承父兄之业统治江东，他西征黄祖，北征曹操，独据一方。赤壁大战大破曹军，不过二十七岁。词人对孙权之气魄、胆识和盖世武功是十分敬仰的，他曾在另一首词中这样写道：“千古江山，英雄无觅，孙仲谋处。”（《永遇乐·京口北固亭怀古》）在这里，词人列举孙权的英雄业绩，热情歌颂他敢于同雄才大略、兵多将广的强敌曹操抗衡并战而胜之的英雄事迹，同时反衬南宋朝廷文武之辈的软弱无能和怯懦苟安。

词末三句，词人自问自答，表明心志：天下的英雄谁配作孙权的对手？唯有曹操和刘备才可以同他鼎足三国。难怪有人说，生下的儿子就应当如孙权一般。在这里，词人借古喻今，极力赞颂孙权的年少有为和盖世功绩，同时慨叹当今的南宋朝廷就少有甚至没有像孙权这样大智大勇、扭转乾坤之人！词人怀念历史人物孙权，正是要南宋统治者效法孙权，诉之武力，兴兵北伐，收复失地，而不要学那猪狗一般的刘琮（曹操曾说过，生儿子应当像孙权这样，刘表的儿子像猪狗一般）。这正是辛弃疾写这首词的苦心所在。

这首词最突出的特点：言少意丰，构思巧妙。全词三问三答，层层深入；即景抒情，借古讽今，将一腔爱国热情倾注词中，渴望像古代英雄那样金戈铁马、收复河山。同时，词人也把自己报国无门和对南宋朝廷的苟且偷安、卖国求和行径的愤懑之情融于词中。确为千古绝唱。

永遇乐·京口北固亭怀古[①]

千古江山，英雄无觅，孙仲谋处[②]。舞榭歌台，风流总被，雨打风吹去。斜阳草树，寻常巷陌，人道寄奴曾住[③]。想当年，金戈铁马，气吞万里如虎。　元嘉草草[④]，封狼居胥[⑤]，赢得仓皇北顾[⑥]。四十三年[⑦]，望中犹记，烽火扬州路。可堪回首，佛狸祠下[⑧]，一片神鸦社鼓[⑨]。凭谁问：廉颇老矣，尚能饭否[⑩]？

注　释

① 京口：今江苏镇江，因临京岘山、长江口而得名。

② 孙仲谋：三国时吴国国主孙权，字仲谋，承父兄基业，称霸江南，曾建都京口。

③ 寄奴：南朝时宋武帝刘裕，小名寄奴，杰出的政治家、军事家，先祖是彭城人，后来迁居到京口。

④ 元嘉：刘裕儿子刘义隆的年号。草草：轻率。

⑤ 封：古代在山上筑坛祭天的仪式。狼居胥：山名，今蒙古国境内。西汉霍去病远征匈奴，歼敌七万余，封狼居胥山而还。这里指刘义隆北伐，企图建立霍去病大破匈奴的功绩。

⑥ 赢得：剩得，落得。仓皇北顾：仓皇败退。

⑦ 四十三年：1162 年词人率众南归，写这首词时刚好四十三年。

⑧ 佛狸祠：北魏太武帝拓跋焘小名佛狸。公元 450 年，他曾率军击败刘宋，追至长江北岸瓜步山（位于今江苏南京），在山上建立行宫，后人称佛狸祠。

⑨ 神鸦：在庙里啄食祭品的乌鸦。社鼓：祭祀时的鼓声。

⑩ 廉颇老矣，尚能饭否：典出《史记·廉颇蔺相如列传》，廉颇是战国时赵国名将，晚年遭谗出奔魏国。赵王想重新起用他，就派使者

去了解其健康情况。廉颇当场吃了一斗米饭，十斤肉，披甲上马，表示还能战斗。可是使者受奸臣贿赂，回去对赵王谎称：廉颇虽能吃饭，但一餐饭间三次上厕所。赵王信以为真，没有起用他。

题 解

这首词是辛弃疾的名篇，最能体现辛词的豪放风格，气势雄浑。词的上片表达了对国家前途的担忧和自己怀才不遇的无奈心情。词的下片借刘义隆封狼居胥的失败，借古喻今，警告主战派不要草率出兵。最后词人用廉颇自比，写自己虽然年老，爱国之心不变，依然希望能得到重用，奔赴战场，抗金杀敌，收复旧山河。同时，也表达了对自己能否顺利施展抱负的忧虑。

赏 析

这首千古传诵的怀古杰作表现了词人抗金救国、恢复中原、为国效劳的忠心和热切愿望，同时也表现了对南宋统治者屈辱求和、不重用抗金志士的愤慨和自己壮志难酬的苦闷。

词的上片，抒写了孙权、刘裕的伟业，表现了对英雄业绩的向往。

“千古江山”三句，词人开篇慨叹：千百年来，江山依然如故，却无处去找孙权那样的英雄了。“千古”二字，具有强烈的时代感。“江山”二字，更有强烈的现实感。词人立于北固亭之上，眺望祖国的壮丽河山，想到了古时曾统治过这片江山的英雄人物。这里，词人言江山犹昔，而当时之英雄如孙权者，则已不见，把一种无人可御外侮之意暗含其中。

“舞榭”三句，是词人面对古迹的伤感：当年的歌舞楼台，繁华景象，连同那无数的英雄业绩，都在历史的风吹雨打中流逝了。“风流”二字，喻指孙权的雄才大略及其建树。“雨打风吹”，喻指历史的风雨。词人慨叹眼前之景和历史上的伟人，把对孙权的崇拜之意和对当时国家岌岌可危的局势的担忧之情皆融景中。

“斜阳”三句，词人发思古之幽情，写对现实之感慨：夕阳照着那草丛树木，那偏僻荒凉的普通街巷，人们说这就是寄奴曾住过的地方。这里，词人表达了对刘裕的怀念和崇拜之意。无论孙权还是刘裕，他们都是从百战中开创基业的。这与南宋统治者苟且偷安于江左、忍气吞声的怯懦表现，形成多么鲜明的对照啊！

“想当年”三句，写刘裕的英雄业绩：遥想当年，刘裕的北伐大军，武器锐利，装备精良，那气势如猛虎一般。这里，词人极写刘裕北伐之声威，表现了对英雄的仰慕以及抗敌恢复之情的殷切：刘裕两次从京口起兵，生擒燕王和秦王，成就北伐的大业。词人登临北固亭，遥想英雄，借古讽今，借赞扬孙权、刘裕，来讽刺南宋王朝主和派屈辱求和的无耻行径，表现出词人抗金的主张和恢复中原的决心，感情炽烈，壮心不已。

词的下片，借刘义隆和廉颇的故事，表达词人的抗金主张，抒发对南宋王朝的愤懑。

过片三句，词人借用历史事实，警告南宋统治者吸取历史教训，不可轻举妄动：南朝宋文帝，元嘉年间匆匆北伐，想要建立像汉朝霍去病封狼居胥山那样的功业，结果只落得回顾追兵，仓皇逃跑。“仓皇北顾”，描写出宋文帝大败、溃退的窘态，将词人吸取教训、不可草率行事的忠告寓含其中。

“四十三年”三句，词人由今忆昔，再现当年的情景：四十三年过去了，我遥望北方，还记得当年扬州一地的遍地烽火。词人回忆以前山河破碎、狼烟遍地的情景，表达了自己收复中原的坚定不移的心志。

接下来三句词人描写眼前的场景：往事不堪回首，而今的佛狸庙前，青烟缭绕，一片乌鸦的叫声和祭神的鼓乐。这里，词人用“佛狸祠”前的和平景象，来反衬自己心急如焚的收复心情，悲慨深重。

词末三句，词人以廉颇自比，表露心迹：靠谁来问我，你已经像廉颇那样老了，是否饭量不减，还能肩负抗击金人、收复中原的重任？这里，词人总括全词，点明主旨，充分表现了词人的爱国的热忱，表达了北伐抗敌的迫切愿望和报国无门的悲愤。

这首词借古讽今，用典恰当。本词借历史反映现实。对孙、刘之赞扬，就是对南宋统治者之指责；对刘义隆之讽刺，就是对韩侂胄之警告；以廉颇之自比，则是内心之独白。全词壮怀激烈，充分体现了词人高尚的爱国情操。

满江红·江行和杨济翁韵[1]

过眼溪山，怪都似、旧时曾识。是梦里、寻常行遍，江南江北。佳处径须携杖去，能消几緉平生屐[2]。笑尘劳、三十九年非[3]，长为客。　吴楚地，东南坼[4]。英雄事，曹刘敌[5]。被西风吹尽，了无陈迹。楼观才成人已去[6]，旌旗未卷头先白[7]。叹人间、哀乐转相寻[8]，今犹昔。

注 释

① 杨济翁：即杨炎正，字济翁，庐陵（今江西吉安）人，辛弃疾友人。

② 緉：双。屐：木头鞋，六朝人喜着屐游山。典出《世说新语·雅量》："阮遥集（阮孚）好屐……或有诣阮，见自吹火蜡屐，因叹曰：'未知一生当着几量屐？'神色闲畅。"

③ 尘劳：风尘辛劳，指宦游生涯。三十九年非：化用《淮南子·原道训》："蘧伯玉年五十而知四十九年非。"当时辛弃疾年近四十，意为回顾过去的三十九年，一切皆非。

④ 吴楚地，东南坼：化用唐杜甫《登岳阳楼》："吴楚东南坼，乾坤日夜浮。"坼：裂开。意为南宋偏安吴楚之地，和中原隔绝。

⑤ 曹刘敌：语出《三国志·蜀书·先主传》：曹公从容谓先主曰："今天下英雄，唯使君与操耳，本初之徒，不足数也。"敌：匹敌。

⑥ 楼观才成人已去：指宦游生涯漂泊不定，调动频繁。

⑦ 旌旗未卷：指战事未休。

⑧ 转相寻：循环往复。

题 解

词人写这首词时年近 40 岁。这首词是离开扬州溯江上行将赴南昌新任，在途中抒怀而作。题目言江行，词中却没有直接对景物进行描写，上片词人由眼前的山川联想起当初漫游吴楚，行遍大江南北，如今再见，恍然一场梦，表达自己厌倦了宦游生活，抒发了内心的失意和无奈。下片词人追忆了往昔的英雄人物，如今已经了无陈迹，词人渴望能如古代英雄一样建立伟业，却哀叹命运人事的多变，将现实政治感慨与怀古之情结合在一起，直抒胸臆，怀古论今，抒发胸中的郁闷与不平。

赏 析

这首借物抒怀词是词人从临安前往南昌，途中遇友人杨济翁和周显先，和杨济翁词韵而作（见词题。此词另题“江行，简杨济翁、周显先”）。此词追忆往昔英雄人物，哀叹他们如今的“了无陈迹”，表达了词人渴望建功立业又失意于宦游山川的矛盾之情。

词的上片，着重于触景生情。

开篇四句，词人直接描写眼前的曾经熟悉的景致：眼前的山山水水，都似曾相识。还记得，在梦中已将大江南北、万里江山走遍。词人开篇即着“过眼”“怪都似”“曾识”等字眼，将久违重逢之情表现出来。词人南归之初，曾漫游吴楚，足迹遍及南北山水。故而，虽阔别长达十载，但此时再见，都似旧时相识，感到格外亲切。“梦里”二字，把词人对曾漫游过的南北山水的魂牵梦萦之情蕴含其中，以虚衬实，极为真实，将词人虚度时光、壮志未酬的失意、落寞之情表现了出来。

“佳处”二句，以典叙事言情：游赏那些风景名胜，只需带上手杖即可，是耗损不了几双木屐的。词人巧用阮孚好屐的典故，以戏谑、幽默的口吻，表现出词人乐观、豁达的性格。

“笑尘劳”二句，以化用言情：可笑我在尘世忙忙碌碌，却有三十九年做得不对，长期以来做着来去匆匆的过客。这里，词人巧妙化用“蘧伯玉年五十而知四十九年非”（见《淮南子·原道训》）的典故，以“三十九年非”（写此词时词人四十岁），来自我嘲讽年华之虚度、功业之无成和壮志之未酬。显然，在词人的自我反思里，有着自身难以主宰命运、左右人生之无奈，有一种“冯公岂不伟，白首不见招”（晋·左思《咏史诗八首》之二）之隐衷。

词的下片，着重于追怀英雄、抒发词人愤激的感慨。

过片六句，是由山川形胜而引发的词人对古代英雄事迹的追怀：昔日的一统江山，如今却被分为南北两半。曹操、刘备皆是时世的英雄。可惜如曹、刘一样的英雄豪杰，都已成了旧事，如今已没有一丝一毫的痕迹。这里，词人巧将杜诗“吴楚东南坼”（唐·杜甫《登岳阳楼》）化为“吴楚地，东南坼”，以绘江行所见的东南一带的壮阔之景。进而由此壮景而怀想“千古风流人物”（北宋·苏轼《念奴娇·赤壁怀古》）“曹刘”，将词人由此激发的满腔豪情融于“英雄”二字之中。但转瞬之间，又以“被西风吹尽，了无陈迹”的慨叹，把“风流总被、雨打风吹去”（辛弃疾《永遇乐》）的伤感蕴含其中。

词末四句，总括全词，表达词人更为愤激之慨叹：楼台刚刚建成，却已不见人踪；壮志未酬，我却已满头白发。可叹人世间的悲欢，不过是循环往复罢了。从古到今，皆是如此。这里，词人巧妙化用“楼成君已去，人事固多乖”（北宋·苏轼《送郑户曹》）之诗意，并用“旌旗未卷”来喻指北伐无望而自己功业难成、“头先白”的深重之“叹”，将无尽的抑郁不平之情抒写了出来。

这首词构思独具匠心，手法多样巧妙。词人巧用化用、用典及以虚衬实等多种手法，采取先分（上片和下片前六句各为一层，此为“分”）后总（词末四句为“总”）的结构，把词人郁结于心的恢复无望、壮志难酬的愤激之情融会词中。

陈　亮

陈亮（1143—1194），字同甫，号龙川，婺州永康（今属浙江）人。绍熙四年（1193）进士。尚豪侠，喜谈兵，议论英伟磊落。曾多次上书朝廷，极力主战，反对苟安，主张北伐收复失地。能词，风格豪放，长于议论。著有《龙川词》。

水调歌头·送章德茂大卿使虏①

不见南师久②，谩说北群空③。当场只手④，毕竟还我万夫雄⑤。自笑堂堂汉使，得似洋洋河水，依旧只流东⑥？且复穹庐拜⑦，会向藁街逢⑧。　尧之都，舜之壤，禹之封⑨。于中应有，一个半个耻臣戎⑩。万里腥膻如许⑪，千古英灵安在？磅礴几时通⑫？胡运何须问，赫日自当中⑬。

注　释

① 章德茂：陈亮的友人章森，字德茂，时任大理少卿，奉命出使金国，为完颜雍贺寿。大卿：官职的尊称。虏：指金国，宋人仇恨金人的侵略，故有此称。

② 南师：南宋军队。

③ 北群空：语出韩愈《送温处士赴河阳军序》：“伯乐一过冀北之野，而马群遂空。”这里比喻没有能征善战的良将。

④ 只手：指一人之力。

⑤ 万夫雄：词中指章德茂单枪匹马，有万夫不敌之勇。

⑥ “自笑”三句：我堂堂汉使，岂会年年去向金屈辱求和，如江河之水一直向东流？

⑦ 穹庐：北方游牧民族居住的毡房，这里借指金廷。

⑧ 藁街：汉朝长安城中专门划分给少数民族居住的地方。《汉书·陈汤传》载："汉将陈汤曾斩匈奴郅支单于之首，悬于藁街，以示万里，明犯强汉者，虽远必诛。"

⑨ 尧之都，舜之壤，禹之封：指中原国土。壤：土地。封：疆界。

⑩ 耻臣戎：以向敌人投降为耻辱。戎：少数民族，代指金人。

⑪ 腥膻：指金人入侵中原。

⑫ 磅礴：浩然正气。

⑬ 赫日：红日。

题 解

宋孝宗淳熙十二年（1185），时任大理少卿的章德茂代表南宋朝廷，赴金国为完颜雍祝寿，陈亮为其送行时作了此词。词的上片紧扣"出使"这件事，宋朝缺少良将，"自笑"是解嘲，表明这样屈辱的事件不会一直持续下去，鼓励章德茂单身赴会，只手彰显英雄气概，暂且再去拜见一次金人，有朝一日一定会打败金人。这里面有直面衰微的现实情况，也有收复故土的伟大理想，对章德茂给予了精神上的鼓励。词的下片运用虚写，词人认为在中原广阔大地上，一定有人以向金人屈服为耻辱，牺牲在战场上的烈士英灵还在，那些主和派才是千古罪人。词的最后表明了抗金的信心：宋朝的国运好像天空中的红日般耀眼，金人的灭亡是一定的。

赏 析

南宋词人陈亮的这首充满强烈的民族自豪感和爱国激情的词，能从消极事件（章森使金）中发掘出积极意义，张扬了不甘屈辱的正气，抒发了誓雪国耻的豪情。

词的上片，着重于出使意义，相信章大卿定当不辱使命。

开篇词人概说出使的形势，含警告之意于其中：请告诉金国统治者，不要以为许久不见南方出师北伐，便认为宋朝没有人才。这里，词人以"不见南师久"

之现实，发出勿“谩说”的警告：南宋兵多将广，不乏能征善战之士！“谩说北群空”一句化用韩愈“伯乐一过冀北之野，而马群遂空”(《送温处士赴河阳军序》)之句意而反其意用之，说明南宋朝廷“骏马”辈出，英雄众多。

接下来两句，转入出使本事：但愿您此次出使金国，发挥才干，只手擎天，显示出万夫莫当的英雄气概。这里，紧承上句以“骏马”喻英雄之意脉，给予章大卿以信心满满的鼓励与支持。“还我”二字，意味深长，把曾有使者慑于金人之威而有辱使命之事暗含其中，期望章大卿能恢复汉使形象，不辱使命。

以下三句，词人以解嘲的口吻给章大卿以鼓励：我们堂堂汉使必能完成使命，哪能像浩荡的河水永向东流那样，年年向金廷求和？词人以比喻的手法、反诘的句式，以表不堪长居屈辱地位之意。

“且复”二句，词人承认现实、提出自己的理想：这次遣使往贺金主生辰，是因国势积弱暂且再让一步，我们终须发愤图强，战而胜之，获金王之首悬于藁街！词人着一“会”字，表达其坚定的信心：恢复故土，一统山河。

词的下片，着重于回顾历史，坚信雪耻恢复指时可待。

过片五句，是词人的愤激之语：在这个尧、舜、禹圣圣相传的国度里，在这片孕育着汉族文化的国土之上生生不息的伟大人民当中，总该有一个半个耻于向金人称臣的志士吧！词人从历史发展的角度，以强烈的反诘句式，表达出自己义正词严的心声。

“万里”三句，是词人愈加激愤的反问：让金人玷污和践踏的中原大地充满腥膻臭气，我们怎能容忍？！我们的先烈为国献身的精神又在哪里？！我们的民族正义何时才能伸张？！词人用极有气势的一连串的反问句，把郁结于心的愤懑倾吐出来，以泄心中之恨！

词末两句，词人以满满的信心收束全篇：金人的气数已尽无需再言，我们现在国运正如日中天，必将赢得最后胜利！词人以“赫日”的比喻总揽全词，做到了首尾呼应。

这首词高在立意，妙在手法。此词以议论入词，说理以形象感人，以发展的眼光评说人、事，直叙、诘问相间，化用、反语、比喻皆有，现实、历史对照，从消极的事件中开掘出张扬正气、豪气的积极意义。

念奴娇·登多景楼

危楼还望①，叹此意、今古几人曾会？鬼设神施，浑认作、天限南疆北界②。一水横陈，连岗三面③，做出争雄势。六朝何事？只成门户私计④。　因笑王谢诸人⑤，登高怀远，也学英雄涕。凭却长江管不到，河洛腥膻无际⑥。正好长驱，不须反顾，寻取中流誓⑦。小儿破贼⑧，势成宁问强对⑨。

注　释

① 危：高。还望：环顾。“还”通“环”。

② 南疆北界：1164年隆兴和议之后，南宋统治者中弥漫着一种以长江为界，南疆北界的谬论，放弃北伐，以求苟安。

③ 连岗：岗，同“冈”。连绵的山冈。这几句写地势的险要。

④ 门户私计：这里借古讽今。六朝凭着险要地势偏安，只是为了保住少数人的私利。

⑤ 王谢：东晋权贵家族，这里代指掌权者。

⑥ 河洛：代指中原地区。腥膻：指外敌入侵。

⑦ 中流誓：典出《晋书·祖逖传》，祖逖统兵北伐，渡江，中流击楫而誓曰：“祖逖能清中原而复济者，有如大江！”

⑧ 小儿破贼：语出《世说新语·雅量》，东晋谢安和苻坚作战，捷报传来，谢安说：“小儿辈遂已破贼。”小儿辈，指谢安的弟弟谢石、侄子谢玄。

⑨ 宁：何必。强对：强劲对手。

题　解

这首词借古论今，上片写江山形势的奇险，驳斥了“天限南疆北界”的主张，借批判东晋统治者偏安江左，遣责南宋统治者不顾国家存亡大事，只管各自谋取私利，戳穿了南疆北界的欺骗性。下片讥讽了当朝醉生梦死的豪门贵族在国难当头之际，既不敢抵抗入侵之敌，又要假惺惺地扮作英雄流涕的爱国志士的模样。词人借祖逖中流击楫挥师北伐的典故，以战略家的眼光，表达了自己支持北伐、刻不容缓的迫切心情以及豁达的胸襟、过人的胆识。结尾用谢安的名句收束，气势豪迈，有势不可挡之势，振奋人心。

赏　析

这首词是南宋词人陈亮词作中的名篇，写于宋孝宗淳熙十五年（1188）春。词人分析京口地形，嘲笑六朝统治集团，提出了进兵中原的积极主张，表现了词人恢复中原的雄心壮志。

词的上片，着重于见景而生情。

“危楼”两句，词人望景而发喟叹：登上高楼极目四望，不禁百感交集，可叹自己的这番心意，古往今来，又有几人能够理解呢？“此意”虽未明说，但有总领全词的作用。“今古”二字，暗示了写作目的——借古论今。“几人曾会”，写出词人内心的焦虑和担忧。

接下来两句，词人分析地势，陈述观点：镇江一带的山川形势极其险要，简直可说是鬼斧神工，非人力所能达到。然而就是如此险要的江山，却不能作为进取的依靠，竟当作天设的南疆北界。词人用“鬼设神施”四字，写出了江山形势的奇险，是对“天限南疆北界”这种苟安论调的否定。当时的南宋朝廷苟安一隅，将长江作为拒守金人南犯的天险。“浑认作”三字，情感强烈，措辞有力，直接驳斥据险苟安的主张，义正词严。

随后三句，词人直陈自己的主张：镇江的北面横贯着波涛汹涌的长江，东、西、南三面皆连接着起伏的山冈。这样的地理形势，足以与北方强敌争雄。“做出争雄势”，词人巧用拟人手法，直接表达词人的雄心和勇气。这也正是南宋统治者所缺乏的。

“六朝”两句，是借古讽今：六朝的旧事，原来只不过是为少数私家大族的狭隘利益打算！词人借六朝旧事，直接揭露和批判南宋统治者划江自守的苟安政策，词语犀利，入木三分。

词的下片，着重于议论、抒情。

过片三句，是借古事而生发的议论：于是我嘲笑王、谢等人，他们空洒英雄之泪，徒有高远之志，却无实际行动。“因笑”二字，讽刺、批判之意显然。“也学英雄涕”，更是尖锐、辛辣的讽刺。

“凭却”二句，词人直接把批判的矛头对准了统治者：今天的南宋朝廷，据此长江天险，却不管不顾中原被异族所占、人民处于水深火热之中。“管不到”三字，口诛笔伐，用血淋淋的现实批判南宋朝廷。

“正好”三句，是词人用英雄的故事激励斗志：我们正好凭借有利形势，长驱北伐，无须前怕狼、后怕虎，应该像当年的祖逖那样，中流击水，收复中原。“寻取中流誓”一句，充满豪情壮志。

最后二句，词人对未来充满必胜的信心：我们拥有精兵强将，完全可以像当年的谢安一样克敌制胜，收复国土，又何须顾虑对方的强大呢？这里，词人借用典故以发豪言壮语，一腔爱国热情感人肺腑，名留千古。

这首词最显著的特点是议论入词。词人分析形势，纵论时弊，引经据典，鼓舞士气，淋漓酣畅；风格豪放壮烈，具有大气磅礴的英雄气概，充满着炽热的爱国激情。读之，振奋人心。

杨　炎　正

杨炎正（1145—？），字济翁，庐陵（今江西吉安）人。庆元二年（1196）考取进士。曾任大理司直，又知藤州、琼州。他与辛弃疾友谊深厚，词风相近，常有酬唱之作。著有《西樵语业》。

水调歌头·登多景楼①

寒眼乱空阔②，客意不胜秋③。强呼斗酒，发兴特上最高楼④。舒卷江山图画，应答鱼龙悲啸，不暇顾诗愁。风露巧欺客，分冷入衣裘。　忽醒然，成感慨，望神州。可怜报国无路，空白一分头。都把平生意气⑤，只做如今憔悴，岁晚若为谋⑥。此意仗江月，分付与沙鸥⑦。

注　释

① 多景楼：在今江苏镇江北固山甘露寺内。当时词人和辛弃疾过镇江，同登此楼作此词。

② 寒眼：词人登高远眺，江上的秋风寒凉，因有此说。

③ 不胜秋：禁不住秋天的凄冷。

④ 发兴：激发意兴。

⑤ 意气：志向与气概。

⑥ 岁晚：暮年。

⑦ 分付：交给。

题 解

这首词是词人和辛弃疾同登多景楼而作，辛弃疾有和作。词的开头点明了季节是秋天，写登楼远眺，饮酒赋诗，眼前之景空阔辽远。江山如画，波涛中听到“鱼龙悲啸”，这里暗指南宋的国势已经衰微，不禁悲从中来，无意赋诗，更有那冰冷的风露，钻进衣服，写出秋之凄冷萧条。下片侧重抒情，写站在楼上，北望中原，心中感慨万千，感慨国家沉沦，感慨报国无门，空有一腔热情白了头。最后两句，是词人的无奈之言，垂垂老矣，壮志难酬，只好和江月为伴，将余生交给江中的沙鸥。整首词的情感低沉，抒发了词人渴望报效国家，无奈现实却壮志难酬的忧愤之情。

赏 析

这首词是南宋词人杨炎正于淳熙五年（1178）与辛弃疾同舟过镇江，登多景楼时所写。全词慷慨激越，愤世伤时，表达了词人报国无门、壮志难酬的愤懑之情。

词的上片，着重于写景。

“寒眼”二句，词人直扣词题，描写登楼所见之景：深秋时节，江面空阔，一阵寒风吹来，让人眼睛发涩，顿生寒意，令我这个他乡之客不胜秋意之悲凉。词人乍一落笔，就着上“寒眼”二字，描写冷落之景乍一入眼便使眼睛生寒意之感受，真切地写出了心之寒、情之寒。着一“乱”，不仅是写眼中所见的零乱、衰败、萧条的江天秋景，更是词人的内心之感，故而“客意不胜秋”，不能忍受的愁思油然而生。

接下来五句，词人描写目睹壮景陡然无暇顾及“诗愁”：为了驱散忧愁，我呼酒登楼，生发兴致登上了多景楼的最高处。倚栏四望，江山壮丽，风景如画。只见那长江波涛汹涌，那涛下的鱼龙大概正在一唱一和地悲啸着吧！而我此时却没有空闲去赋诗吟愁。这里，词人从“不胜”“寒”“乱”之中甩脱出来，“强呼斗酒”，“发兴”登楼。这充分显示了词人“曲而不屈”（《左传·襄公二十九年》）的倔强和自信。词人用“应答鱼龙悲啸”的想象，暗喻心中之“悲”愁。“不暇”

二字，寓含词人并不把小家子气的“诗愁”放于心上，心中有的是国家、天下之大事！

“风露”二句，景中融情：江上的寒风霜露总是善于欺负客居之人，将它们的寒气吹入我的衣裘之中，让我顿感寒冷。这里，词人用拟人的手法，描写出那无法抵御的寒冷。联系词人写作的背景，我们不难理解，这“巧欺客”“入衣裘”的“风露”之冷，不是来自于自然界，而是来自现实：南宋日渐衰微的国势，恢复无望的前景，报国无门、壮志难酬的愤懑。词人以借喻、象征手法来写时世，愤世伤时之情溢于言表。

词的下片，着重于抒情。

过片三句，是词人的醒悟和喟叹：寒意令我顿时清醒，满腔的豪情顿然间都化成感慨，只能望着神州大地徒然兴叹悲鸣。这里，词人用“醒然”“感慨”“望”等词把词人“报国无门空自怨，济时有策从谁吐”（南宋·吴潜《满江红》）的苦衷和怨恨含于其中。

“可怜”五句，词人一吐深重的悲恨：痛惜我一直胸怀报国壮志，却没有报国之路，空自白了鬓发。平生空有一腔爱国义气，现在却只剩下憔悴，暮年已至，我如何才能再有作为、一展襟怀？这里，词人回顾一生，用“可怜”（可惜、痛惜）二字，把“犹有壮心在，付与百川流”（南宋·张元幹《水调歌头》）的痛恨尽含其中。“报国无路”，正是词人一生的遭际。

词末二句，词人借景抒情：只有这江上的明月和那沙鸥能够了解我的心意，就让它们陪我度此残生吧！词人用无奈的笔触，借“江月”和“沙鸥”一抒内心郁结的凄哀、不平和愤懑，怎一个“仗”字了得！

这首词情真意挚，别有特色。词人把“报国无路”的一腔义愤赋予词中，那“寒眼”的秋景，那登楼的“悲啸”，还有那“冷”的“风露”，寄情的“江月”和“沙鸥”，更有那“空白”的鬓发、“憔悴”的词人，一腔爱国激情，尽融其中。

刘 过

刘过（1154—1206），字改之，号龙洲道人，南宋词人，吉州太和（今江西泰和）人。多次应举不中，布衣终身。性豪爽，重义气。力主北伐，恢复中原。与辛弃疾、陆游、陈亮等人多有交往，与刘克庄、刘辰翁享有“辛派三刘”之誉。有《龙洲词》。

沁园春·寄稼轩承旨①

斗酒彘肩②，风雨渡江，岂不快哉？被香山居士③，约林和靖④，与东坡老⑤，驾勒吾回⑥。坡谓“西湖，正如西子，浓抹淡妆临镜台”。二公者，皆掉头不顾，只管衔杯⑦。　白云“天竺飞来⑧，图画里，峥嵘楼观开。爱东西双涧⑨，纵横水绕；两峰南北，高下云堆”。逋曰“不然，暗香浮动，不若孤山先探梅。须晴去，访稼轩未晚，且此徘徊”。

注 释

① 稼轩承旨：即辛弃疾，曾任枢密院都承旨。

② 斗酒彘肩：语出《史记·项羽本纪》，鸿门宴上，刘邦的部将樊哙见项羽，项羽赐予他斗卮酒（一大斗酒）与生彘肩（猪前腿）。

③ 香山居士：唐代诗人白居易的号，曾任杭州刺史。

④ 林和靖：北宋诗人林逋，隐居杭州西湖孤山，一生不娶不仕，以梅为“妻”，以鹤为“子”，有“梅妻鹤子”之说。
⑤ 东坡老：指苏轼，曾先后两次任职杭州。
⑥ 驾勒吾回：强拉我回来。
⑦ 衔杯：饮酒。
⑧ 天竺：在杭州灵隐寺南山中。飞来：指飞来峰。
⑨ 东西双涧：指灵隐寺附近的两股涧水，汇合于飞来峰下。

题 解

这首词作于宋宁宗嘉泰三年（1203），当时辛弃疾担任浙东安抚使，邀请刘过到绍兴府相会，刘过因事无法赴约，便在杭州写了此词以作答复。词的开头即用典，词人想象在风雨中渡江、喝酒吃肉，是一件多么痛快的事情。词人想赴约，却被白居易、林逋、苏轼三位绊住脚步。词人运用丰富的想象力，将本不相关的三个人聚集在一起，进行对话，化用他们的经典诗句，描绘杭州的美丽风景。词的最后用“须晴去”和开头的“风雨”相呼应，写自己徘徊于杭州如诗如画的美景中，暂时无法赴约。全词构思巧妙，想象新奇，读起来妙趣横生。

赏 析

这首词是南宋词人刘过的豪放、清新、奇崛之作。词人以独特、奇崛的想象，肆意徜徉的文情，妙趣横生的语言，道出负约之原因，别有情趣。

词的上片，由想象款待情形入笔，描写路遇古代大文豪之情景。

开篇三句，是词人对款待、赴约之场景的想象：您将用整斗酒和猪腿将我款待，在风雨之中我渡过钱塘江到绍兴与您相会，岂能不愉快啊？！词人乍一开篇，就用“斗酒彘肩”的典故（见《史记·项羽本纪》），勾画出款待的场面。词人以大手笔突兀而起，想象稼轩招待自己酒馔的情形，以樊哙来喻指自己和稼轩皆为天下之豪士，极有个性，极有气势，可谓神来之笔。

接下来四句，写词人出发赴约之时，却被拉回的情节：我正去相会于您，可半道中被白居易邀约，林逋、苏东坡，硬生生把我拉回。词人用“驾勒吾回”写出自己无可奈何的心情，为下文的进一步想象埋下了伏笔。如果说词首三句是“扬”的手法的话，那么这里就是“抑”，且一“抑”到底，完全打破了词俗成的上、下片的界限，让三位大师分别陈述词人不能赴约的理由。

“坡谓”句，是苏东坡陈述的理由：苏东坡说：“西湖如西施，或浓妆或淡妆都是自照于镜台。”言下之意，西湖不论“浓抹淡妆”，都是极美的。在这里，词人巧妙化用“欲把西湖比西子，淡妆浓抹总相宜”（北宋·苏轼《饮湖上初晴后雨》）的诗意，道出词人不能赴约之苏东坡的看法。

随后三句，描写林逋、白居易的神情动态：林逋、白居易两人都置之不理，只顾畅饮开怀。“不顾”“衔杯”的描写，从侧面描写出林、白二人的豪迈、旷达之气度。

词的下片，紧承上片，完全打破上、下片之拘束，陈述白居易、林逋让词人不去赴约之理由。

“白云”句是白居易的理由：“到天竺山去啊，那里如画卷展开，寺庙巍峨，流光溢彩。更可爱的是，东西二溪纵横交错，南北两峰高低错落，白云霭霭。”这里，词人巧妙化用白居易“一山分作两山门，两寺原从一寺分。东涧水流西涧水，南山云起北山云”（《寄韬光禅师》）的诗意，极说天竺山之美妙，以此说服词人不去践约。

“逋曰”句是林逋的理由：“并非如此，梅花的馨香幽幽飘来，怎比得上先到孤山探访香梅之海。待到雨过天晴，再访稼轩不迟，我暂且在西湖边徘徊。”这里，词人又巧妙化用林逋“疏影横斜水清浅，暗香浮动月黄昏”（《梅花》）的诗意，并以“须晴去，访稼轩未晚，且此徘徊”来总收理由，且与词首的“驾勒吾回”扣合得严密无缝、滴水不漏。

这首词最显著的特点：章法创新，想象奇崛，情趣盎然。词人打破上、下片的惯常写法，想象了词人神遇三位文学大师的奇特情景，巧妙道出负约之理由，妙趣横生，确为调侃古人、纵情玩世之佳作。

贺新郎

弹铗西来路[1]。记匆匆、经行十日，几番风雨。梦里寻秋秋不见，秋在平芜远树[2]。雁信落、家山何处[3]？万里西风吹客鬓，把菱花、自笑人如许[4]。留不住，少年去。　男儿事业无凭据。记当年、悲歌击楫[5]，酒酣箕踞[6]。腰下光芒三尺剑，时解挑灯夜语。谁更识、此时情绪？唤起杜陵风月手[7]，写江东渭北相思句[8]。歌此恨，慰羁旅。

注　释

① 弹铗（jiá）：弹击剑把。铗：剑把。《战国策·齐策》载，冯谖为孟尝君门客，未得重视，倚柱弹剑而歌，数次后，孟尝君知其志，重之。

② 平芜：草木丛生的平旷原野。

③ 雁信：指传递书信者。

④ 菱花：镜子，古以铜制镜，背后铸刻菱花纹饰。

⑤ 悲歌击楫：见陈亮《念奴娇·登多景楼》注释⑦中“中流誓”。

⑥ 箕踞：两脚张开，两膝微曲地坐着。此处形容不拘礼节。

⑦ 杜陵：指杜甫。风月手：写诗的能手。

⑧ 江东渭北：杜甫《春日忆李白》：“渭北春天树，江东日暮云。”这里指思念好友。

题 解

这首词上片开头三句引用冯谖的典故，言自己流寓他乡、怀才不遇、抑郁不得志的状况，统摄全篇。“梦里寻秋”隐喻国势衰微，表达了词人对国事的关心以及面对山河沦陷，有志报国却壮志难酬的痛心。凄冷的秋天勾起了词人的思乡情怀。词人把镜自照，感慨年华老去却功业未成。词的下片追忆了青年时期的壮志凌云，以常带佩剑、挑灯夜语等细节描写，刻画出了一个在逆境中始终抱有报国壮志的英雄形象。词人以李白自比，希望有杜甫那样的知己理解自己。结尾用“歌此恨，慰羁旅”写明写作此词的目的，是为了抒发心中的愁苦，聊作羁旅中的安慰。全词情真意切，直抒胸臆，抒写豪情壮志，挥洒无余。

赏 析

这首词是南宋词人刘过所写。词人通过自己别离家乡、浪迹江湖的遭际，婉曲地表达了他对国事的关心，抒发了壮志难酬的怨恨。

词的上片，着重于借典、借景、借境遇抒情。

起首三句，词人借典写景：我像那个不得志的冯谖一样弹铗而歌，一路西来。行色匆匆地走了好几天，一路之上几番风雨，坎坷难行。乍一落笔，词人便着上“弹铗”二字，用战国时冯谖弹铗而歌的典故（见《战国策·齐策》），把自己怀才不遇、壮志难酬的愁苦和怨恨蕴含其中。“几番风雨”，既是自然界的风雨，又喻指政治的风雨，把自己曾上书宰相陈说恢复中原之方略，却不被采纳，以及屡试不第、浪迹江湖的种种境遇皆寓含之中。

接下来二句，叙写漂流之苦：行走途中，常在梦中寻找秋天却不见它的踪迹，不想秋天它却已经来到这平芜远树之上了。这里，词人真切地叙写出寻“秋”不见却不期而遇的矛盾心境，把对家乡深切的思念之情融于其中。词人着一“秋”字，既有“秋风吹客客思家”（南宋·叶绍翁《九日呈真直院》）的思念家乡之愁苦，又有“逢多事之秋，而乃有令患风”（唐·崔致远《前宣州当涂县令王翱摄扬子县令》）的对国事的关心和忧虑。

“雁信落”三句，紧承上句，借景抒写念国思家之苦；只见那秋日南飞的大雁起起落落，而我的家园山河又在哪里呢？西风万里，将我这个羁客的双鬓染上了秋霜，对着镜子，我看着镜中自己憔悴的容颜而苦笑。词人用“雁信”二字，把家乡遥远、“雁不到，书成谁与”（南宋·张元幹《贺新郎》）之愁悲写了出来。“万里西风”，把词人“万里悲秋常作客”（唐·杜甫《登高》）的难以排解的忧伤蕴含其中。“自笑”二字，把词人身体憔悴、怀才不遇的凄楚隐含其中，有一种嘲弄和否定之意在！

“留不住”二句，是词人的感慨：青春的时光终究是难以留住的，我的少年时代已经一去不回了。这两句，实则交代了别家离乡，浪迹江湖的原因和时间。青春年少，上书抗金方略却遭摒弃，愤而离开家乡，把对国事的关心之意暗含其中。

词的下片，着重就眼前的悲凄处境抒情。

“男儿”三句，是词人对自己当年力主抗金北伐志节的追忆：如今，我这个壮志男儿却依然功业未成。想当年，我也曾像祖逖一样悲歌击楫，立誓收复中原，酒酣箕踞，悲愤世事。这里，“男儿”一句，与首句相呼应，把“志在四方”却至今事业无成之悲愤写了出来。词人运用祖逖“悲歌击楫”（见《晋书·祖逖传》）的典故，表达了“当年”愤而上书却不为用的痛苦、悲愤和怨恨。

“腰下”三句，抒写词人内心之悲哀：我腰间别着三尺寒光闪耀的宝剑，时不时地在夜间挑灯细看，那时的心情又有谁能理解呢？更让人难以忍受的，是对着灯花洒下一串串泪来。词人用细节描写，表现了报国无门的悲愤。

最后四句，词人以李白自况，抒发怨恨：我想要呼唤出那个善写风雨的杜少陵，让他为我写下对江东渭北的相思。我将高唱此歌，以解心中的愁恨，聊作羁旅中的安慰。词末，词人以杜甫对李白的怀念，来表达自己内心难以消除的愁苦，首尾用典，遥相呼应。

这首词最突出的特点：情真意切，手法高妙。词人妙用典故、借景抒情等多种手法来抒发内心深沉的悲愤之情，情思隽永，感人极深。

崔 与 之

崔与之（1158—1239），字正子，一字正之，号菊坡，南宋词人。广州增城（今属广东广州）人。绍熙四年（1193）进士，为官廉洁奉公，在淮东练兵抗金，政声卓著。被称为“岭南儒宗”，所开创“菊坡学派”被认为是岭南历史上的第一个学术流派。善写词，开岭南宋词之始。著有《崔清献公集》。

水调歌头·题剑阁

万里云间戍，立马剑门关。乱山极目无际，直北是长安①。人苦百年涂炭，鬼哭三边锋镝②，天道久应还。手写留屯奏③，炯炯寸心丹④。　对青灯，搔白发，漏声残。老来勋业未就，妨却一身闲。梅岭绿阴青子⑤，蒲涧清泉白石⑥，怪我旧盟寒。烽火平安夜，归梦到家山。

注 释

① 长安：这里代指北宋都城汴京。

② 三边：泛指边疆。锋镝：泛指兵器。锋：刀口。镝：箭头。

③ 留屯：驻军屯田。

④ 炯炯：形容有心事而彻夜不寐。

⑤ 梅岭：指大庾岭，在江西、广东交界处，词人是广州人。

⑥ 蒲涧：在广州白云山，涧中生有九节菖蒲，其水清甜。词人曾隐居于此。

题解

这首词是词人出任成都知府兼成都府路安抚使时，登临剑阁而作。词的上片写当时秦岭以北的国土沦陷，词人立马剑门关，北望中原，心中感慨万千，联想到边疆战况惨烈，百姓生灵涂炭。词人言自己驻军屯田的愿望，表达对国事的关心以及报效国家的壮志。词的下片写自己的实际境遇：青灯白发，收复中原的功业未成，词人彻夜难眠。词人本来打算功成身退，归隐乡间，可是抗金大业尚未完成，连梅子、山水责怪我失约，滞留在异乡。每当烽火暂宁的平安夜，词人都在梦里回到家乡，表达了词人对家乡的思念之情，虽有无法归乡的遗憾，却有词人的一片报国丹心。

赏析

词人登临剑阁，北望中原，表现了其深沉的忧国情怀和强烈的报国壮志。

词的上片，词人着重抒写抗敌守边、报效国家的赤胆忠心。

起首二句，词人点示戍边立马之意：在远离朝廷万里之地戍守边疆，骑马立于剑门关之上。乍一开篇，词人便以极有气势的笔触，为全词奠定了一个豪迈的基调。“万里”，极言地域之远。“云间”，极言地势之高。着一“戍”字，点明词人之身份。“剑门关”，点出了地点，突出其“惟天有设险，剑门天下壮”（唐·杜甫《剑门》）的兵家必争的军事要地的特点，为下文的感慨、抒怀做了很好的铺垫。

“乱山”二句，写词人极目眺望所见所感：在群山中极目远眺看不到边，正北的方向是长安城。这里，词人巧妙化用杜甫“云白山青万余里，愁看直北是长安”（《小寒食舟中作》）之诗意，用“长安”既实指早已沦入金人之手的北宋都城汴京，又借指沦陷的中原地区，一语双关，把词人对国家破败、恢复无望的忧愤之情融入其中。

接下来三句，紧承上句，词人联想到沦陷的中原人民的悲惨遭遇：百年以来，失地的百姓受苦受难，生灵涂炭，边境的战事依旧严峻，无数军民在战火中罹难，鬼魂在边地里哀哭。金人统治已久，干的那么多惨无人道的坏事一定会遭到上天的惩罚。“人苦”“鬼哭”四字，形象地描写出沦陷区人民的苦难和悲惨遭遇。“鬼哭”句又巧妙化用杜甫“新鬼烦冤旧鬼哭，天阴雨湿声啾啾”（《兵车行》）之诗意，突出了中原人民苦难之重、遭遇之惨。故而以“天道久应还”这铿锵有力的五字，表达了词人心中那无比的义愤和收复失地的强烈愿望。

“手写”二句，写词人驻守边地，绝不让辖地百姓受金人侵害的决心：我要亲手写好常驻此地的奏表，一片丹心，如日月般明亮。词人壮怀激烈，豪气冲天，忧国忧民的赤诚之心，天地可鉴！

词的下片，叙写词人遭际，抒发功业未成之感慨。

过片三句，写词人所处的环境气氛：我面对那昏黄的青灯，双手挠着苍老的白发，只见得夜晚的沙漏即将流尽。词人用“搔白发”的动作，表达在夜阑将尽之时、自己内心的苦悲。

“老来”二句，是词人的慨叹：我已年迈而收复失地的大业未成，这使我归隐山林之愿不能遂心。这里，词人把“逆胡未灭心未平”（南宋·陆游《三月十七日夜醉中作》）、“燕然未勒归无计”（北宋·范仲淹《渔家傲》）的凄楚蕴含其中。

“梅岭”三句，是词人寄意山水的拟写：蒲涧的景色优美，白云山间，泉清水甜，梅岭青梅阴阴，它们都怪我负却旧约。词人用“怪我旧盟寒”与上文的“妨却一身闲”相照应，用拟人的手法把思家而不得归、不能归的心境表达出来，让我们似乎窥见了词人那颗报国之丹心！

最后二句，卒章显志：请不要责备我吧，在烽烟未息、逆胡未平之时，我的梦魂又怎能回到家园？！这里，词人用思家情固深而报国意更切之意收束全词，把“报国志愿不敢忘，此身未暇归江乡”（北宋·吕源《和韵》）的心志表露出来，令人感动、钦佩不已！

这首词情真意切，旨意深厚。那“人苦”“涂炭”“鬼哭三边”的激愤，那“天道久应还”的同仇敌忾，还有那“手写留屯奏”的“炯炯寸心”，更有那“妨却一身闲”“怪我旧盟寒”的精忠报国之志，情意深挚，感人肺腑。

黄　机

黄机（生卒年不详），字几仲，东阳（今属浙江）人，南宋著名诗人。工于词，常与辛弃疾、刘过唱和。有《竹斋诗余》。

虞　美　人

十年不作湖湘客[①]，亭堠催行色[②]。浅山荒草记当时，筱竹篱边羸马、向人嘶[③]。　书生万字平戎策，苦泪风前滴。莫辞衫袖障征尘，自古英雄之楚、又之秦[④]。

注　释

① 湖湘：洞庭湖和湘江地带。这里指作者曾经宦游湘中。

② 亭堠（hòu）：亦作“亭候”。古代边境上用以瞭望和监视敌情的岗亭、土堡。

③ 筱竹：细小的竹子。羸（léi）：瘦弱。

④ 之：动词，到。这里是感叹四处漂泊之意。

题　解

这首词中刻画了一个报国无门、痛心悲愤的书生形象，抒写了词人的奔波经历和心路历程，语意深沉，苍凉悲壮。词的上片写十年重游故地，风尘仆仆、行色匆匆，眼前的浅山荒芜，细竹篱笆，瘦马嘶鸣，景物描写一片凄凉萧瑟，词人满目悲戚，心情惨淡。下片抒发情感，词人曾写出“万字平戎策”，奔走于大江南北，希望能得到朝廷重用，为国效力，可是却壮志难酬。词的最后两句用古代英雄自比，勉励自己不要因为个人的悲戚而影响征途，表达了词人关心国事，心怀凌云壮志，在困境中依然不放弃希望，坚定报国的决心。

赏 析

这首词是南宋词人黄机所作，充分体现了其“苍凉悲壮、慷慨生哀”的特色。他一生有着济世匡国、奔赴沙场平戎杀敌的大志，虽屡受挫折，却始终未放弃自己的执着追求。此词就是他这种心迹的真实表露。

词的上片，着重叙写词人漂泊湖湘的悲戚、惨淡的心情。

开头两句，词人回顾过去，叙说今天：十多年来我未到过湖湘了。如今我风尘仆仆、行色匆匆，经过了一个又一个的亭堠，如今又到了这里。这里，词人叙写自己“长年为客，楚尾吴头”（黄机《木兰花慢·次岳总干韵》）的颠沛流离、为济世救国而奔走呼号于大江南北的经历，有一种“十年一梦凄凉”（南宋·吴文英《夜合花》）的伤感滋味。

“浅山荒草记当时，筱竹篱边羸马、向人嘶”，描写眼前的凄凉景象：只见衰草浅山，荒芜的耕地，更有那细竹篱笆边嘶鸣的瘦马。词人用极凄哀的“浅山”“荒草”“筱竹”和“篱边羸马”的意象，把那种“枯藤老树昏鸦”“古道西风瘦马”“断肠人在天涯”（元·马致远《越调天净沙·秋思》）的凄苦表现了出来。词人以正衬的手法，以哀景写哀情，把十年奔波、胸怀大志却“未办得，赋归去”（黄机《乳燕飞·贺新郎·次徐斯远韵寄稼轩》）的壮志难酬的悲凄含于其中。

词的下片，着重抒写词人壮志难酬的愤懑和怅惘之情。

过片两句，描述词人胸有大志却难以伸张的愤懑和痛苦：尽管自己胸有凌云之志，满腹的平戎之策，却难以施展，报国无门，壮志难酬，那痛心疾首、悲愤难平的眼泪啊，只能和风向天抛洒“平戎”二字，把词人对国家残败、“偏安久，大义谁明？”（黄机《六州歌头·次岳总干韵》）的平戎虏、复中原的心志难遂的苦悲饱含其中，其忠心义胆显然可见。尤其是“苦泪风前滴”一句，将悲伤至极的痛苦形象地描写出来。

接下来两句，词人自我勉励、以表心迹：莫要说无人赏识自己而难以实现“平戎”、恢复之志，但我相信终会有知遇之时。历史上的英雄圣贤，哪一个不是先受一番奔楚赴秦、困顿受挫的万般苦楚啊！词人用“卒章明志”之法，表达自己“报国之心，死而后已”（北宋·苏轼《杭州召还乞郡状》）的心志。最后一句，把词人的热血衷肠、义无反顾的心声表达出来。“自古”一句，是词人用英雄人物的事迹来鞭策自己，表现出词人坚强的意志和至死不渝的决心。

这首词意旨深厚，情感真挚。那“十年不作湖湘客”的济世救国的奔走呼号，那“浅山荒草”“篱边羸马”的壮志难酬的悲凄，还有那“苦泪风前滴”的心志难遂的苦恨，更有那“莫辞衫袖障征尘”精忠报国的义无反顾，皆把词人一颗拳拳的报国之心融会其中，其激烈慷慨的壮怀，足以感人。

俞　国　宝

俞国宝（生卒年不详），临川（今属江西抚州）人，南宋诗人。江西诗派著名诗人。工诗词，有《醒庵遗珠集》，今不传。

风　入　松

一春长费买花钱①，日日醉花边。玉骢惯识西湖路②，骄嘶过、沽酒垆前。红杏香中箫鼓③，绿杨影里秋千。　暖风十里丽人天④，花压鬓云偏。画船载取春归去，余情寄、湖水湖烟。明日重扶残醉，来寻陌上花钿⑤。

注　释

① 长费：耗费很多。
② 玉骢（cōng）：毛色青白相间的骏马。
③ 箫鼓：乐奏。
④ 丽人天：美好宜人的天气。唐杜甫《丽人行》：“三月三日天气新，长安水边多丽人”。
⑤ 花钿（diàn）：古时妇女贴于额前的一种花饰。

题　解

这首词写西湖春游的美景，开头没有直接描摹，而是用花钱买花、日日醉花边来写词人对西湖美景的留恋。骏马惯识，说明词人常来；马儿健壮，嘶鸣响亮，表面写马，实际是写人。词的下片写游湖的盛况。红杏艳丽，杨柳依依，暖风十里，丽人出游，簪花游船，饮酒赏景，何等惬意。这首词以乐景反衬哀情，表面写西湖春游盛景，实际上含蓄地批判了南宋朝廷统治者不顾国家危亡，苟且偷生，纵情游乐，穷奢腐朽的生活。“重扶残醉”的“残”字，具有讽刺意味，映射了南宋苟延残喘的社会现状。

赏　析

南宋词人俞国宝的这首词曾得到身为太上皇的宋高宗的“称赏”，并将其中的“明日再携残酒”句改为“明日重扶残醉”，时为太学生的词人也因此即日解褐授官（见南宋·周密《武林旧事》）。这首写于淳熙年间（1174—1189）的词，反映了宋金签订“隆兴和议”（1164）之后三十年间无战事、暂时和平安宁状态下，上流社会醉生梦死的心理状态和社会现实。

词的上片，着重描写词人游览杭州西湖的盛况。

开头两句，词人直写自己沉迷西湖的形象：入春以来，我不知道耗费了多少买花钱，天天沉醉在西湖湖边。词人乍一开篇，就用“一春”“长费”“日日”“醉”等词语，把词人流连西湖山水的情景真切地描绘出来，确有一种“暖风熏得游人醉，直把杭州作汴州”（南宋·林升《题临安邸》）的氛围。

接下来两句，描写游湖之马：玉骢马是那样的熟识西湖的路径，昂首嘶鸣走过酒肆的楼前。这里，词人巧用拟人手法，借马写人，马之“骄嘶”着、轻慢地走过酒楼，乃是马之主人常来常往的烂熟之惬意的真实写照。这样，开头四句，词人就以浓烈的情绪，令人对西湖美景产生热切的向往之情。

“红杏”两句，词人用浓墨重彩的笔触描写西湖美景和赏游盛况：红杏芳香中传来那箫鼓震天的轰响，绿杨婆娑的树影里有那欢荡的秋千，那如云的丽人让人眼花缭乱，暇不胜睹。这里，词人给我们描绘了一个有声有色、有人有景的“西湖游乐图”，让人目不暇接，各种感官皆活跃起来。

词的下片，着重叙写游赏暮归的情景。

过片两句，词人打破了俗常的写法，承上再写游乐图景：春风十里路上丽人翩翩，满头的花朵把云鬓都压偏了。这里，词人巧妙化用唐代诗人杜牧“春风十里扬州路”（《赠别》）和唐代“诗圣”杜甫“三月三日天气新，长安水边多丽人”（《丽人行》）的诗句，与上片的末两句构成一幅完整的声色俱全、人丽景美的“西湖游乐图”，热点突出，手法高妙，给读者留下了极大的想象空间。

“画船”两句描绘了一幅游乐暮归图：夕阳西下，画船载着春光归去，未尽的游兴全付与湖水湖烟。这两句，可以说是游乐之尾声。时令是暮时春景，词人亦写得别有声色，有“画船载取春归去”的拟人和运用了夸张手法的有动有静的极美画面，亦有景中融情的“湖水春来绿”（北宋·鲍当《题林和靖隐居》）和“湖海上”“半帆烟雨”（南宋·吴潜《满江红》）的湖光之美，词人情不自禁地“余情寄”，完全沉“醉”在西湖的美景之中。

词末两句，词人别出机杼，以来日再游相期：明日我还要带那残存的醉意，到那湖上小路去寻找遗落的花钿。词人以“重扶残醉”道出“醉”意之深，隔日余醉尚不得解。着一“醉”字，意味深长：是酒“醉”、景“醉”，还是情“醉”？抑或三者兼而有之？且巧与词首之“醉”相呼应，使全词首尾圆合。可见，还是高宗太上皇高出一筹！

这首词结构新颖，手法巧妙。词人打破一般词作的上片写景、下片抒情的惯用模式，上、下片一以贯之，巧用拟人、夸张、化用、以马写人、以小见大、首尾呼应等多种手法，完整地描写了一天的游况，使一幅“西湖游乐图”浑然一体。

戴 复 古

戴复古（1167—1248），字式之，天台黄岩（今属浙江台州）人，南宋著名江湖诗派诗人。曾从陆游学诗，作品受晚唐诗风的影响，兼具江西诗派风格，是江湖诗派的重要作家。部分作品抒发了爱国思想，反映人民疾苦，具有一定的现实意义。著有《石屏诗集》等。

满江红·赤壁怀古

赤壁矶头[①]，一番过、一番怀古。想当时，周郎年少[②]，气吞区宇[③]。万骑临江貔虎噪[④]，千艘列炬鱼龙怒[⑤]。卷长波、一鼓困曹瞒[⑥]，今如许。　江上渡，江边路。形胜地[⑦]，兴亡处。览遗踪，胜读史书言语。几度东风吹世换，千年往事随潮去。问道傍、杨柳为谁春，摇金缕[⑧]。

注 释

① 赤壁矶：在今湖北黄冈赤壁山下。
② 周郎：周瑜。
③ 区宇：疆土境域，天下。
④ 貔虎：貔和虎，泛指猛兽，喻勇敢强猛的军队。
⑤ 列炬：排列火炬。鱼龙怒：侧面写战争的激烈。
⑥ 曹瞒：曹操，小字阿瞒。
⑦ 形胜：地势险要。
⑧ 摇金缕：嫩黄柳枝随风摆动的样子。

题　解

这是一首怀古词，上片开头以朴素叙述入词，用大量笔墨渲染了赤壁之战的惊心动魄。“万骑临江貔虎噪，千艘列炬鱼龙怒”两句，对仗工整，生动地写出了孙刘联军的高昂士气。“困”字传神地写出曹军的溃败，凸显出周瑜的英雄气概。词人此时陡然转折，现在又怎么样呢？词的下片写词人观览历史遗迹，无心赏景，内心发出了深切的感慨。词人感慨世事变迁，朝代更换，千古兴亡英雄事，皆随江水滚滚逝去。词人最后向路边的杨柳提问，为谁生春？为谁摆动金色的柳枝？宋朝南渡之后，国势衰微，山河破碎，词人在这首词中抒发了自己忧国伤时的感慨，豪迈苍劲，意味深厚。

赏　析

这是南宋词人戴复古于宋宁宗嘉定十二年（1219）左右在鄂州、黄州一带漫游时，登临黄州城外的赤壁矶所写的一首怀古词。词人缅怀周瑜，抒发了忧时伤世的兴亡之叹，表达了对时局的深深忧虑。

词的上片，着重缅怀古代英雄周瑜。

开头两句，词人紧扣词题，开门见山：在这赤壁矶上，我每登临一次，就引发一次怀古的心绪。这两句开篇，比起苏轼的“大江东去，浪淘尽，千古风流人物”来，气势太过平淡，但有自然、真切的特点。

接下来三句，词人怀念周瑜，描写其形象：想当年，周瑜年少有为、意气风发，一心想吞并寰宇。这里，词人显然化用了辛弃疾描写刘裕北伐声威的“想当年，金戈铁马，气吞万里如虎”（《永遇乐·京口北固亭怀古》）之诗意，与苏轼的“雄姿英发”“羽扇纶巾”相比，更着重其英雄气概的描写，有一种“气吞云汉”的气势。

随后两句，描写赤壁之战的宏壮场面：万骑临江，鼓声震天，孙、刘联军个个勇猛；在千艘战船猛烈的火炬中，曹操的战船浓烟滚滚，连那些潜居江中的鱼龙因受到战火的影响都变得怒不可遏。这里，词人用精准的对仗、拟人、夸张以及正面描写和侧面描写相结合的手法，艺术而形象地再现了赤壁大战的惊心动魄之场景，与苏轼的“谈笑间，樯橹灰飞烟灭”有异曲同工之妙。

“卷长波”二句，词人由赤壁之战的胜利收束上篇，导入下片：水面上卷起了长长的火龙，在鼓角声中，孙、刘联军困住了曹操。现在又怎么样呢？词人用“卷长波、一鼓困曹瞒”这一特写镜头，宣示了孙、刘联军的胜利。上片末的“今如许”，是本词的过片，由缅怀周瑜陡然转入对今日国势的忧虑。

词的下片，着重寻遗访踪，抒发忧国伤世之情。

随后四句，词人紧承上片，描写山川形胜，生发兴亡之感慨：江上的渡口，江边的小路，全是地形险要的战略要地，是当年英雄们争斗的地方。这里，词人用“形胜”二字，突出其战略地位之重要。用“兴亡”二字，引发感时伤世之情。

“览遗踪”二句，是词人面对遗迹的深切感受：今天我在此凭吊古迹，自己得到了很多难得的收获，真的胜过读历史书籍。词人用平实的语言，道出真切的感受。

“几度”二句，是词人缅怀英雄时的思考：东风吹，光景移，改朝换代无数次，千年的历史往事，随着那江潮而逝去。这里，词人见景生情，抒发了一种“滚滚长江东逝水，浪花淘尽英雄”（明·杨慎《临江仙》）之慨叹。

最后抒写词人对时代的感伤：问那道旁的杨柳，你们年年为谁而春意盎然，为谁而摇动金黄的枝条？这里，词人化用“细柳新蒲为谁绿”（唐·杜甫《哀江头》）和“念桥边红药，年年知为谁生”（南宋·姜夔《扬州慢》）之诗意，把词人对当时国势的忧虑之情蕴含其中。

这首词最突出的特点：平中见新，真实真切。全词语言平实、朴素，运用了拟人、比喻、夸张及见景生情、正面和侧面相结合的手法，把词人感古伤世、忧时忧国的真实情感真切地表现了出来。

刘 克 庄

刘克庄（1187—1269），字潜夫，号“后村居士”，福建莆田（今福建莆田）人，南宋豪放派词人，江湖诗派著名诗人。学识广博，工文、史、诗、词。诗词内容开阔，多豪放之作，讽喻南宋政权的苟安与懦弱，揭露统治者内部矛盾，反映人民生活的疾苦，表现渴望恢复中原的强烈愿望，笔力雄健，风格豪放。

沁园春·梦孚若①

何处相逢？登宝钗楼②，访铜雀台③。唤厨人斫就④，东溟鲸脍⑤；圉人呈罢⑥，西极龙媒⑦。天下英谁，使君与操⑧，余子谁堪共酒杯？车千两⑨，载燕南赵北⑩，剑客奇才。　饮酣画鼓如雷，谁信被晨鸡轻唤回。叹年光过尽，功名未立；书生老去，机会方来。使李将军⑪，遇高皇帝⑫，万户侯何足道哉⑬！披衣起，但凄凉感旧，慷慨生哀。

注　释

① 孚若：方信孺，字孚若，今福建莆田人，词人的好友，曾三次出使金国，以口舌折敌。年四十六而卒。

② 宝钗楼：故址在今陕西咸阳，汉武帝时建。

③ 铜雀台：故址在今河北临漳，三国时曹操所筑。

④ 斫（zhuó）：用刀、斧等砍。这里指厨子烹饪佳肴。
⑤ 东溟：东海。脍：切得很细的肉。
⑥ 圉（yǔ）人：养马之人。
⑦ 西极：指西域，古时名马多来自西域。龙媒：骏马。
⑧ 使君：这里指刘备。语出《三国志·蜀书·先主传》，曹操在一次酒席上对刘备说："今天下英雄，唯使君与操耳。"
⑨ 两：同"辆"。
⑩ 燕南赵北：泛指黄河以北地区，今河北、山西一带。
⑪ 李将军：汉代名将李广。
⑫ 高皇帝：汉高祖刘邦。
⑬ 万户侯：汉代侯爵最高的一层，其中卫青与霍去病是典型代表。《史记·李将军列传》载，汉文帝曾对李广说："惜乎，子不遇时！如令子当高帝时，万户侯岂足道哉！"

题　解

这首词是词人梦到已故21年的挚友方孚若而作。上片叙述梦中景象，写词人梦到和朋友一同登楼游玩，吃东海的鲸鱼肉，赏西域的宝马，充满浪漫主义色彩。南宋时宝钗楼和铜雀台已经落入金人之手，词人和友人并没有去过，词人借曹操"煮酒论英雄"的典故自比，希望带领燕南赵北的剑客豪侠，收复北方的失地。词的下片写梦醒后的实景，晨鸡无情地唤醒美梦，词人面对现实，感慨时光飞逝，年华老去，功名未成，机会方来。词人仕途坎坷，四次被罢官，南宋当时国势衰微，危如累卵。词人引用李广的典故，希望可以像李广那样建功立业。然而，友人早已去世，而自己恢复山河的愿望难以实现，空余凄凉悲哀之情。全词采用虚实结合的艺术表现手法，对比鲜明；借助梦境表达对友人的思念，巧妙用典，抒发词人壮志难酬的悲愤。

赏　析

这首词是南宋词人刘克庄怀念亡友方孚若（名信孺）而写的。方孚若是词人的同乡，又是词人志同道合的朋友。他在韩侂胄伐金失败之后，曾奉命使金，谈判媾和条件，“自春至秋，使金三往返，以口舌折强敌”（《宋史》本传）。金人以囚以杀等相威逼，但他始终不屈。仕途亦屡遭降免，卒时年仅四十六岁。此词借梦境来悼念朋友，抒写了词人怀才不遇、报国无门的愤懑之情。

词的上片，主要以梦境来写亡友。

开篇三句，描写词人梦中与亡友同登楼台的情景：我们到底在什么地方相会的呢？好像已记不清了，只记得我们一同携手登上那宝钗楼，一同造访那铜雀台。这里，词人将已落入金人之手、词人和亡友未曾登过的宝钗楼和铜雀台作为登临对象，在尖锐的嘲讽之中，含有对南宋小朝廷苟安求和、甘受屈辱之行径的强烈不满，将一腔爱国激情融于词中。

随后四句，词人描写梦中用膳、出行的情形：我们用膳时，叫厨子操刀，把东海鲸鱼切成细片的“鲸脍”；我们出行时，乘的是养马人送上的产自西北地区的最好的骏马“龙媒”。词人用虚幻和现实相结合的浪漫手法，把梦境写得似幻似真。

接下来六句，词人描写梦中宴饮谈论及招天下志士抗金复国之情景：在那摆宴论天下英雄的酒席上，只有你孚若和我志同道合，其余的人哪里配得上与我们共酒同饮？！我们用上千辆的车子，招请燕赵之间所有才能出众、武艺超群的谋臣、勇士，去完成那抗金复国的伟大事业。这里，词人巧用曹操、刘备“煮酒论英雄”的典故（见《三国志·蜀书·先主传》），以“天下英雄”来自许自己和友人，以“车千两”载“燕南赵北”“剑客奇才”来喻指集天下志士仁人收复国土之景象，把词人“男儿西北有神州”（刘克庄《玉楼春》）的雄心壮志熔铸其中。

词的下片，主要以梦醒来写心情。

过片两句，描写梦醒之情状：酒醉之后鼾声如雷睡得香甜，有谁相信被晨鸡一叫竟然就醒来。这里，词人用晨鸡唤醒美梦之无情，来喻指现实的境遇之残酷无情，把内心深沉的“白发书生神州泪”（刘克庄《贺新郎》）的悲慨蕴于其中。

随后四句，是词人面对残酷的境遇而生发的情愫：我感叹美好时光过尽，功名却未立，我这书生已到老境，机会却还在将来。这里，词人用无可奈何的哀叹，表露出自己虽无望但却没有绝望的心态，有一种“老骥伏枥，志在千里；烈士暮年，壮心不已”（三国魏·曹操《步出夏门行·龟虽寿》）的雄心壮志！

接下来三句，词人直抒胸臆：假使飞将军李广，能早遇到汉高祖，封个万户侯又有什么困难呢？！这里，词人巧妙化用李广的典故，把他一以贯之的真挚的爱国激情表达了出来。

词末是词人联想到现实时的伤感：我披衣起来，放眼回顾，不只是为旧事感到凄凉，而抚今伤时就更加愤慨不平、无限悲哀。这里，词人用“凄凉”“慷慨”等词把志在有为的拳拳爱国之情表达出来，极为感人。

这词意旨深厚，手法高妙。词人用上片以“虚”（梦境）、下片为“实”（现实）的写法来结构全篇，用这样的虚实结合的手法，融梦境、现实和用典为一体，把词人真挚的爱国激情表现了出来。

贺新郎·送陈真州子华①

北望神州路②。试平章、这场公事③，怎生分付？记得太行山百万，曾入宗爷驾驭④。今把作握蛇骑虎⑤。君去京东豪杰喜⑥，想投戈下拜真吾父⑦。谈笑里，定齐鲁。　两河萧瑟惟狐兔⑧。问当年、祖生去后⑨，有人来否？多少新亭挥泪客⑩，谁梦中原块土？算事业须由人做。应笑书生心胆怯，向车中、闭置如新妇⑪。空目送，塞鸿去。

注　释

① 陈真州子华：陈韡，字子华，福建福州人，曾主管真州。

② 神州路：指中原沦陷地区。

③ 平章：议论，商酌。公事：指对金作战的国家大事。

④ 太行山百万：指靖康以来，中原之民不从金者，集结在太行山百万之众。宋陆游《老学庵笔记》："建炎初，宗汝霖（泽）留守东京，群盗降附者百余万，皆谓汝霖曰宗爷爷。"

⑤ 握蛇骑虎：比喻处境极险恶。

⑥ 京东：指汴京东部一带。豪杰：指抗金义军。

⑦ 真吾父：典出《旧唐书·郭子仪传》，郭子仪曾仅率数十骑入回纥大营，回纥首领扔掉兵器下马拜曰："果吾父也。"后指敌人诚服有德义的将帅。

⑧ 两河：指河北东路、西路，当时为金统治区。狐兔：指金人。

⑨ 祖生：东晋祖逖，曾北伐收复黄河以南。

⑩ 新亭挥泪：典出《世说新语·言语》："过江诸人，每至美日，辄相邀新亭，藉卉饮宴。周侯中坐而叹曰：'风景不殊，正自有山河之异！'皆相视流泪。惟王丞相愀然变色曰：'当勠力

王室，克复神州，何至作楚囚相对！’”后用来指对沦陷国土的怀恋。这里是对南宋当权者不思收复中原的反讽。

⑪ 闭置如新妇：语出《梁书·曹景宗传》：“我昔在乡里，骑快马如龙，与年少辈数十骑，拓弓弦作霹雳声，箭如饿鸱叫……此乐使人忘死，不知老之将至。今来扬州作贵人，动转不得，路行开车幔，小人辄言不可。闭置车中，如三日新妇。遭此邑邑，使人无气。”这里指自己被闲置后方。

题 解

这首词是词人送别友人陈子华而作。词的上片从北望中原起笔，言商讨对金作战的国家大事，“怎生分付”写出词人心中的忧虑和急切。接着词人用当年抗金义军的英勇史实和当今朝廷“握蛇骑虎”的险境进行对比，抒发自己的爱国情怀。友人即将到真州赴任，那里是靠近当时宋金对峙前线的要地。词人勉励友人联合京东豪杰抗击金兵，希望能轻松平定齐鲁，收复失地。词的下片写国家现状，山河破碎，朝廷偏安一隅。词中希望陈子华能为中原统一建功立业，同时也是对当权者空作“挥泪客”，不思收复中原故土的讽刺。词人一介书生，心怀报国志向却被闲置后方，只好感慨报国无门。“塞鸿”指陈子华，词人目送友人离开，各种情感糅杂在心中，化成一声叹息。

赏 析

这首词情感豪迈，气势磅礴，立意高远，是南宋词人刘克庄送友人陈子华入塞时所作。此词表达了对友人收复失地、立功边塞的热切期望，同时也抒发了自己延纳俊杰、收复河山的迫切愿望。

词的上片，情意眷眷，寄友人以厚望。

“北望”三句，是词人望中之发问：向北眺望那通往中原之路，试着议论议论，这一场恢复中原的大事，该怎么嘱咐？乍一起笔，词人就于“北望”之中，引出一个关乎国家前途命运的重大问题：是坚持爱国志士引领翘盼的收复中原沦陷之地，还是顺从偏安朝廷高位重臣的一味求和？“这场公事、怎生分付？”这一设问，把词人忧虑、急切而又无奈之情蕴含其中，反映了词人心境难平、忧愤重重的心理。突兀之中，情意深重。

接下来三句，紧承上句，词人提出一个具体的问题：记得太行山的王善、杨进聚众百万，曾经接受东京留守宗泽的统一指挥。现在朝廷对待义兵左右为难，就像握着毒蛇骑着老虎。这里，词人用形象的比喻提出来了一个如何对待沦陷区义军的问题，且把自己的看法表示出来：应像爱国将领宗泽那样，积极招抚中原义军，抗金方大有可为，不必“握蛇骑虎”，顾虑重重。

随后四句，是词人寄予友人的厚望：你到了汴京东部一带，那里的义军将士一定会欢欣鼓舞，料想他们一定会拜你为父、听你指挥。在那谈笑之间，定能收复、安定齐鲁等北方失地。这里，词人以郭子仪为回纥诚服的典故来勉励友人，表达了招纳豪杰、共同抗金、收复河山的坚定的信念和殷切的期望。

词的下片，信心满满，表恢复中原之决心。

过片三句，词人描写惨痛的现实：黄河南北，一派萧条，国土沦丧，人烟稀少，只见那乱跑的狐兔。试问当年、祖逖离开这里之后，还有人来过没有？词人用“两河萧瑟惟狐兔”的特写镜头，勾画出江山残破、半壁苟安的景况，同时也暗含了对祖逖之后无人收复中原的伤感之情。

接下来二句是词人的再次发问：有多少在建业新亭洒泪的士大夫，谁还真正想到过中原那一大块国土？这里，词人用新亭泣泪的典故，以反讽的手法，讥刺那些醉生梦死、主张和议、无意恢复的权贵高官。

“算事业”三句，是词人对友人的劝勉：算起来恢复大业必须由像你这样有志气、有担当的人来完成。应该笑像我等书生心里胆怯，如车中新妇一样，被闲置后方。这里，词人先以事在人为、不必颓丧、定有作为以勉励；再以用典用自嘲的口吻来激励友人。

词末二句，词人以景表送别之意：我落然地目送那边塞的鸿雁北去。词人景中融情，与篇首的“北望”相呼应，饶有余味，深化了词旨。

这首词显著的特点：用典言情写志，词旨突出。全词恰切地运用了郭子仪、祖逖、新亭泣泪等典故，既寄友人以厚望，又以表词人自己之胸臆，豪情壮阔，足以感人至深。

陈 人 杰

陈人杰（1218—1243），一名经国，字刚父，号龟峰，长乐（今属福建）人，南宋末年爱国词人。其词全用《沁园春》调，抒写了忧国伤时的沉痛之情与报国杀敌的激切之心，风格悲壮苍凉。著有《龟峰词》。

沁园春·丁酉岁感事①

谁使神州，百年陆沉②，青毡未还③？怅晨星残月，北州豪杰，西风斜日，东帝江山④。刘表坐谈⑤，深源轻进⑥，机会失之弹指间。伤心事，是年年冰合，在在风寒⑦。　说和说战都难，算未必江沱堪宴安⑧。叹封侯心在，鳣鲸失水⑨。平戎策就，虎豹当关。渠自无谋，事犹可做，更剔残灯抽剑看。麒麟阁⑩，岂中兴人物，不画儒冠？

注 释

① 丁酉岁：宋理宗嘉熙元年（1237），蒙古灭金，发兵攻宋，南宋尽失成都、襄阳、枣阳等地。

② 陆沉：比喻国土沦丧。

③ 青毡：指仕宦人家的传世之物或旧业，这里比喻中原故土。

④ 东帝：指战国时齐愍王，《吕氏春秋·孝行》载："齐以东帝困于天下。"这里比喻岌岌可危的南宋。

⑤ 刘表坐谈：典出《三国志·魏书·郭嘉传》，刘备曾劝荆州牧刘表乘机袭击许昌，刘表未听，坐失良机，后悔莫及。曹操的谋士郭嘉

评价刘表："坐谈客耳！"

⑥ 深源：东晋殷浩，字渊源，唐人避高祖讳改为深源。其人只会高谈阔论，徒有虚名，轻率北伐，大败而归。事见《晋书·殷浩传》。

⑦ 在在：处处。这两句用气候的寒冷比喻南宋局势的艰难危急。

⑧ 江沱：代指江南一带。宴安：安逸享受。

⑨ 鳣（zhān）鲸：泛指体积巨大的鱼。鳣：鲟鳇鱼的古称。

⑩ 麒麟阁：汉朝阁名。汉宣帝号称中兴之主，曾命画霍光等十一位功臣肖像于未央宫内麒麟阁上，以纪其功绩。

题 解

词的上片开头先写南宋的现实状况：中原沦陷，恢复无望。词人运用典故借古讽今，批评南宋当权者腐败无能，苟且偷安，不思收复，错失良机，"冰合"和"风寒"比喻南宋遭北方强敌的不断威胁和进攻，抒发了词人内心中的悲愤惆怅之情。词的下片分析当时的局势：和谈不能安，抗战不能胜，朝廷偏安一隅，也无法继续安逸享受下去了。词人感叹自己心怀大志，却像"鳣鲸失水"，无法施展；"平戎策就"，无奈奸臣当道，无人采纳。词人当时年仅二十，意气风发，夜里挑灯看剑，渴望为国杀敌，救国于危难之时。词的结尾言难道只有武将能为国建功立业？读书人的肖像不能画在麒麟阁吗？用麒麟阁的典故表达自己的雄心壮志。全词情感起伏波澜，由悲愤惆怅转为慷慨激昂。

赏 析

这是南宋词人陈人杰所写的一首充满爱国情怀的词，写于蒙古已灭金的宋理宗嘉熙元年（1237）。此词对当权者的腐朽不堪、误国害民予以猛烈抨击，把词人渴望长缨立马、为国杀敌的爱国热情熔铸词中。

由本词的题目"丁酉岁感事"可知，此词乃为感时感事之作，用"感"字贯串全篇。

词的上片，着重感时局之危。

开篇三句，词人痛感中原失地未复：是谁让中原大片国土沦于敌手？北宋覆亡已百年有余，而中原失地始终未能收复。乍一落笔，词人便以凛然之大义发出沉痛的诘问，用“陆沉”和“青毡”两个典故，以喻土地被占、中原落入贼手，其愤慨之情显然可见。

随后四句，词人痛感豪杰稀少、南宋江山岌岌可危：我心中怅怅于北方的有志之士，已寥若残月中的晨星；半壁江山，就如那西风中的落日，已到了穷途末路。词人用了两个比喻，表达对国势衰微的深重忧虑。

随后三句，词人痛感南宋君臣空谈误国，失去大好时机：朝廷中的某些人，只是一味空谈，坐失良机；某些人又行事鲁莽轻率，在弹指之间贻误战机。这里，词人连用刘表和殷浩的典故，来分别喻指空谈者和冒进者，对白白丧失克敌制胜之良机而深感痛惜。

“伤心”三句，总写词人之伤感：最令人伤心的事情，是南宋年年遭到强敌的入侵和威胁，长期处于屈辱苟安的地位，形势岌岌可危。这里，词人用“冰合”“风寒”来喻指南宋朝廷危如累卵之颓势。

词的下片，词人着重感叹自己壮志难酬。

过片两句，是词人对当时局势的看法：和不能安，战又不能胜，处于两难之中的朝廷，偏安于江南一隅，一味地享乐安逸。这两句，词人分析局势，一针见血，痛斥南宋朝廷“直把杭州作汴州”（南宋·林升《题临安邸》）的不思收复中原的淫逸堕落。

随后七句，是词人感叹自己的壮志难酬：可叹我虽有建功封侯之志，却如鳣鲸离开江湖大海一样，不能施展；虽然怀揣平戎之策，却因奸佞弄权而无人赏识；当权者虽然无能，但国事尚有可为。我深夜难寐，挑灯看剑。这里，词人用抑扬法以诉心曲：“封侯心在”是扬，而“鳣鲸失水”是抑；“平戎策就”是扬，而“虎豹当关”是抑；“渠自无谋”是抑，而“事犹可做”则是扬，把年仅二十岁的词人跃跃欲试、立志报国的雄心壮志展现出来。

词末三句，词人以反诘句表达年轻有为的锐气：难道只有武将才能为中兴立功，读书人就不能被画在麒麟阁上吗？！结尾以“麒麟阁”之典，表达了词人凌云之壮志。

这首词匠心独具，手法精妙。词人以“感”立意，贯串全篇：上片以感慨时局之危为旨，下片以感叹壮志难酬为意，妙用化用、用典、比喻及抑扬等手法，将一颗年轻有为、积极进取、勇于担当的炽热的爱国之心融于词中。

文及翁

文及翁（生卒年不详），字时举，号本心，绵州（今四川绵阳）人，南宋末年词人。宝祐元年（1253）中进士。官至资政殿学士、签书枢密院事。南宋灭亡后不仕，闭门著述。有文集二十卷。佚失。

贺新郎·游西湖有感

一勺西湖水①。渡江来、百年歌舞②，百年酣醉。回首洛阳花石尽③，烟渺黍离之地④，更不复、新亭堕泪⑤。簇乐红妆摇画舫，问中流、击楫谁人是⑥？千古恨，几时洗？　余生自负澄清志。更有谁、磻溪未遇⑦，傅岩未起⑧？国事如今谁倚仗？衣带一江而已。便都道、江神堪恃。借问孤山林处士⑨，但掉头、笑指梅花蕊。天下事，可知矣。

注　释

① 一勺：形容西湖小而浅。这里的西湖代指临安，是对南宋朝廷的讽刺。

② 渡江：指北宋南渡，建立南宋。百年：词人作此词时，距离1127年南渡已经一百二十余年。

③ 洛阳花石：北宋时洛阳以园林著称，多名花奇石。这里借指北宋都城汴京。

④ 黍离之地：这里指北宋故都。《诗经》中的黍离之悲，多言对国家残破，今不如昔的哀叹。

⑤ 新亭堕泪：见刘克庄《贺新郎·送陈真州子华》注释⑩。用新亭泣泪的典故，表示痛心国难而无可奈何的心情。

⑥ 中流、击楫：典出《晋书·祖逖传》，祖逖北伐渡江，中流击楫而誓："祖逖不能清中原而复济者，有如大江。"

⑦ 磻（pán）溪：在今陕西宝鸡东南。相传姜太公在磻溪垂钓，遇文王而拜相。

⑧ 傅岩：在今山西平陆。相传傅说曾是在此筑墙的奴隶，后成为商王武丁的丞相。

⑨ 孤山林处士：北宋林逋曾在西湖孤山隐居三十年，养鹤种梅。

题　解

这首词是词人游西湖的感怀之作。词的开头用"一勺"来形容西湖，暗喻南宋统治者在临安这个狭小的地方偏安一隅，毫无恢复中原之志。这里讽刺了当朝统治者目光狭窄、歌舞升平、醉生梦死。接着词人回首中原故土，宋徽宗因喜好花石，在民间大肆搜刮，历史的惨痛教训就在眼前。词中用新亭泣泪、中流击楫的典故，抒发词人忧国忧民的悲愤之情，嘲讽南宋当权者耽于享乐，丝毫不思收复失地，洗雪国耻。下片写自己及其他人才得不到重用，和前文的歌舞酣醉形成对比。用姜子牙和傅说的典故，写当今朝廷的昏聩，埋没人才。和清高的隐士询问国家大事，他们只会说："看，梅花已经含苞欲放了！"当朝如此，还能有什么希望和前途呢？全词环环相扣，辛辣讽刺了南宋当权者的奢靡享乐，以及士大夫们的逃避现实，抒发了词人对国事的担忧和对自己怀才不遇的悲愤、无奈。

赏　析

这首词是南宋末词人文及翁所作，是他登第后与同年进士同游西湖时的有感而发。词人对南宋朝廷偏安一隅、不思收复的行径进行了无情的揭露和嘲讽，表达了忧国忧民的激愤之情。

词的上片，重在触景生情。

开头三句，词人即景而生怨愤之情：眼前的这一弯西湖之水，似乎只有一勺那么大。可是自渡江以来，这里就成了君臣上下的偏安之地，在此整日歌舞沉醉，竟然已有百年。词人乍一开篇，就以“一勺西湖水”直接点题，且以夸张兼比喻的手法，以“一勺”极写西湖容量之浅、范围之小，与下句的“渡江来、百年歌舞，百年酣醉”形成鲜明的对照，揭露了南宋历代君王偏安一隅、醉生梦死的腐朽生活。尤其是“一勺”与“百年”的强烈对比，加之“百年”的叠用（反复），更加强化了揭露的力度。

接下来三句，是词人由眼前所见引起的联想：回头眺望古都，那洛阳的花石化为灰烬，京都汴梁的宫殿已经是淹没在渺渺烟雾中的黍离之地。南渡以后，已经没有人再去记挂往日的故地，更没有空发感叹、空自流泪的人了！这里，词人用“洛阳花石尽”，揭露宋徽宗为建造寿山艮岳，派人到江南大肆搜刮奇花异石、导致方腊起义，直至北宋王朝被金兵所灭的事实，且以“黍离”和“新亭堕泪”两个典故，表达了对国家败亡、偏安一隅的无比悲愤。尤其是“洛阳花石”和“黍离之地”的强烈的盛衰对比，更增强了讽刺意义。“更不复”三字，则是更加强烈地无情抨击！

“簇乐”四句，是词人见景而生发的悲愤之情：西湖上一片笙管笛箫之声，那精美的画船之上仕女杂坐，笑声不绝，歌舞不息。我不禁要问：那像祖逖一样中流击楫、誓将中原收复的人却又在哪里呢？故土沉沦、帝王被掳之千古恨事，什么时候才能得到雪洗呢？这里，词人面对寻欢作乐、醉生梦死的场景，不禁想起祖逖，从而迸发出义愤填膺的反问。

词的下片，重在议论抒情。

过片三句，是词人的决心和希望：我像那个范滂一样，生平怀着收复失地、再振国威的雄心壮志，一心想要澄清中原，然而却请缨无路、报国无门，就如同那未遇到文王的姜尚和那没被高宗举用的傅说。在这里，词人用“澄清志”以表澄清中原、立志救国的远大志向，并用姜太公幸遇周文王、殷高宗重用傅说两个典故，希望朝廷起用如自己这样的人。

接下来两句，是对南宋朝廷辛辣的讽刺：现在的国事要靠什么来支撑呢？这长江只不过是一衣带水而已。词人自问自答，对腐败的南宋朝廷仅倚仗天险求安的心理予以无情的嘲讽。

“便都道”五句，是词人的挖苦、批评和感慨：那些君臣们却都说有长江天险大可安然无忧。那些士大夫们依然不问国事，寄情于山水，并以此相互标榜。如此情状，天下大事的结局，也就可想而知了。这里，词人挖苦昏君庸臣、批评不问国事的士大夫，发出忧愤难抑的喟叹。

这首词最显著的特点是设问感叹，情感强烈。那“簇乐红妆摇画舫，问中流、击楫谁人是”的对比发问；那“国事如今谁倚仗？衣带一江而已”的自问自答；还有那“借问孤山林处士，但掉头、笑指梅花蕊”的问而不答、唯以动作表情而示之；更有那“千古恨，几时洗”“天下事，可知矣”的发问、感叹；把词人强烈的忧国忧民的爱国情感融会其中，读后振聋发聩，引人深思。

周　　密

周密（1232—1298），字公谨，号草窗、华不注山人等，南宋末年词人、文学家。擅长诗词，作品典雅浓郁，语言清丽工巧，词与吴文英（梦窗）齐名，并称“二窗”。南宋灭亡后不仕，专心著述，留传诗词有《草窗旧事》《萍洲渔笛谱》等。

闻鹊喜·吴山观涛①

天水碧，染就一江秋色。鳌戴雪山龙起蛰②，快风吹海立。　数点烟鬟青滴③，一杼霞绡红湿④。白鸟明边帆影直，隔江闻夜笛。

注　释

① 吴山：位于西湖东南面，山上有城隍庙，俗称“城隍山”。

② 鳌戴雪山：形容大潮涌来，像巨龟背着雪山而行。蛰：动物冬眠，蛰伏。

③ 烟鬟：比喻云雾缭绕的峰峦。形容山如发鬟。

④ 杼（zhù）：织布的梭子。霞绡：像薄绸一样的红霞。相传霞光是天上的织女用机杼织就。

题　解

这首词是词人登吴山观潮而作。上片先写潮来之前的平静，和潮来之后的汹涌澎湃形成对比。潮水像巨龟背着雪山，也像蛰伏的巨龙惊醒，比喻新奇，将钱塘江大潮的壮观景象描绘得惊心动魄。下片写潮水退去后的景象，远处青山云雾缭绕，青翠欲滴，天上艳丽的红霞好像也有湿意，江上帆影矗立，白鸟逐船而飞，耳边传来悠扬的笛声，风平浪静，静谧悠远。景物描写有声有色，动静结合，余韵无穷，赞美了如诗如画的壮丽山河，在众多观潮诗词中独树一帜。

赏 析

南宋词人周密的这首独树一帜、独标清丽的词，极为生动、形象地描绘了钱塘江大潮汹涌澎湃的壮景，表达了词人对祖国壮丽江山的尽情讴歌。

词的上片，着重描写海潮来前和到来的景色。

开头两句“天水碧，染就一江秋色”，描写了钱塘江潮水未来之时的风平浪静：只见那钱塘江天光水色相连，一片澄碧，染成一江清秋的景色。“天水碧”三字，有形有色，既有天水相连之壮景，又有天水一“碧”之色彩。可说是一幅“碧天如水”（南宋·向子諲《洞仙歌》）的“特写镜头”。

“鳌戴雪山龙起蛰，快风吹海立”两句，描写的是钱塘江潮水到来之时的壮观之景：江潮涌来之时，就像是神龟驮负着雪山咆哮而来，又像是蛰伏的巨龙从梦中惊起，还好像是迅疾的大风将海水吹得竖立起来一般。词人连用三个生动、恰切而又极形象的比喻，声、色、形俱全，摄取了“神龟驮雪山”“巨龙梦中起”和“风疾海水立”的三个“特写镜头”，有声有色有形地将钱塘江大潮的惊天动地、惊心动魄的惊涛骇浪之壮景呈现出来，想必词人亦是惊喜若狂、惊叹不已！要么，怎么能有如此的大手笔？！写得如此之神奇！比那“潮平两岸阔”（唐·王湾《次北固山下》）、“潮来风满衣”（北宋·钱熙《九日溪偶成》）和“潮落犹如盖”（南朝陈·阴铿《晚出新亭》）要气派、大气得多。

词的下片，着重描写潮过风息之景。

过片两句，描写远处、高处之景：只见那远处，几点青山像美人头上的鬟髻，弥漫着的雾气青翠欲滴；一抹红霞如同刚刚织就的绡纱，带着那汹涌的潮水迸溅后的湿意。这里，词人运用富有想象、极有色彩的笔触，又给我们描画出两幅五彩缤纷的图画——亦是两幅“特写镜头”——“烟鬟青滴图”和“霞绡红湿图”。

词末两句，词人描写黄昏和夜间之景：黄昏临近了，天边的白鸟上下翻飞，在白鸟翻飞的侧畔，有那矗立的帆影；入夜后，隔江传来悠扬的笛声。这里，词人又摄取了两个“特写”镜头——“白鸟帆直图”和“夜闻江笛图”。尤其是末句，以静结动、以听觉描写来收束全词的视觉描写，妙用“笛”声使整个描写有了人的活动，一下子使所有的景都活起来，有了生命力，有了人生、社会的内容。由此可见，词末一句极为高明，简直是神来之笔！

这首词用笔如神，写法超前。词人整首词皆用“蒙太奇”手法，展现在我们面前的，是词人精心摄取的极有特色、极有韵味、极有冲击力的一个又一个“特写镜头”，达到了出神入化的艺术境界。

邓　剡

邓剡（1232—1303），字光荐，又字中甫，号中斋，庐陵（今江西吉安）人。景定三年（1262）进士。南宋灭亡后，投海未死，被元兵打捞而获，与文天祥一同押往元都。后被放回。是庐陵诗派、庐陵词派的代表作家之一。今人辑有《中斋词》。

念奴娇·驿中言别

水天空阔，恨东风，不惜世间英物。蜀鸟吴花残照里①，忍见荒城颓壁。铜雀春情②，金人秋泪③，此恨凭谁雪。堂堂剑气，斗牛空认奇杰④。　那信江海余生，南行万里，属扁舟齐发。正为鸥盟留醉眼⑤，细看涛生云灭⑥。睨柱吞嬴⑦，回旗走懿⑧，千古冲冠发。伴人无寐，秦淮应是孤月。

注　释

① 蜀鸟：指杜鹃鸟，传说是蜀王杜宇的化身，鸣声凄厉。吴花：指江南的花。

② 铜雀：铜雀台，曹操所造，旧址在今河北临漳西南。此处化用杜牧《赤壁》："东风不与周郎便，铜雀春深锁二乔"。

③ 金人：铜人。传说东汉亡后，魏明帝把长安建章宫前的铜人运往洛阳，在迁运时，铜人眼里流出泪水。这里代指南宋亡国之恨。

④ 斗牛：星宿名。古代传说宝剑有剑气直冲斗牛，根据方位可以推测宝剑的所在。

⑤ 鸥盟：和鸥鸟做朋友，这里指一起抗元的战友。

⑥ 涛生云灭：指蓄势以待时机到来。

⑦ 睨柱吞嬴：指蔺相如完璧归赵的故事。睨：斜视。嬴：秦昭王嬴稷。

⑧ 回旗走懿（yì）：诸葛亮死后，蜀军撤兵，司马懿追击。姜维令杨仪返旗鸣鼓，摆出对阵的样子，司马懿以为中计，不敢逼近。

题 解

这首词作于邓剡和文天祥被押送燕京途中。邓剡因病滞留金陵，作词和文天祥告别。词的上片写国破家亡的悲愤，用周瑜赤壁之战的典故，言南宋军队凭借长江天险却抵挡不住元军。词人用“铜雀春情”代指南宋灭亡后，宫中嫔妃被元军掳掠的事情；“金人秋泪”写亡国之恨。词的下片用蔺相如和诸葛亮的典故，勉励友人等待时机，坚持斗争到底。词人和友人驿中言别，感慨从此只有孤月伴人入眠。全词巧妙运用典故，言简意赅，抒发了词人对抗敌失败的悲愤和对友人的惜别之情，也表达了词人坚决的抗战意志，尽显豪迈英姿。

赏 析

这是南宋词人邓剡用血泪写成的一首悲壮的词，写于南宋覆灭的那一年（1279）。身为秘书丞兼礼部侍郎的词人，因宋亡投海未死，被元兵打捞而被俘。与前一年兵败被俘的文天祥因禁一起，又一同被押往元朝京都，行至金陵（今南京），词人因病留下，文天祥将继续北上。分别之际，两人以词赠别，以表难分难舍、互勉互励之意。这首词写得“气冲斗牛”（明·陈子龙）、“悲壮雄锐”（清·陈廷焯）。

词的上片，着重写亡国之痛。

开头三句，是词人见金陵峻险之景而生发的慨叹：同是水天相连的长江天险，为什么当年东吴能凭它抗曹而现在我们却不能拒敌于国门之外呢？我恨老天不肯帮忙，竟让元军打败了我们。词人乍一开篇，就兼用对比和拟人的手法，提出了一个发人深省的问题："水天空阔"的天险依旧，有文天祥这样不亚于周瑜的"世间英雄"，"东风"为什么不助一臂之力，而让元人灭宋呢？！着一"恨"字，看似"恨"东风，实则恨人事，恨南宋的腐败无能，将深重的亡国之痛含于"恨"中。

接下来五句，词人具体陈述亡国之痛：春天来了，杜鹃鸟在哀啼，夕阳斜照着残败的花朵，可是我们怎么忍心去看被元军摧毁了的南京城啊！想到我们的妇女和珍贵文物被敌人掳掠一空，连我自己也当了俘虏，真不知道此仇靠谁来报！这里，词人用"蜀鸟"的典故，写其极凄切的哀鸣；曾开于吴宫的花朵，如今亦是惨淡之色；更不忍看的毁于战火中的"荒城颓壁"；还有"东风不与周郎便，铜雀春深锁二乔"（唐·杜牧《赤壁》）的遗恨和"金铜仙人辞汉"的清泪，这一连串的目不忍睹、耳不忍闻的惨象，用典、化用、对比等手法用得十分巧妙。

"堂堂"二句，是词人对文天祥寄予的悲愤和惋惜：可惜如今大厦已倾，空有精气上冲斗牛的宝剑和你这样壮志凌云的奇杰了。这里，词人用宝剑气冲牛斗之典，将满腔的痛惜之情含于其中。

词的下片，着重寄倾慕、期望和惜别之情。

过片三句，是词人对文天祥的颂扬：当时谁能相信你能从虎口中逃脱，托身扁舟江海，经过那九死一生而又重振旗鼓呢？这里，词人用数年前文天祥被元军扣留而乘机逃脱之事，称颂了他的胆略和勇气。

接下来五句，表明词人的心迹，表达他对文天祥的期望：我正是为了能看到你这位抗元盟友再有作为，我才忍辱苟活下来。你有蔺相如气吞秦王的气魄，你更有诸葛亮吓退司马懿的威严。这里，词人道明心声，用典故以表对文天祥的赞许和期望。

最后两句，词人深表惜别之意：作为志同道合的朋友，能与你同生死共患难是一种幸福，可是我因病再不能同你一道北上了，今后我的每一个不眠之夜，只有那秦淮河上的孤月与我做伴。这里，词人用真挚的肺腑之语，把万千的友情、深厚的家国之悲蕴含其中。

这首词情挚意厚，手法精妙。词人巧用对比、拟人、用典、化用及情景交融、以古喻今等多种手法，把亡国之痛及倾慕、期望和惜别之情深切地表达了出来。

文 天 祥

文天祥（1236—1283），字履善，自号文山。南宋杰出的爱国诗人。诗、文、词均有成就。早年诗作受江湖派诗人的影响，后风格大变，气势豪放，能直抒胸臆，深刻反映了南宋灭亡前动乱的社会面貌，表现出崇高的民族气节和昂扬的斗争意志。因抗元兵败被俘，宁死不屈，英勇就义。著作经后人整理，被辑为《文山先生全集》。

酹江月·和友《驿中言别》①

乾坤能大②，算蛟龙、元不是池中物。风雨牢愁无着处③，那更寒虫四壁。横槊题诗④，登楼作赋⑤，万事空中雪。江流如此，方来还有英杰⑥。　堪笑一叶漂零，重来淮水，正凉风新发。镜里朱颜都变尽，只有丹心难灭。去去龙沙⑦，江山回首，一线青如发⑧。故人应念，杜鹃枝上残月。

注　释

① 这是一首和词，友指文天祥的友人邓剡。
② 乾坤：指天地。
③ 牢愁：忧愁、忧郁。
④ 横槊（shuò）题诗：用曹操的典故，指能文能武的英雄豪迈气概。槊：长矛。
⑤ 登楼作赋：用王粲的典故。东汉末，王粲避乱荆州投靠刘表，

不获重用，登荆州城楼作《登楼赋》。

⑥ 方来：将来。

⑦ 去去：远去。龙沙：北方沙漠。

⑧ 一线青如发：语出苏轼《澄迈驿通潮阁》诗："青山一发是中原。"表达故国之思。

题解

文天祥和邓剡兵败被俘，押解路上邓剡因病滞留，写了一首《念奴娇·驿中言别》赠送给文天祥，文天祥写了此词酬答。词的开头写天地壮阔，英雄豪杰如蛟龙，等待腾空出世。"风雨"写眼前的国家浩劫，感慨自己深陷牢狱，壮志难酬的悲痛。接着笔锋一转，用曹操、王粲的典故，肯定了将来英雄继起，重振复国大业，豪情壮志可窥一斑。词的下片写自己身世飘零，朱颜已改，但是一片爱国丹心坚定不移。此去千里之外的北方大漠，倘若为国捐躯，愿化作杜鹃魂归故里，表达了词人炽热的赤子之心、高尚的民族气节和慷慨激昂的气概。

赏析

这首词是我国历史上杰出的爱国英雄文天祥与邓剡的唱和之作。两人皆被元人所俘囚禁，又一同押往元都，当行至金陵（今南京）之时，邓剡因病留下，词人将继续北上。分别之际，邓剡以《念奴娇·驿中言别》相送，词人以此词酬答，表现了他"镜里朱颜都变尽，只有丹心难灭"的英雄气概，抒发了他以身殉国、立誓为国而死的爱国激情。

词的上片，重在言旧。

开头四句，词人设喻以示身陷囚笼而壮志不折、雄心犹在：天地如此的阔大，那蛟龙本就不是池中之物，我们终会冲破牢笼，干一番大的事业。窗外风雨大作，身居囚牢让人愁肠百结，四壁凄冷，毒虫肆虐，长夜难寐。这里，词人用典言情，以"蛟龙"为喻，既表自己虽遭囚禁，遭受万般苦难而心志不泯，又暗寓对友人早出牢笼、再干一番事业的期待和希望。"风雨"二句，既实写囚徒生活之凄苦，又富含对民族浩劫、生灵涂炭之沉痛情怀。

“横槊”三句，词人追念昔日戎马生涯，痛惜抗元失败：像那横槊赋诗之曹操，如同登楼寄情之王粲，我的事业、壮心皆如那空中雪消一般归于失败。这里，词人连用两个典故以自况，抒写了挽救国难屡起屡挫的艰难苦辛。

“江流”二句，是本词的过片，是词人的希望：抗敌复国的大业如那奔腾不息的江河流水，必定后继有人。这里，词人对国家复兴寄予厚望，且以“方来还有英杰”一句与首句“蛟龙”相呼应，亦巧妙回应了邓剡词中的“此恨凭谁雪”的设问。

词的下片，重在话别。

“堪笑”三句，是词人感慨：可笑我独力难支，今又来到淮水之上，此时那寒风正刚刚刮起。这里，是词人对往事的回顾：宋德祐二年（1276），自己出使元营，因痛斥敌帅伯颜，被拘押镇江，在淮水之间历尽艰险才得以南归。“堪笑”“凉风”等词，将词人的悲愤含于其中。

“镜里”两句，表达了词人至死不渝的心志：镜子里，我那青春壮健之脸色皆已褪尽，只有那忠贞的爱国红心永远难以泯灭。这两句是全词的中心，与词人的“人生自古谁无死，留取丹心照汗青”（《过零丁洋》）同样留传千古、光照千秋！

后面三句，是词人对故国的无限眷念：我被押去元朝京都，将走那一程又一程，当我回首故国江山，那遥望中的青山如一丝头发。词人化用苏轼“杳杳天低鹘没处，青山一发是中原”（《澄迈驿通潮阁二首》其二）的诗意，表达了词人对故国的深挚眷恋。

词末两句，表达了词人的忠贞之心：我的故友啊你应知道，即使以身殉国，我的魂魄也会化作杜鹃鸟飞回南方，为故国的灭亡而哀痛啼泣。这里，词人卒章显志，把“从今别却江南路，化作啼鹃带血归”（文天祥《金陵驿》）的生前战斗不息、死后丹心不灭的心志表达了出来。

这首词的突出特点：直抒胸臆，慷慨悲壮。上片回顾历史，寓含抗敌爱国之心志；下片瞻望未来，表明至死不渝的爱国心迹，确是一首充溢着“镜里朱颜都变尽，只有丹心难灭”的英雄气概的爱国壮词。

蒋　　捷

蒋捷（生卒年不详），字胜欲，号竹山，阳羡（今江苏宜兴）人，南宋词人。南宋灭亡后不仕，隐居太湖竹山。长于词，与周密、王沂孙、张炎并称“宋末四大家”。其词风格多样，而以悲凉清俊为主。有《竹山词》。

梅花引·荆溪阻雪①

白鸥问我泊孤舟，是身留，是心留？心若留时，何事锁眉头？风拍小帘灯晕舞，对闲影，冷清清，忆旧游②。　旧游旧游今在不？花外楼，柳下舟。梦也梦也，梦不到，寒水空流。漠漠黄云③，湿透木绵裘④。都道无人愁似我，今夜雪，有梅花，似我愁。

注　释

① 荆溪：溪名，在今江苏宜兴，流入太湖。
② 旧游：昔日和友人共同游玩。
③ 漠漠黄云：浓密昏黄的云，指下雪时黯淡的天色。
④ 木绵裘：充以木绵絮的冬衣。“木绵”也作“木棉”。

题　解

这首词是词人乘船途中遇雪，停泊在荆溪边，有感而作。上

白鸥问我泊孤舟

片以白鸥发问开头，角度奇特，以虚写实。“身留”是出于被迫，“心留”是心甘情愿地停留。心若留，什么事令你眉头紧锁呢？舟中风吹灯舞，词人身单影只，孤单寂寞，回忆起和老朋友共同游玩的情景。下片以设问开始，昔日“花外楼，柳下舟”，景色宜人，何其畅快，如今只能梦中回忆。水凄冷，云暗沉，沾湿了棉衣，身冷心凉。词人以梅花自比，写梅花抵不住寒愁，抒发自己对国破家亡的伤痛愁情。全词节奏鲜明，婉转自然，借景抒情，笔法高妙。

赏　析

这首词是南宋词人蒋捷在南宋灭亡后的颠沛流离的逃亡生涯中写的。通过叙写词人乘船阻雪于荆溪时的惆怅情怀，表现了词人深沉的亡国破家的伤痛之情。

词的上片，设问落笔，寄情忆旧。

“白鸥问我泊孤舟，是身留，是心留？心若留时，何事锁眉头？”开篇词人即以白鸥连问引入：那自由自在的白鸥问我：“你怎么在这儿停舟？是被迫身留，还是愉悦心留？若是愉悦心留，你又为何愁云紧锁眉头？”这里，词人运用大胆的想象，以虚幻的童话情节，把自己因为风雪所阻（由词题“荆溪阻雪”可知）、迫于无奈只得孤舟停泊的境况艺术地表现出来。“身留”“心留”隐含了词人内心的矛盾。尤其是“何事锁眉头”一句，以形示情，以“鸥”托意，而白鸥又不是词人的化身，而是作为一个第三者，且它又是以风雪之中和激流之上为惯常生活，不说是词人理想的化身，至少是词人钦慕的意象，比如“诗圣”就有“白鸥没浩荡，万里谁能驯”（唐·杜甫《奉赠韦左丞丈二十二韵》）这样的诗句。

“风拍小帘灯晕舞，对闲影，冷清清，忆旧游。”这几句，词人的视野由广阔的舟外移入到舟内：江风拍打着船窗的小帘，那灯影摇曳不休。我独对孤灯闲影，冷清清，无聊赖，不由忆念起旧时的同游之人。这里，由孤寂之境况引起怀念之情愫，这亦是人之常情。正如“山抹微云秦学士”所写的那样：“江月知人念远，上楼来照黄昏。”（北宋·秦观《木兰花慢》）

词的下片，再次设问，以旧游情景凸现现实悲愁。

“旧游旧游今在不？花外楼，柳下舟。梦也梦也，梦不到，寒水空流。”是过片，这几句词人用顶针手法紧承上片，展开回忆：游伴啊游伴，不知你如今是否健在？我还记得花外有楼、柳下系舟。梦魂啊梦魂，梦魂儿飞不到，只好任那寒水空自流去。这里，词人用抒情的笔调，回想旧游，情意深重。拉回现实，惆怅万分。

“漠漠黄云，湿透木绵裘”紧承上句，描写夜晚之寒冷：天上是密布的昏黄暗淡的云，飞雪将我的木棉衣湿透。这里，词人通过风雪漫天、湿透棉衣之细节，把词人的悲愁含于其中。

词末几句，是词人借“夜雪”抒情：都说没有人像我一般愁，今夜的飞雪，如此之大，天气如此之寒冷，连那不畏严寒的梅花也似乎禁受不住，像我一样深深地沉浸在愁苦之中。这里，词人用对比、映衬的手法，两次点“愁”，把极深沉的亡国破家的悲愁蕴含其中，突出了主旨。

这首词构思奇巧，意蕴深厚。此词上、下片皆以问句起兴，上片以白鸥发问，引发身、心之矛盾；过片以顶针再问，承上启下，巧妙自然；接着用三个“梦”字渲染江山改颜、恍若隔世的梦幻感和悲凉感；词末以梅花自比，与词首的“白鸥”呼应，衬托出高洁的爱国情怀，抒写亡国破家之悲愁，做到了首尾圆合。

张　　炎

张炎（1248—1320），字叔夏，号玉田，晚号乐笑翁，南宋词人、词论家。南宋灭亡后，浪游于江南一带。其词以姜夔为宗，重音律，尚典雅，以咏物著称。与宋末著名词人蒋捷、王沂孙、周密并称“宋末四大家”。

壶中天·夜渡古黄河，与沈尧道、曾子敬同赋

扬舲万里①，笑当年底事②，中分南北③。须信平生无梦到，却向而今游历。老柳官河，斜阳古道，风定波犹直。野人惊问④，泛槎何处狂客⑤？　迎面落叶萧萧，水流沙共远，都无行迹。衰草凄迷秋更绿，惟有闲鸥独立。浪挟天浮，山邀云去，银浦横空碧⑥。扣舷歌断⑦，海蟾飞上孤白⑧。

注　释

① 舲（líng）：有窗的小船。
② 底事：何事。
③ 中分南北：多指长江，这里指黄河。
④ 野人：村野之人，这里指当地的船夫。
⑤ 泛槎：典出晋张华《博物志》，相传天河通海，有居海渚者见每年八月海上有木筏来，因登木筏直达天河。槎（chá）：同“查”，木

筏、木船。

⑥ 银浦：银河。

⑦ 扣舷歌：击打船舷为节拍而歌。断：终了。

⑧ 海蟾：指从海上升起的月亮。

题 解

1290年秋，词人和友人被迫北上大都写佛经，夜渡古黄河，有感而发，于是作了这首词。词的上片侧重写情，点明万里漂泊之无奈：当年黄河分割南北，而今国破家亡，全部沦陷于金人之手。“笑”字是无可奈何的苦笑，心情复杂抑郁，悲叹无力回天。词人生在江南，万没想到会跋涉至此，说是“游历”，实则是被迫前往。下片侧重写景，描绘了一幅秋夜渡河的壮美景象：落叶萧萧，河水卷着黄沙奔流不息，转眼了无踪迹；草衰败，鸟闲立，天空好像在风浪中浮动，山川好像邀请云朵共去。银河璀璨，词人和友人扣弦高歌，歌罢月亮也从海上升起，形孤色白。词人用苍凉悲壮的笔触借景抒情，表达了自己孤单寂寞的痛苦心情和面对亡国现实的迷惘心绪。

赏 析

这是一首描写黄河并借以抒怀的词，为南宋词人张炎所作。此词通过描写黄河壮阔之景，表达了词人对国家兴亡盛衰的深沉的感慨，把词人怅惘、孤寂的心境融入其中。

词的上片，着重于抒情。

开篇三句，词人紧扣词前小叙，借叙写行程以描写内心的情绪：我放船于万里黄河，此时我感到当年是多么可笑，这道流水不知何以竟被看作划分南北的界限。乍一落笔，词人就巧妙化用屈原“乘舲船予上沅兮”（《楚辞·涉江》）的诗意，既点示了题前小序的内容（元世祖至元二十七年（1290），元世祖广征江南擅书者缮写金字《藏金》，张炎与友人沈尧道、曾子敬结伴赴元都写经，夜渡古黄河之时同赋词作，此词正是词人所赋），又表露出词人“船容与而不进兮”（战国楚·屈原《楚辞·涉江》）的对万里征发的消极态度。词人着一“笑”字，把一种“山河破碎”的痛心之感蕴含其中，有一种大局已成、无力回天的无可奈何的凄楚和哀叹。

“须信”二句，进一步抒写词人内心的苦衷：不用说，我平生做梦也没有梦到过这里，如今却真的来游历了。这里，词人言归正传，直言北上之事。联系词人之生平，可知词人乃生于锦绣江南的贵公子，何曾料想到此荒僻之地！故而发出“平生无梦到”却“而今游历”之叹，亦可见出词人与同行友人之心境并非相同。

接下来三句，词人描写他眼中所见的黄河模样：只见沿那官河摇曳着几株老柳，萧索的古道映照着一片残阳。风停了，可是波涛依旧汹涌不息。词人用水流湍急的黄河之水与“老柳”“古道”相映衬，暗示出词人内心的惴惴不安。

后面二句侧面描写：岸上的村民看见我们，该会惊讶地相问：哪来的这些狂放客人，竟兴致如此之高地在黄河之上泛舟！词人借用“泛槎”的典故，借当地居民惊讶的反衬手法，来表现路途的艰辛非同一般。

词的下片，着重于写景。

“迎面”三句，词人描写眼前的黄河壮景：只见那黄河之上萧萧的落叶迎面飞来，河水卷着黄沙一起向远方流去，渐渐地，远近竟再也看不到行人的踪影。这里，词人又巧妙化用“无边落木萧萧下，不尽长江滚滚来”（唐·杜甫《登高》）之诗意，将“艰难苦恨”之情寓含其中（杜诗中有“艰难苦恨繁霜鬓”句）。

接着词人再写眼前实景：衰败的野草一片凄迷，在秋气之中显得绿意更深，只有一只海鸥悠闲地立在那里。这里，词人又化用“回风动地起，秋草萋已绿”（《古诗十九首·东城高且长》）之诗意，用衰萎之景及“独立”“闲鸥”暗寓词人身不由己的处境和孤寂、惆怅的心情。

“浪挟”三句，转而描写另一种壮阔气象：高高的浊浪仿佛挟着天空一起浮动，蜿蜒的山岭好像招呼着云朵奔腾而去。入夜之后，璀璨的银河横亘于天际。这里，词人兼用比喻、拟人和夸张的手法，用阔大、悲壮之景来衬托内心的孤寂、迷惘之情。

词末两句，描写词人见壮景而激动之情景：我们叩击着船舷引吭高歌。一曲终罢，月亮升起，显得是那样的孤单和凄白。词人用“扣舷”之动作，使心情达至高潮。在“孤白”的月色中，词人孤寂难禁之苦悲心情显然可以窥见。

这首词构思新颖，手法灵活。词人一反上片写景、下片抒情的惯常写法，巧用比喻、拟人、夸张及用典、化用、衬托等多种手法，把词人郁积于心的深重的国破家亡的伤感倾吐出来，同时，借景融情、衬情，有一种苍凉悲壮之气，是本属婉约派的张炎所写的一首具有豪放风格的词作。

吴　　激

吴激（1090—1142），字彦高，号东山，建州（今福建建瓯）人。北宋宣和四年（1122）至靖康二年（1127），出使金国被扣留，累官至翰林待制。工于诗文，尤精于词，与蔡松年齐名，时号“吴蔡体”。有《东山乐府》。

满庭芳·中州乐府

谁挽银河，青冥都洗①，故教独步苍蟾②。露华仙掌③，清泪向人沾④。画栋秋风袅袅⑤，飘桂子、时入疏帘。冰壶里⑥，云衣雾鬓⑦，掬手弄春纤⑧。　　厌厌⑨。成胜赏⑩，银盘泼汞，宝鉴披奁⑪。待不放楸梧，影转西檐。坐上淋漓醉墨⑫，人人看，老子掀髯⑬。明年会，清光未减，白发也休添。

注　释

① 青冥：天空。

② 苍蟾：代指月亮。

③ 露华仙掌：汉武帝所造铜仙人舒掌捧铜盘玉杯以承云表之露，以露和玉屑服之，以求仙道。

④ 清泪向人沾：魏明帝派官员取汉宫的露盘仙人，铜人流下了眼泪。《三国志·魏书·明帝纪》裴注引《汉晋春秋》：“帝徙盘，盘拆，声闻数十里，金狄（铜人）或泣，因留于霸城。”

⑤ 画栋：有彩绘的栋梁楼阁。

画栋秋风袅袅

⑥ 冰壶：指月亮。
⑦ 云衣雾鬓：形容月中美丽的仙女。
⑧ 春纤：女子的手指。
⑨ 厌厌：安静、安逸。
⑩ 胜赏：胜境、美景。
⑪ 宝鉴：宝镜，指月亮。
⑫ 淋漓醉墨：乘着酒兴挥毫泼墨。常用以形容行文作画挥洒自如，笔意酣畅。
⑬ 老子：词人自称。

题 解

这是一首借月抒怀的词。上片开头构思巧妙，写是谁用银河的水将天空洗得如此明净，引出了下文对明月的描写。接着写汉宫中的露盘铜人潸然泪下，结合词人的经历可以理解其故国之思。词人奉命出使金国，后金人攻破东京，仰慕其名声，强制留下不让他回去。词人想象月中仙子以云作衣，轻柔缥缈；以雾为鬓，浓密秀美。在如此美景下，词人感到宁静、安逸。下片用“银盘泼汞，宝鉴披奁”写皎洁的月亮，转而写在月光下，词人乘着酒兴挥毫泼墨，“掀髯”一词再现了词人激昂奋发的情态。结尾寄寓了美好的愿望，希望明年再相会时，月亮依旧，人也不要老去。全词语言典雅优美，写景清幽，情感豪放中蕴含着深思。

赏 析

这首词是金代词人吴激所写。吴激是宋徽宗时宰相吴栻的儿子，也是著名的书画家米芾的女婿。此词通过月夜美景的描写和词人作画赋诗情形的摹写，表达了词人怡静安详而又激昂奋发的精神境界。

词的上片，着重描写月夜美景。

开头三句，词人以想象的手法描写夜景：是谁把银河揽在手中，把天空又洗得如此洁净，所以能让我一个人独步登上月亮。乍一落笔，词人就用想象的手法，描写月夜之纯净，甚至想象自己登月之情景，有一种“可上九天揽月”之美好。

接下来二句，词人展开丰富的联想和想象：记得汉武帝曾造那金铜仙人承露铜像，当仙人离开汉宫之时非常伤心，那凄清的泪水让人感伤不已。这里，词人化用唐代诗人李贺《金铜仙人辞汉歌》的诗意，透露出词人内心隐含的伤悲。这或许正是词人出使金国被留而为官的戚戚不乐的内心反映。

随后二句，词人把想象融入现实：想那富丽堂皇的月宫，秋风轻拂着桂树的枝叶，桂子的香气飘逸，竟时不时地送入我那稀疏的帘内。这里，词人化用“画栏桂树悬秋香”（唐·李贺《金铜仙人辞汉歌》）之诗意于美好传说中，将词人愉悦的心境表现出来。

“冰壶里”三句，是词人美好的想象：在清明的月宫，美丽的仙女衣裙轻柔缥缈，头发浓密秀美，笑容可掬，手指纤美。这里，词人想象了一个极美的月宫世界，亦反衬出词人愉悦之中亦有隐隐的戚戚不乐。

词的下片，着重叙写现实生活。

过片四句，描写词人的内心：我的心里安静极了，就如那月中美景，月亮泼洒了明亮的光芒，就像那打开了匣子见到的宝镜那样的明亮。这里，词人用生动、形象的比喻，具体写出了词人内心的恬静。

随后五句，词人由屋外转写屋内：等那还未开放的楸树花和梧桐花的影子，转到西厢房的房檐之上，我在座中带醉意挥毫弄墨，作画赋诗，笔墨酣畅，我的朋友们围看一旁，惊叹不已，我更觉得激昂奋发。这几句，词人描写得十分精彩：既有“楸梧”“影转西檐”，于景色描写巧点时间，又有房内挥毫诗画的场景描写；既有词人作画赋诗的动作、心理，又有众人动作、神态和语言的烘托，把词人昂奋的情态生动地描写了出来。

词末三句，是词人的心理描写：到了明年，我定然是激奋如明月，光辉不减，白发一根也别添上。这里，词人用一种自强、奋进的心态来憧憬明天，给人一种“自知者英，自胜者雄”（隋·王通《文中子·周公》）的感召力量。

这首词旨意深刻，手法精妙。全词将想象和现实完美融合，内容丰富，既有虚幻的想象之景，又有对真实的现实场景的生动描写，在愉悦、美好的享受中，给人一种自信、向上的力量。

蔡 松 年

蔡松年（1107—1159），字伯坚，晚号萧闲老人。真定（今河北正定）人。宋亡后随父降金，累官至右丞相，封卫国公，谥文简。作品风格隽爽清丽，尤工词作，与吴激齐名，时人称“吴蔡体”。有《萧闲公集》存世。

大 江 东 去 ①

还都后，诸公见追和赤壁词，用韵者凡六人，亦复重赋。

离骚痛饮②，笑人生佳处，能消何物。夷甫当年成底事③，空想岩岩玉壁④。五亩苍烟，一丘寒碧⑤，岁晚忧风雪⑥。西州扶病⑦，至今悲感前杰。　我梦卜筑萧闲⑧：觉来岩桂，十里幽香发。嵬隗胸中冰与炭⑨，一酌春风都灭。胜日神交⑩，悠然得意，遗恨无毫发。古今同致，永和徒记年月⑪。

注 释

① 大江东去：词牌名，即念奴娇。

② 离骚痛饮：语出《世说新语·任诞》：“王孝伯言：‘名士不必须奇才，但使常得无事，痛饮酒，熟读《离骚》，便可称名士。’”

③ 夷甫：西晋王衍，位居宰辅，却不论世事，专注于玄学清谈，最终兵败误国。

④ 岩岩玉壁：指王衍，人称“岩岩清峙，壁立千仞”。

⑤ 寒碧：指代从从浓密的绿荫。

⑥ 忧风雪：比喻忧心国事。

⑦ 西州扶病：引用谢安的典故，谢安是东晋名臣，文武兼备，因招人忌惮，上书请归，不问朝政。太元十年，谢安扶病舆入西州，不久病逝。

⑧ 萧闲：词人在镇阳筑有萧闲堂，自号萧闲老人。

⑨ 嵬隗：同“块垒”。指胸中不平之气。冰与炭：矛盾的心情。

⑩ 胜日：指亲友相聚的日子。

⑪ 永和：王羲之于永和九年写下《兰亭集序》，后世传颂。这里指如今诸友相聚，比兰亭雅集更胜一筹。

题　解

这首词的上片表达对现实和官场黑暗的不满。一“痛”一“笑”，慷慨激越。词人用王衍和谢安两个历史人物，表现自己的矛盾心情：词人不满王衍的空谈玄学，同情谢安的怀才不遇。词人在出世和入世间徘徊，心中的不平只能借酒消除。下片借“梦”抒怀，写词人渴望归隐和超脱之乐，想象十里桂花香，春风抚不平，友人齐相聚，遗恨俱消除。词中前后共提到三个历史人物，三种情怀，词人想要出世隐退，却对王衍的回避现实不满；想要入世却对谢安的不幸遭遇深表同情；古今的心情都一样，王羲之只是白白地记录一些年月话语，表达了词人对互相倾轧官场的厌恶，对自由理想生活的向往。

赏　析

这首词是金代词人蔡松年所作，是他的代表作。此词用韵追和苏轼，音调铿锵，有金玉之声，确有苏东坡“大江东去”之气势。全词运用托史寓怀、正话反说等手法，既表达了词人忧国忧时的对现实不满之情绪，又表现了词人摆脱官场羁绊、归隐山水的高洁志趣。

词的上片，托史寓怀，表不满现实之愤懑。

开篇三句，词人开门见山，直说自己的爱好和兴趣：痛饮美酒，熟读《离骚》，可笑人生在世，还有什么令人得意的事？词人着一“痛”字和“笑”字，把词人旷达、豪放的性格表现出来，给全词奠定了一个激奋昂扬的情调。

“夷甫”两句，词人用典蕴情：那西晋的名士王衍，当年清雅直立能成什么事？！像玉璧一般，却只顾清谈，最后被敌人杀害，空余遗恨。这里，词人用王衍的典故，对其崇尚清谈而回避现实的行为表示不满，可见入世之用世思想暂占上风。接下来词人借典言情：我退隐的这一带地方，五亩田园烟雾苍苍，山丘清寒碧净，居住其中，闲适无比。可到那将近岁末之时，我却还是忧风忧雪。我感慨地追忆那东晋的名臣谢安，虽壮志凌云，却被贬西州而病逝。这里，词人用谢安的典故，对东晋名臣谢安文才武略兼备且有大志却位高招忌而病殁的遭际深表同情和怨愤。这样，词人陷入王衍入世和谢安出世的思想矛盾之中。“五亩”“一丘”的隐退之心与“岁晚忧风雪”的忧国之情交织一起，使词人处于徘徊不定的状态。

词的下片，正话反说，抒归隐之志趣。

过片三句，词人紧承上片，表达了词人的人生追求：我梦想着，建起我的萧闲堂别墅，岩桂的幽香香飘十里。这里，词人借梦明志，表达了自己“息交游闲业，卧起弄书琴”（晋·陶潜《和郭主簿二首》之一）的隐逸之志。

随后二句，是词人对未来的遥想：到那时候，我胸中的那些怨恨与不平，都好似冰火相遇，拌着和煦的春风，在饮酒相谈之中化为乌有。这里，词人用“嵬隗（同“块垒”）作比喻，将喜惧、乐忧相杂的内心矛盾形象地表达出来。又用“一酌春风”的场景描写，将不平之气（嵬隗）和矛盾的心情（冰与炭）皆化归消灭，达到无喜亦无忧的境地。显然，这只能是一种愤激之情。

最后五句，词人回到了词前小序所说的“诸公见追和赤壁词”的背景上：在这美好的日子里，我与平日并不相熟的名人相会，是多么的悠闲自得，再也没有丝毫的怅恨之情。其实，古今都是这样的，王羲之又何必在《兰亭集序》中记什么“永和九年，岁在癸丑”呢？！这里，词人以此次“追和赤壁词”和王羲之当年的兰亭聚会相类比，表达出胜其几筹的慨叹。在其看似旷达之中隐含着一种浓浓的悲凉，在故作的旷达中有一种心中“块垒”并未浇灭的无奈。

这首词情感深沉，手法多样。词人着重运用以典抒怀、正话反说及想象等手法，用看似旷达、超脱的笔触抒写心志，把纠结于心的入世与出世的矛盾极形象地表现出来，“岁晚忧风雪”之情怀感动人心。

完颜亮

完颜亮（1122—1161），字元功。金皇统九年（1149），杀熙宗自立，改元天德。后伐宋，为部下所杀。金朝第四位皇帝、文学家，喜好读书，诗词雄浑遒劲，英武豪迈之气跃然纸上。今存词四首。

念奴娇

天丁震怒①，掀翻银海②，散乱珠箔③。六出奇花飞滚滚④，平填了、山中丘壑。皓虎颠狂，素麟猖獗，掣断真珠索。玉龙酣战⑤，鳞甲满天飘落。　谁念万里关山⑥，征夫僵立，缟带占旗脚⑦。色映戈矛，光摇剑戟，杀气横戎幕⑧。貔虎豪雄⑨，偏裨真勇⑩，非与谈兵略。须拚一醉，看取碧空寥廓。

注　释

① 天丁：天兵。

② 银海：银色的海洋。这里比喻漫天雪花。

③ 珠箔：珠帘。

④ 六出奇花：雪花有六瓣，因此得名。

⑤ 玉龙酣战：语出张元《雪》："战死玉龙三十万，败鳞风卷满天飞。"形容雪花飞舞。

⑥ 关山：关隘和山川。

⑦ 缟带：白色绢带。这里指雪。

⑧ 戎幕：军府、幕府。
⑨ 貔（pí）虎：泛指猛兽，比喻勇敢强猛的军队。
⑩ 偏裨：偏将和裨将，古时将佐的通称。

题 解

这首词运用奇特的想象，描绘了漫天大雪飞舞的壮美景象，堪称咏雪绝唱。词人完颜亮既是一位战士，也是一位帝王，其笔下的词意境恢宏，气势冷峻豪放，充满了豪情和杀气。词的上片开篇大气磅礴，想象丰富，写天兵发怒，掀翻银海，散乱珠帘，才有了天地间这场大雪。接着用多个比喻："皓虎""素麟""玉龙"都是形容雪势之大，生动形象。词的下片描述了戍守边关的将士在雪中横戟执矛的豪迈英姿，大雪映射着寒光，军营中透着阵阵杀气，大家在共同商讨战略方针。最后写词人欲雪中豪饮，在醉中仰望雪后初晴的寥廓碧空，抒发了词人的壮志豪情，豪放中又有浪漫。

赏 析

这首词是金代皇帝、词人完颜亮所作，曾被载入"四大名著"之一的《水浒传》之中。全词通过漫天飞雪场景的描绘，抒写了兼具帝王和战士两重身份的词人的壮志豪情和腾腾杀气。

词的上片，着重于写景。

开头三句，词人描写极为雄壮的北国雪景：那罕见的大雪啊，仿佛天兵天将挟着巨怒，将那银子铺成的大海掀翻，将那珍珠缀成的帘子拆散打乱。乍一落笔，词人就连用三个四字句——"天丁震怒""掀翻银海""散乱珠箔"，以浪漫的想象、奇特的夸饰和形象的比喻，将特大罕世之豪雪描写出来，有一种磅礴的气势。

接下来二句，词人紧承上句，由描写天上、空中回到地面所见之景：六角形的雪花滚滚飞舞而落，转眼之间就把山中的丘壑起伏填成了一片平坦无边的土地。词人用夸张的手法，把“六出飞花入地（原句为‘户’）时”“盖尽人间山丘壑（原句为‘恶路歧’）”（唐·高骈《对雪》）的壮观景象描写出来，有一种如临其地、如见其景的逼真之感。

随后五句，词人再次形象展示气势逼人之雪势：这漫天大雪，像极那癫狂不已的白虎，又如那猖獗横行的白麒麟，一齐扯断那珍珠绳索。这漫天大雪，还宛如鏖战正酣的玉龙，打得鳞甲满天飘洒。这里，词人连用“皓虎”“素麟”“掣断真珠索”“玉龙酣战”和“鳞甲满天”五个比喻，以如椽巨笔，展现出北国豪壮非常的雪景，其豪壮之气、奇瑰之景无与伦比！

词的下片，着重于抒情。

前三句，词人由漫天飞雪想到边关上风雪中的将士：谁曾想到那雄关山岭之上，将士在寒风中伫立，雪白的衣带紧紧粘着战旗的一角。词人用“谁念万里关山”从雪景巧妙地过渡到边塞将士，以“征夫僵立，缟带占旗脚”的将士形象，将“晓战随金鼓，宵眠抱玉鞍”（唐·李白《塞下曲六首》之一）的征战生活描写出来。

随后六句，词人描述边塞将士在风雪中的豪迈之气：将士们手中的戈矛泛着炫目的颜色，那握紧的剑戟摇曳着凛冽的寒光，军帐中充盈着腾腾杀气。英武的战士如貔虎般雄壮，将佐们个个英勇，都在一起论略谈韬。这里，词人从“戈矛”之色、“剑戟”之光入手，描写了将士们英勇、豪雄之姿和神勇之态。

词末两句，词人在雄放之中又涂抹上一层浪漫的色彩：此情此景，应当一醉方休，用那豪气四溢的醉眼看那青天的广阔空旷。这里，词人想象雪霁之后的壮阔之景，使雪势军威、天上人间融浑一体，有余音绕梁之神韵。

这首词笔力神奇，手法高妙。词人以如椽巨笔，以不失其真的浪漫的想象、奇特的夸饰和形象的比喻以及真实的场景，展现了北国豪雪雄浑壮观之景，抒写了边塞军旅置身大雪之中的壮志豪情，确是边塞词中的绝唱。

赵　秉　文

赵秉文（1159—1232），字周臣，号闲闲居士，磁州滏阳（今河北磁县）人，金代词人。大定二十五年（1185）进士，官至礼部尚书。后乞致仕不许，改翰林学士，兼修国史。天资聪颖，博闻强记，能诗文，诗歌多写自然景物，又工草书字画。诗词皆气格高逸。有《闲闲老人滏水文集》二十卷。

大江东去·用东坡先生韵

秋光一片，问苍苍桂影①，其中何物。一叶扁舟波万顷，四顾黏天无壁②。叩枻长歌③，嫦娥欲下，万里挥冰雪。京尘千丈④，可能容此人杰？　回首赤壁矶边⑤，骑鲸人去⑥，几度山花发。澹澹长空千古梦⑦，只有归鸿明灭⑧。我欲从公⑨，乘风归去，散此麒麟发⑩。三山安在⑪？玉箫吹断明月。

注　释

① 桂影：指月影、月光。古代传说月中有桂树，故称。

② 黏天：贴近天，水天相接。无壁：没有限界或边际。

③ 叩枻（yì）：敲打着船舷。枻：船舷。

④ 京尘：喻指功名利禄等尘俗之事。

⑤ 赤壁矶：古地名，在今湖北黄冈。

⑥ 骑鲸人：李白曾自称海上骑鲸客，此处借指苏轼。

⑦ 澹澹：辽阔宽广。

⑧ 明灭：若隐若现。
⑨ 从：跟随、追随。公：指苏轼。
⑩ 麒麟发：散乱的头发。
⑪ 三山：神话传说中的海上三座仙山。

题 解

这首词上片写秋夜月光洒满大地，以“问月”起笔，接着由景及人，写到苏轼曾乘着一叶小舟夜游赤壁，环望四周，水天相接无边无际。“京尘千丈，可能容此人杰？”一句转为抒情，词人对苏轼一生的坎坷际遇表达了深切同情和愤慨，起到承上启下的作用。下片用“骑鲸人”代指苏轼。山花开了一次又一次，指时光流逝。万里长空，时代变迁，只有飞鸟若隐若现。词人吊古伤今，抒发了悲观消极的人生态度。最后写自己愿意追随着苏轼的脚步，乘风而去，逃离尘世。仙山难寻，只好将满腔心事寄托在玉箫上了。全词情感哀伤悲戚，词人借苏轼被贬到黄州的遭遇，表达了自己忧国忧民却无力挽救国家于危难时刻，并由此产生消极出世的思想。

赏 析

这首词“壮伟不羁”“雄壮震动”，与苏轼“大江东去”词（即《念奴娇·赤壁怀古》）“信在伯仲间”（清·徐釚《词苑丛谈》），为金代词人赵秉文所作。此词表达了对苏轼贬谪黄州遭际的深切同情与愤愤不平，同时也表现了词人忧国忧民却深感无力挽救国危的消极出世思想。

词的上片，着重于见景而生情。

开篇三句，是词人见秋月而设问：秋夜的月光洒满整片大地，我举起酒杯，问那空阔辽远的桂树下的月影：你的里面到底是什么东西呢？词人以“桂影”代月，突发奇想，颇有新意。虽则借鉴了苏轼《水调歌头》的“明月几时有？把酒问青天”的词意，但却别有意趣：明知故问，巧寓答案于词中（即“苍苍桂影”)，借问月巧点时间（秋季月明之夜），由此自然想到苏轼游黄州赤壁正是在这样的时间！故而引起下文。

接下来五句，词人巧化苏轼《赤壁赋》语意入词：一叶小船独行在万顷波涛之中，四周全是山峰环绕。我拿起船桨击打船舷高唱一曲，嫦娥仿佛要从天而降，挥舞着那万里的冰雪。这里，“一叶扁舟波万顷”直接化用“白露横江，水光接天。纵一苇之所如，凌万顷之茫然”之语意，精练而不失其形象。“四顾黏天无壁”一句，又化用唐代文学家韩愈的“洞庭漫汗，黏天无壁”(《祭张员外文》)之句意，形象感更强。“叩枻长歌”“嫦娥欲下”化用苏轼《赤壁赋》“扣舷而歌之”“羽化而登仙”句意，既收尽东坡夜游赤壁之景之情，又增添更为丰富的想象。

随后二句，词人由景而情，生发感慨：京城尘土千丈，怎能容得下如此人杰？词人对因“乌台诗案”而贬谪黄州的苏轼及其坎坷终生的遭遇深表同情，对当时官场的龌龊黑暗深表愤慨。同时，以此结束上片，为过片做了很好的铺垫。

词的下片，着重于借古伤今。

过片三句，词人紧承上片“人杰”不得见容之意，直抒胸臆：回首赤壁矶旁，骑鲸之人已经远去，不知已过了多少载春秋。词人用自称海上“骑鲸人”的李白来代指苏轼，照应上片末的“人杰”二字，将对苏轼的景仰之意蕴含其中。“几度山花发”一句，既感慨时间之流逝，又暗含词人对东坡逝后的寂寞之感伤，亦有自身报国无力、救国无望的凄伤。

接下来二句表露了词人内心的凄楚：长空浩荡，千古之梦，也只能灰飞烟灭。这里，词人化用唐代诗人杜牧“长空澹澹孤鸟没，万古销沉向此中”(《登乐游原》)之诗意，既言苏轼晚年“古今如梦”(《永遇乐》)之凄伤，又暗寓时值金朝将亡之际的词人难挽大厦将倾的内心之伤悲。

随后五句，词人表明自己追随苏轼之决心：我要追随东坡，乘风归去，披头散发。那仙境三山在何处？那玉箫的乐声吹断了月亮皎洁的光芒。这里，词人化用苏轼“我欲乘风归去，又恐琼楼玉宇，高处不胜寒”(《水调歌头》)之词意，表达自己将追随苏轼而去，语意决绝。但词末的疑问，又把词人无可奈何的悲慨含于其中，寄悲情于“玉箫”。

这首词最突出的特点是巧于化用。词人以化用苏轼词句为主，还化用了李白、韩愈、杜牧等前人诗、词成句，几乎达到无一字无来历的地步。词人的化用恰切自然，如同己出，将词人矛盾而又复杂的情感极真实地表达了出来。

李纯甫

李纯甫（1185—1231？），字之纯，号屏山居士，襄阴（今河北阳原）人，金代文学家。承安二年（1197）进士。官至尚书左司都事。擢翰林，知贡举，后改京兆府判官。工于散文，文风雄奇简古，想象奇特。存词一首。

水龙吟

几番冷笑三闾①，算来枉向江心堕。和光混俗②，随机达变③，有何不可。清浊从他，醉醒由已④，分明识破。待用时即进，舍时便退⑤，虽无福，亦无祸。　你试回头觑我⑥。怕不待峥嵘则个⑦。功名半纸，风波千丈，图个甚么。云栈扬鞭⑧，海涛摇棹⑨，争如闲坐⑩。但尊中有酒，心头无事，葫芦提过⑪。

注　释

① 三闾：这里指爱国诗人屈原，被贬后曾任三闾大夫，故有此称。

② 和光混俗：同于世俗，不露锋芒。

③ 达变：通晓事物的变化并能适应之。

④ 醉醒由已：醉和醒听从自己。由：听从。《楚辞·渔父》："举世皆浊我独清，众人皆醉我独醒。"

⑤ "待用时"两句：这两句化用《论语·述而》："用之则行，舍之则藏。"

⑥ 觑（qù）：偷看。

⑦ 峥嵘：卓越不凡的功名事业。则个：语末助词。

⑧ 云栈：悬于半空中的栈道。

⑨ 棹：划船的一种工具，形状和桨差不多。

⑩ 争如：怎么比得上，不如。

⑪ 葫芦提：糊里糊涂，宋元时口语。

题 解

这首词中有很多宋元时期的口语化词语。上片写“冷笑”屈原，表达词人对屈原投江自尽的不赞同。词人认为应该顺应世俗，随机应变，韬光养晦，不露锋芒，方可进退自如，避免祸端。下片写自己的经历，“云栈”“海涛”指危险境地。词人认为为了建一点儿功名，历经艰辛和风险，还不如什么也不做。只要杯中有酒，心中无事，不妨自由自在、糊里糊涂地生活。词人在金朝文坛影响力很大，这首词看起来是消极退缩之言，内在也蕴含着机敏的为人处世之道。词人在奸臣当道时，主动辞官而去，避其锋芒，后来奸臣被诛，才重入翰林院。

赏 析

这是金代词人李纯甫留存至今的仅有的一首词。这首词借屈原沉江之古事，抒发对人生际遇、功名利禄的看法，表现出一种达观的人生态度。此词富含哲理，词人发表了颇有见地的看法，虽非尽善尽美，但那种把握时机、知进知退的人生智慧，还是值得我们借鉴的。

词的上片，由屈原沉江谈起，着重论述如何把握人生。

开头两句，词人直陈对屈原沉江的看法：一次次我冷眼笑那三闾大夫屈原，想来他江心抱石而死只是枉然。词人开门见山，直抒己见。着一“枉”字，表达对屈原的看法。观点十分明确，毫不含糊。

下面三句，是词人陈述的理由之一：人生随俗而处，不露锋芒，随机应变，通晓并适应事物的变化，又有什么不可！这里，词人从因时因事因俗而变的角度，说明“枉”之理由。

随后三句，是词人陈述的理由之二：他人清浊，随他自己；是醉是醒，则由自己。关键是要把其中的爱憎好恶、进退去留一一看破。这里，词人从“清者自清，浊者自浊”的角度，说明“枉”之理由。

“待用”四句，是词人陈述的理由之三：等到用我之时，我就上进；不用我之时，我便退后，即使没有什么福分可言，但没有什么祸患。这里，词人从把握时机，知进知退的角度，说明“枉”之理由。

词的下片，着重从功名利禄的角度，谈论对人生的看法。

过片五句，是词人的看法：你试着回头看看我，怕是等不到我建立那卓越不凡的功名事业！功名就如那半张废纸，但要建立一点功名，是要冒很大的风险或历尽艰辛，我又图什么呢？！词人洞穿人生、看透功名，表现出“贵贱之于身，犹条风之时丽”（汉·刘安《淮南子·俶真训》）的达观与超脱。

接下来三句，是词人的对比分析：在高天云堆之外挥鞭，在海涛浪尖上摇船，是多么危险啊！怎比得上悠闲自在地坐着。词人运用对比手法，表达了一种“青史内不标名，红尘外便是我”（元·张养浩《双调新水令·辞官》）的人生态度。

词末三句表明了词人的人生态度：只要壶中有酒，心里没有难缠之事，糊里糊涂地过他一生又有什么不可！这里，卒章显志，表达了词人自己“人生贵得适意尔”（南朝宋·刘义庆《世说新语·识鉴》）的人生追求。

这是一首具有豪放之气的哲理词。虽有可商榷之处，但对我们还是大有启迪，具有可借鉴之处。

元 好 问

元好问（1190—1257），字裕之。号遗山，世称元遗山。金代文学的代表、文坛盟主，被尊为“一代文宗”。工诗、词、散文，尤以诗最为著名。其诗多描写民间疾苦，暴露金末的社会黑暗，风格苍凉沉郁。其词为金代一朝之冠，可与两宋名家媲美。有《元遗山先生全集》等作品。

水龙吟·从商帅国器猎于南阳，同仲泽、鼎玉赋此①

少年射虎名豪②，等闲赤羽千夫膳③。金铃锦领④，平原千骑。星流电转⑤。路断飞潜⑥，雾随腾沸，长围高卷⑦。看川空谷静，旌旗动色⑧，得意似，平生战。　城月迢迢鼓角⑨，夜如何，军中高宴。江淮草木⑩，中原狐兔⑪，先声自远。盖世韩彭⑫，可能只办，寻常鹰犬⑬。问元戎早晚，鸣鞭径去，解天山箭⑭。

注 释

① 商帅国器：指金商州（治所在今陕西商县）防御史完颜斜烈，名鼎，字国器。

② 名豪：这里指完颜斜烈。

③ 等闲：轻易、从容。赤羽千夫膳：形容军队阵容之大。

④ 金铃锦领：形容车骑、军士的装束华美。

⑤ 星流电转：形容狩猎时如流星闪电，迅猛异常。

⑥ 飞潜：鸟和鱼。这里指鸟和鱼惊慌得失去了方向。

⑦ 长围：合围以困鸟兽。

⑧ 旌旗：代指将士们。动色：本指脸上显出受感动的表情，这里是兴奋、激动。

⑨ 迢迢鼓角：鼓角声悠长。

⑩ 江淮：暗指南宋军队。草木：用“草木皆兵”的典故。典出《晋书·苻坚载记》，苻坚领兵进攻东晋，见晋军阵容严整，又远望八公山，把山上的草木都当成晋军。

⑪ 中原狐兔：代指蒙古军队。这里赞誉完颜斜烈的军队强盛。

⑫ 韩彭：指韩信和彭越，两人都是西汉初著名武将。

⑬ 鹰犬：比喻受人驱使利用的人。

⑭ 天山箭：唐薛仁贵胜突厥族于天山，军中誉之为“将军三箭定天山”。

题　解

这首词是词人大约20岁时，跟随商帅完颜斜烈打猎，有感而作。词的开篇赞誉了商帅的勇猛过人、能力非凡。接着细致刻画了围猎的场面，气势恢宏。千骑齐奔，宛若星流电转般迅速。猎物无处可逃，反衬了打猎者的技艺高超。众人合围，将山谷中的猎物一网打尽。“得意”二字，写出商帅的骁勇善战。下片写回城后举行宴会。“江淮草木”指南宋军队胆战心惊，远远地听到商帅兵马的声音，就吓跑了。接着词人用韩信和彭越作比，言二人只是受人驱使利用，进而称赞商帅的谋略和勇猛，绝非那二人可比。最后引用薛仁贵“三箭定天山”的典故，希望商帅也可以树立卓越的功勋。

赏　析

这首词是金末词人元好问所作。全词通过围猎场面和猎后夜宴情形的描写，表达了对商帅军威的称许，亦把词人对商帅的进谏和祝愿之意含于其中。

词的上片，着重描写商帅之英武和围猎场面之壮观。

开篇两句，是词人对商帅完颜国器以典相赞：少年射虎的英豪商帅，从容地统率那千军万马。首句用西汉飞将军李广射虎的典故，来衬托年方二十便以善战闻名的商帅完颜国器。次句用杜甫“赤羽千夫膳”(《武卫将军歌》) 之诗意，称赞商帅年轻有为、英气非凡。

接下来六句，词人描写壮观的围猎场面：骏马头悬金铃，颈锦绣围脖，千骑围猎于广袤的平原，纵横驰骋快如流星闪电。飞禽游鱼皆无路可逃，骏马在浓雾中奔腾，长长的队列合围在一起。这里，词人用短促而极有表现力的六个四字句，极有层次地展现了六个“特写镜头”，从佩饰之华丽、阵势之宏大、疾驰之迅猛、射技之高超、场景之壮观和合围之壮大六个方面全面展示了射猎的全过程。有声有色，异常壮观。

随后四句，描写出商帅的年少英雄之气概：看那寂静的山谷，旌旗飘扬，商帅志得意满，好似平生的又一场胜战。词人用“平生战”，写出了商帅的英勇善战。尤其是“得意”二字，把商帅胜券在握、志得意满的英雄气概极为传神地表现了出来。

词的下片，着重描写猎后夜宴及对商帅之赞许。

过片三句，词人大笔勾勒出空阔、寂寥之夜景：城台之上明月高悬，鼓角之声远远传来，夜里营中在做什么呢？那是满载而归的将军在高堂设宴。词人采用因果倒置的手法，更加突出了夜宴的声势之大和满载而归的将士们的得意喜悦之情，亦衬托出将帅的英豪之气。

随后三句，词人描绘出商帅英气逼人的军威：江淮的草木，中原的狐兔，一听到商帅的声威就不战而退。这里，词人巧用“草木皆兵”之典，妙用“写对方”之手法，用比喻来侧面烘托商帅之逼人军威。

“盖世”三句，词人采用比衬手法来描写商帅：那功劳卓绝的韩信和彭越，亦不过是供人驱使的鹰犬。这里，词人的言下之意是，即使像韩信、彭越那样的盖世英雄，与商帅相比，也只能如鹰犬一般任人驱使。词人以西汉开国名将、屡立战功的韩信、彭越来衬比商帅，更显示商帅乃“盖世”之奇才！

词末三句，是词人对商帅的进谏、期望和祝愿：试问商帅，你何时策马扬鞭、三箭定天山。这里，词人用唐代大将薛仁贵战胜九姓突厥于天山的典故，指代商帅的才略和志向，并期待、祝愿商帅一举清扫边患，方显出商帅之将帅本色。

这首词最突出的特点：手法多样。词人运用“蒙太奇”、衬托、用典、“写对方”等多种手法，从形、神两个方面塑造出了商帅的英雄形象。

水调歌头·缑山夜饮[①]

石坛洗清露，乔木拥苍烟。缑山七月笙鹤[②]，曾此上宾天。为问云间嵩少[③]，老眼无穷今古，夜乐几人传[④]。宇宙一丘土，城郭又千年[⑤]。　一襟风，一片月，酒尊前。王乔为汝轰饮[⑥]，留看醉时颠。杳杳白云青嶂，荡荡银河碧落，长袖得回旋。举手谢浮世[⑦]，我是饮中仙[⑧]。

注　释

① 缑（gōu）山：缑氏山，在今河南偃师东南。后代指修道成仙之处。

② 七月笙鹤：典出刘向《列仙传·王子乔》载王子乔为周灵王太子晋，好吹笙作凤凰鸣。曾游伊洛之间，被道人接上嵩山。三十年后，求之于山上，见桓良曰："告我家，七月七日待我于缑氏山颠。"时至，果乘白鹤驻山头，举手谢人，数日而去。

③ 嵩少：嵩山与少室山的并称。

④ 夜乐：指王子乔吹笙之乐。

⑤ 城郭又千年：相传辽东人丁令威学道后化鹤回到故里，集城门华表柱，盘旋空中道："有鸟有鸟丁令威，去家千年今始归。城郭如故人民非，何不学仙冢垒垒。"后来以此比喻人世的沧桑巨变。

⑥ 轰饮：狂饮、闹酒。

⑦ 浮世：人间、人世。

⑧ 饮中仙：酒仙。

题　解

这首词是词人元好问在缑山上夜里饮酒，即兴感怀之作。词的上片入笔描写了缑山上的清幽景色。接着用王子乔在此飞升成仙的典故，为缑山增添了神秘的色彩。回望历史，城郭依旧，千年已过，词人感慨人世间的沧桑巨变。下片写自己的洒脱豪放，和风月为伴，和仙人痛饮。白云青山，银河碧落，词人举杯谢世间，仿佛也要飞升成仙。这首词在洒脱中，夹杂着调侃、戏谑之语，凸显了词人豪侠、风趣的性格。

赏　析

这首词是金末词人元好问所作。金宣宗元光二年（1223），词人避兵河南，生活流离动荡，家国危难重重。词人借酒浇愁，愁满心间，于是作此词以排解。词人通过仙人王子乔的传说，表达了对自由的向往，也流露出他对现状的不满和对理想的追求。

词的上片，着重于触景而生情。

开篇词人即写眼前之秋景：露水很重，那石坛就像被水洗过一样，茂盛的高大树木望去如绿色的烟雾。刚一落笔，词人就着一“洗”字，兼用拟人、比喻之手法，把那如烟似雾的暮色秋意形象地描写出来，给人一种苍凉之感。

接下来五句词人借典言情：缑山之上曾有王子乔吹笙跨鹤，在这里成仙。请问那耸立云间的嵩山和少室山，放眼观看从古到今，夜间饮酒的乐趣又有多少人流传？！这里，词人借用王子乔的典故，表达出词人见缑山之美景亦生出如王子乔那样的游仙之思，蕴含着词人对现实的不满。因为词人司空见惯那“道傍僵卧满累囚，过去旃车似水流。红粉哭随回鹘马，为谁一步一回头”（金·元好问《癸巳五月三日北渡》三首之一）之情形，故而才会生出步仙人后尘之意。

随后二句是词人的感慨：浩渺宇宙之中的人最终都会走向坟墓，留下一丘黄土，那城墙又岂能千年万年屹立！这里，词人以“宇宙”和“城郭”形成时间和空间上的对照，生发出人生苦短、一腔豪情壮志无法施展的喟叹，将一种心有不甘、却又无可奈何的愁苦之情蕴含其中。

词的下片，着重于抒情。

过片五句，词人紧承上片，抒写景仰古人之情怀：我端着酒杯，面对那一缕风，一片月光。王子乔我为你满饮此杯，留下来看着我们喝醉了癫狂的样子。这里，词人巧妙化用“一箪食，一瓢饮，在陋巷，人不堪其忧，回也不改其乐”（《论语·雍也》）之意，表达词人对古代圣贤的追怀。又直接与王子乔对饮，表现出词人追怀古人的潇洒旷达之情怀。

下面三句，是词人醉酒时眼中所见：远处依稀可见的青山白云，宽广浩瀚的天空银河，我们醉酒时那长长的衣袖在自由自在地回旋。这里，词人身处“白云青嶂”“银河碧落”的大自然之中，“长袖得回旋”，真正达到了恣情肆志的境地，并将词人对现实的不满、对自由和理想的追求之旨意蕴含其中。

随后二句，是词人的自我陶醉：举手告诉那浮华尘世，我是喝酒的仙人！词人巧妙化用“李白斗酒诗百篇，长安市上酒家眠。天子呼来不上船，自称臣是酒中仙”（唐·杜甫《饮中八仙歌》）之诗意，流露出对人间世事的厌倦之情，将一种归隐的情趣蕴于其中。

这首词语言凝练，手法精妙。词人把对现实的不满之情和对理想的追求之意蕴于词中，用语精炼、形象，且巧用拟人、比喻、化用及景中融情等手法，表现出一种慷慨的气度和超卓的胸襟。

段 克 己

段克己（1196—1254），字复之，号遯庵，绛州稷山（今山西稷山）人，金代文学家。金亡后不仕元，人称“儒林标榜”。早年与弟段成己以文齐名，赵秉文称其为“二妙”，有诗词合集《二妙集》八卷。

满江红·过汴梁故宫城①

塞马南来②，五陵草树无颜色③。云气黯，鼓鼙声震④，天穿地裂。百二河山俱失险⑤，将军束手无筹策。渐烟尘，飞度九重城⑥，蒙金阙。　长戈袅⑦，飞鸟绝。原厌肉⑧，川流血⑨。叹人生此际，动成长别。回首玉津春色早⑩，雕栏犹挂当时月。更西来，流水绕城根，空呜咽。

注　释

① 汴梁：今河南开封，曾为北宋、金两朝国都。
② 塞马：指元军。
③ 五陵：长安北有汉代五个皇帝的陵墓，此代指北宋、金故都汴梁。
④ 鼓鼙：大鼓和小鼓，古代军中常用的乐器。
⑤ 百二河山：形容险要的地势。古人称函谷关之险，两万人可以抵挡一百万。
⑥ 九重城：古时天子所居的宫殿。此指京都汴梁。
⑦ 袅：这里是挥动的意思。
⑧ 原厌肉：指尸骨遍野。厌：通“餍”，满足。

⑨ 川流血：血流成河。

⑩ 玉津：园名，在开封城南门外。

题 解

这首词是词人在金亡后，重过金朝故都汴梁故宫城而作。词中真实描写了战争之祸，充满了悲愤之情。上片写元朝军队奔驰南下，来势汹汹，草木失色，战鼓雷鸣，汴梁城被硝烟笼罩，金朝河山沦陷。词人指出金朝虽然有险要的地势，却因朝廷昏庸而导致亡国，表达了词人的痛心和抑郁不平。下片写亡国之后的惨烈景象。战争使飞鸟灭绝，尸横遍野，血流成河，生灵涂炭，满目疮痍。“叹”字引出词人的心理感受：感慨国难当头，动辄就是生离死别。回首当年，春光正好，和如今的物是人非形成对比同时移情于景，词人听到护城河的河水仿佛在呜咽，写出了词人心中无奈哀伤的悲叹和伤感。

赏 析

这首词是金末词人段克己所作，作于金亡之后词人重过金朝故都开封之时。因当时的元朝正忙于征服江南的南宋王朝，故而无暇顾及在中原实行文化高压，词人得以尽情抒写心中的愤懑和悲恸。

词的上片，着重叙写金朝的覆亡。

开篇五句，词人着重描写蒙古军队狂奔而来之气势：塞外的元兵，奔驰南下，只见那长安五陵旁的树木都失去了颜色。云雾阴沉，笼罩着整个大地。军鼓的声音震耳欲聋，似乎要穿裂天地。词人乍一开篇，就运用夸张、拟人的手法，将战火燃起、硝烟滚滚、草木为之变色的场景描写出来，给人一种血雨腥风之感。让人不难想象那种百姓悲号、天昏地暗之场景。

接下来五句，是词人揭示金朝亡国之原因：那险固的河山皆被一一攻破，守关的将军们都束手无策。渐渐地，战争的烽烟，一直弥漫到了京都汴梁的上空，笼罩在了整个宫殿之上。这里，词人以沉痛的笔触，抒写出金朝亡国之缘由：

本可凭险以守的关隘，也因为朝廷的昏庸、将帅的无能，以致“百二河山俱失险”！“蒙金阙”三字，形象地描写出金朝之灭亡，将词人亡国之痛心和悲抑难平之愤慨皆含其中，有一种“天下之祸，不由于外，皆兴于内”（南朝宋·范晔《后汉书·傅燮传》）的哀叹寓含其中。

词的下片，着重描写亡国之惨状和词人的心灵感受。

过片四句，是词人对惨不忍睹的亡国之状的描写：那挥动的长戈，使战场上连飞鸟也灭绝了；原野上堆满了尸体，那山川亦在流血。词人用“长戈袅，飞鸟绝。原厌肉，川流血”四个三字句，把兵祸惨烈、生灵涂炭的情景真实地展现出来。可谓是字字泣血，句句饮恨。

随后二句，是词人直抒悲慨：悲叹人生在此时此刻，动不动就会亲人、朋友之间彼此永世相别。词人着一“叹”字，将国难之中那种生离死别的惨痛叙写出来，饱含着国亡家败的无尽的凄楚。

接下来的二句，是词人追古而伤今：回头看那开封城外的玉津园，春天刚刚来临，雕花的栏杆还挂着一轮新月。这里，词人用反衬的手法，以“春色早”和“犹挂月”之“乐景写哀”“倍增其哀”（清·王夫之《姜斋诗话》），把词人的肝肠寸断的故国之思描写出来。

词末三句，是词人国亡之后的悲叹：更有那西来的流水环绕着城墙，独自悲怆地呜咽着。这里，词人融情于景，用拟人的手法，把词人“江流今古愁，山雨兴亡泪”（元·任昱《双调清江引·钱塘怀古》）的悲叹深蕴其中。尤其是“更”“空”二字，陡增伤感。

这首词容量大，手法妙。词人用实录以写兵祸，用移情于景以写情感，将激愤、沉痛之情融于字里行间，读来令人感叹不已。

刘 因

刘因（1249—1293），字梦吉，号静修，容城（今河北容城）人。元朝理学家、诗人。官至承德郎、右赞善大夫。谥文靖。工诗文、善绘画。有《静修集》存世。

鹊 桥 仙

悠悠万古①，茫茫天宇②。自笑平生豪举。元龙尽意卧床高③，浑占得、乾坤几许④？　公家租赋，私家鸡黍⑤，学种东皋烟雨⑥。有时抱膝看青山，却不是、长啸梁甫⑦。

注 释

① 万古：万代、万世，形容经历的年代久远。

② 天宇：指天空。

③ 元龙：陈登，字元龙。《三国志·魏书·陈登传》载，许汜曾投奔陈登，陈登问他有什么事情。许汜说只想谋求田地，购置房产，陈登只是简单招待他，自己高卧，让他睡下床。

④ 浑：全。这里指陈登在广阔天地间何其渺小。

⑤ 鸡黍：指饷客的饭菜。

⑥ 东皋：水边向阳高地，泛指田园、原野。这里指归隐田园。

⑦ 梁甫：诸葛亮躬耕陇中，作《梁甫吟》，每当晨夕从容抱膝长啸。

题 解

这首词的开头写时间绵延无尽，空间辽阔无际。想到平生豪放不羁的举动，词人自己都觉得好笑。接着写东汉末年陈登尽兴高卧的故事，感慨历史英豪在广阔的天地间是渺小的。下片写向国家交完租税，还可供应自己的温饱生活，自己在田园里耕种，像诸葛亮那样从容面对着青山。词人笔下的归隐生活虽然清贫，但也闲适恬淡，抒发了词人超脱政治之外的出世态度。词人非常欣赏诸葛亮的“静以修身”之语，他曾短暂出仕，却失败而归，后来隐居以教书为生。

赏 析

这首词是元代词人刘因所作。词人一生不慕富贵，看轻功名，被元世祖忽必烈称之为“不召之臣”，他亦自号“雷溪真隐”。此词正是词人自抒襟怀之作，表达了词人“四海知名半凋落，天涯孤剑独谁投”（刘因《渡白沟》）的悲怆之情。

词的上片，着重于怀古。

“悠悠万古，茫茫天宇。自笑平生豪举。”起首三句，是词人傲视古今而发出的人生喟叹：面对着悠悠的历史长河，仰望那茫茫的无限天宇，个人的价值是何等的渺小！平日自许的壮志豪举，现在想来，不禁哑然失笑。这里，词人从时间的绵延无尽和空间的辽阔无际两个方面，感慨于自己的渺小，将一种“莫更留尘迹，千年不易禁”（刘因《晚上易台》）的悲凄蕴含其中。

接下来两句，是词人借典而抒感慨：三国时的“湖海之士”陈登（字元龙），蔑视求田问舍的许汜，他自卧大床，令许汜卧下床，那英雄之气是多么为人赞叹！然而，如他这样的豪杰，在天地之间又能占有多大的位置呢？！这里，词人以虽有豪举却在广阔乾坤中显得异常渺小的宏观俯视之中，对所谓的英雄事业进行否定，有一种俯视万古的豁达气魄和通脱情怀！

词的下片，着重于叙写词人的隐居生活。

过片三句，叙写词人躬耕隐居的生活：完成公家的租税，还可供应自家的饮食，这是因为我像唐代诗人王绩那样隐居躬耕。这里，词人用平实的叙写，表现出隐居的乐趣。

词末两句，词人叙写他的闲暇之趣：闲暇之时，我抱膝看青山，却并不像当年的诸葛亮。词人在这里，以躬耕陇亩，好为《梁甫吟》(见《三国志·蜀书》)的诸葛亮自况，表达出一种安于平凡、甘于平凡且能在平凡中洒脱地生活的人生追求。

这首词突出的特点：以典言事抒情。词人用典含蓄而新奇，又高度概括，发人深省，耐人咀嚼，既敢于否定所谓的英雄事业，又毫无颓废消沉之情绪，将一种俯视古今、豁达通脱之情怀表现了出来。其真情真趣，颇为感人。

赵孟頫

赵孟頫（1254—1322），字子昂，号松雪、松雪道人等。湖州（今属浙江）人，元代词人，著名书画家，楷书四大家之一。博学多才，能诗善文，懂经济，工书法，精绘艺，擅金石，通音律。书法和绘画成就最高，开创了元代的新画风，被称为“元人冠冕”。书法称雄一世为“赵体”。诗词清逸和婉。卒后封魏国公，谥“文敏”。

虞美人·浙江舟中作①

潮生潮落何时了？断送行人老②。消沉万古意无穷③，尽在长空、淡淡飞鸟中。　海门几点青山小④。望极烟波渺⑤。何当驾我以长风⑥，便欲乘桴、浮到日华东⑦。

注　释

① 浙江：指钱塘江。
② 断送：消磨、打发。
③ 消沉万古：写历史兴亡之感。
④ 海门：钱塘江入海口。
⑤ 望极：望尽。
⑥ 何当：何时。驾我以长风：指乘风破浪。
⑦ 桴（fú）：木筏。日华：太阳的光辉，借指太阳。

题解

这首词是词人在舟中观钱塘江潮时有感而作。上片写钱塘江潮起潮落，永无停歇，只是消磨了行人的岁月。自然的永恒和人生的短暂形成对比，视角也由江上转到空中，写飞鸟翱翔，进而把对人生的慨叹转入对历史的思考，发出对历史兴亡的感慨。下片即景抒情，词人极目远望，几笔勾勒出所见之景，远处青山几点，海上烟波浩渺，若隐若现，朦胧神秘之感顿显。词人希望自己乘风破浪，乘着木筏漂浮到太阳升起的东方。这里是虚写，既是词人对现实中烦恼的逃避，也是对理想生活的向往。全词语言清新优美，境界开阔，感情深沉，易代之悲、兴亡之感、仕元之痛，皆蕴含其中。

赏析

这首词是元代词人、杰出的书画家赵孟頫所作。此词通过描写舟中所见之景，表达了词人对人世沧桑的深沉感慨，将词人解脱人生、逃避现实的情感蕴含其中。

词的上片，着重于舟中感怀。

“潮生潮落何时了？断送行人老。”开篇两句，是词人见景而生困惑和感慨之情：那江水的潮起潮落，什么时候才能终了呢？而就在潮起潮落之间，它消磨了人们的青春，让人们步入老境，匆匆走完那短暂的人生旅程。这里，词人用永不休止的“潮生潮落”和“行人老”的强烈对比中，将一种“人生天地间，忽如远行客”（汉·无名氏《古诗·青青陵上柏》）的慨叹寓于其中。“潮”之永恒与“人”生之短暂，让词人产生了强烈的悲慨。“断送”二字，把那种“断送一生憔悴，知他几个黄昏”（宋·刘弇《清平乐》）的悲叹寓含其中。

“消沉万古意无穷，尽在长空、淡淡飞鸟中。”这两句，词人紧承上句，由人生转而喟叹人世之兴亡，人生的浮沉，国运的更替，千古万世，此意无穷无尽，都随着那飞鸟一道没入浩瀚的天空之中。这里，词人巧妙化用唐代诗人杜牧“长空澹澹孤鸟没，万古销沉向此中”（《登乐游原》）之诗意，从对人生之慨叹转入对历史之思考，把词人所历经的易代之悲、兴亡之叹和仕元之痛，皆含其中，尤

消沉万古意无穷

有一种“谁向夜深吹玉笛，伤心莫听后庭花”（赵孟頫《次韵刚父即事绝句》）的亡国之哀思。

词的下片，着重于即景抒情。

过片两句，描写眼前所见之景：我极目远眺，只见那远处青山点点，那么的渺小；钱塘江入海口烟波渺渺，一望无际。这里，词人描写出一片烟波浩渺之景，将内心的哀思和忧愁融于景中，可说是“天无涯兮地无边，我心愁兮亦复然”（东汉·蔡琰《胡笳十八拍》之九）！词人在万般的苦恼与困惑之中，要寻求一条出路，求得人生的解脱。

词末两句，抒发词人远离浊世的迫切愿望：我什么时候才能驾着长风、乘那仙筏，一直驶向我所向往的太阳东边的神仙境界呢？词人在现实中饱受易代之悲、兴亡之伤和仕元之痛，有“诗仙”一样的“大道如青天，我独不得出”（唐·李白《行路难三首》之二）之悲愁，故而要寻求一条解脱人生、逃避现实之路，可烟波渺渺，路在何方？！词人只能寄希望于渺渺的仙境，实则是一种无法企及的绝望，一种弥久的精神伤痛。

这首词最突出的特点：借景抒怀，借想象言情。那“潮生潮落”中“断送行人老”的悲凄，那“消沉万古”之中的“淡淡飞鸟”，还有那“望极烟波渺”的“几点青山小”，更有那“驾我以长风，便欲乘桴、浮到日华东”的虚幻之想，把词人的万千人生苦痛却找不到出路的凄楚皆融汇其中。

萨　都　剌

萨都剌（约 1272—1340），字天锡，号“直斋”。回族（一说蒙古族）人，元代著名诗人、词人、画家。酷爱文学，善绘画，精书法，有“虎卧龙跳之才”。官至翰林国史院应奉文字。诗词内容以游山玩水、酬酢应答之类为多，描写细腻，贴切入微。后人誉之为“有元一代词人之冠”。有诗 700 余首，词 14 首。

木兰花慢·彭城怀古 ①

古徐州形胜②，消磨尽、几英雄。想铁甲重瞳③，乌骓汗血④，玉帐连空⑤。楚歌八千兵散⑥，料梦魂，应不到江东。空有黄河如带⑦，乱山起伏如龙。　　汉家陵阙动秋风⑧，禾黍满关中⑨。更戏马台荒⑩，画眉人远⑪，燕子楼空⑫。人生百年如寄⑬，且开怀、一饮尽千钟。回首荒城斜日，倚栏目送飞鸿⑭。

注　释

① 彭城：今江苏徐州。秦末项羽曾以彭城为西楚都城，楚汉之争中刘邦在彭城遭遇起兵以来最大的惨败。

② 形胜：地理形势优越。

③ 铁甲重瞳（tóng）：指西楚霸王项羽。相传项羽眼中有双瞳仁。

④ 乌骓：项羽的坐骑。汗血：大宛所产良马，汗出如血，能日行千里。

⑤ 玉帐连空：主帅所居的帐幕，取如玉之坚的意思。形容兵多势盛。

⑥ 楚歌：指项羽四面楚歌，自刎于垓下。比喻陷入四面受敌，困于孤

立无援的窘迫境地。

⑦ 黄河如带：宋元时黄河水道过徐州，可为军事屏障。

⑧ 汉家陵阙：汉代诸帝陵墓，在今西安附近。

⑨ 禾黍（shǔ）满关中：《诗经·王风·黍离》序中，西周亡后，周大夫过宗庙宫室，尽为黍离，彷徨不忍去，乃作此诗。后用黍离之悲指对国家残破，今不如昔的哀叹，也指国破家亡之痛。

⑩ 戏马台：在徐州城南部，项羽因山筑台，以观兵马操演，又名掠马台。

⑪ 画眉人：指夫婿，后以画眉喻夫妻恩爱。

⑫ 燕子楼：旧址在徐州城北，唐武宁军节度使张建封为爱妾关盼盼所建。张逝世后，盼盼念旧，独居燕子楼十余年不嫁。

⑬ 寄：暂居，形容人生短暂。人生百年如寄：化用苏轼《将往终南和子由见寄》："人生百年寄鬓须，富贵何啻葭中莩。"

⑭ 目送飞鸿：嵇康《赠秀才入军》："目送归鸿，手挥五弦。"李白《鞠歌行》："平生渭水曲，谁识此老翁？奈何今之人，双目送飞鸿。"李白《至陵阳山登天柱石酬韩侍御见招隐黄山》："何意到陵阳，游目送飞鸿。"

题　解

这是一首怀古抒怀词，词的上片起句感慨历史兴亡。地势险要的徐州城，消磨了众多英雄，接着引出西楚霸王项羽，简单几笔勾勒出项羽的英雄形象。四面楚歌，无颜见江东父老，项羽的失败是如此苍凉悲伤。词人缅怀项羽，抒发了对项羽失败的惋惜之情。下片写词人对人生的感慨。自古以来成者君王败者寇，物是人已非，刘邦取得了胜利，也逃不过时间的消磨。词人感慨人生百年如过眼云烟如此短暂，饮尽杯中酒，回首眺望那荒城、落日、飞鸿。全词意境开阔，韵味深远，抒发了词人壮志难酬的悲凉之感。

赏　析

这首词是元代词人萨都剌所作。词人途经徐州这一自古兵家必争之地时，不禁追想起当年楚、汉战争的历史场景，于是，从眼前的彭城景物下笔，生发概叹，把词人志不得伸的郁闷之情寓于对历史人物的评价之中。

词的上片，着重凭吊和缅怀项羽。

开篇两句，是词人见景而生发的历史之叹：古老的徐州啊，形势极为险要，这里曾经消磨了多少英雄豪杰。词人一开始就紧扣词题，切住“彭城”二字，用“形胜”二字突出其重要的战略意义：自古乃兵家必争之地。故而就有了“消磨尽、几英雄”之慨叹。“英雄”二字，紧切题目中的“怀古”二字。着一“尽”字，把对“英雄”的凭吊、感慨之意尽含其中，自然引起对昔日英雄之怀念。

随后三句，是词人对“西楚霸王”项羽的英雄形象的着力刻画：遥想那身披铁甲、有着双瞳的项羽，他身跨乌骓汗血宝马驰骋千里，率众将士浴血奋战，捷报频传，军营如云飘动。词人用三个特写镜头，塑造出项羽的英雄形象和卓绝的英雄业绩：“铁甲重瞳”是项羽身着铁甲、特有的双瞳仁的眼睛里闪射出炯炯、凛然的目光的形象；“乌骓汗血”，是他身跨名马、指挥千军万马征战的场景；“玉帐连空”，则是他摧枯拉朽、百战百胜、营垒如云而动的“特写镜头”。这样，词人就写出了项羽的气势如虹、百战不殆。

接下来三句，词人描写项羽凄怆的落败场面：最终四面楚歌、八千子弟风云四散，他自刎乌江，料想他那冤魂啊，怎肯撇下八千江东子弟的阴魂而自过江东？！这里，词人运用大胆的想象，再现了“四面楚歌”“乌江兵败”和“乌江自刎”等历史镜头，并用“料”字来设想，暗扣项羽“无颜见江东父老”之典故，表达出对英雄项羽深沉的喟叹。

“空有”两句，词人融情入景：而今，我的眼前只有那如带的黄河蜿蜒于远方，纷乱参差的山峰高低逶迤起伏如龙。这里，词人借景蕴情：黄河依然东去，乱山仍然如故，可项羽的败亡已成历史！这里着一“空”字，无尽的感慨皆蕴其中，有一种“莺花不管兴亡事，妆点春光似昔年”（南宋 · 无名氏《题关中驿壁》）的意味。

词的下片，着重表达词人对人生的认识和态度。

过片两句，承前引出项羽的对手刘邦：取得胜利的刘邦的陵墓而今也在秋风萧瑟之中，禾黍繁茂。这里，与上片的“消磨尽”相对应，蕴含着词人深重的慨叹：虽然在徐州彭城刘邦曾战胜了项羽，但同样没能逃过历史长河的“消磨”！词人典融景中，感慨颇深。

随后三句，是词人抚今追昔、见景而生情：当年项羽操演兵马的戏马台愈加残破不堪，燕子楼上早已人去楼空，空留那些风流韵事的传说。词人句句用典，寓含着历史沧桑之慨：煊赫一时的英雄人物皆已逝去，而古迹犹存，它是历史的见证。

接下来的二句，是词人对人生的感悟：人生百年，就如那秋风中的匆匆过客；暂且开怀畅饮，一饮就饮它千盅！词人回顾历史之后，巧妙化用苏轼诗句，表达出一种达观的人生态度，亦可看出词人的仕途并不遂顺，有一种“借酒浇愁”的味道。

最后两句，词人借景寄情：回望夕阳照射中的凄凉荒城，我独自倚立阑干前，目送那远去的飞鸿。这里，词人巧妙化用嵇康、李白的诗句，似乎一下子窥透了人生。历史亦如过眼云烟，个人得失又算得了什么！在历史的长河中，一个人简直可以渺小到忽略不计，那些如项羽、刘邦一样的英雄人物亦不过如此。词人在这里用“飞鸿”的形象，表达了一种“尽管如此，亦要积极进取”的人生态度。

这首词手法巧妙，表达了一种积极向上的人生态度。词人回顾历史，描写英雄，绘景览胜，巧用想象、用典、化用和情景交融等手法，将叙事、描写、议论和抒情融为一体，在看似低沉的情调中，融入了达观、进取的人生态度，给人一种“过好每一天”的精神力量。

刘　基

刘基（1311—1375），字伯温，处州青田（今属浙江）人，明初政治家、文学家。工诗文，精晓天文、兵法，时人比之为诸葛亮。其诗古朴雄放，独成一家。有些作品关心民生疾苦，对元末的社会现实进行了抨击。与宋濂、高启并称“明初诗文三大家”。谥号“文成”，又称“刘文成”“文成公”。著作收入《诚意伯文集》。

水 龙 吟

鸡鸣风雨潇潇①，侧身天地无刘表②。啼鹃迸泪③，落花飘恨，断魂飞绕。月暗云霄④，星沉烟水，角声清袅。问登楼王粲⑤，镜中白发，今宵又添多少？　极目乡关何处⑥？渺青山髻螺低小⑦。几回好梦，随风归去，被渠遮了。宝瑟弦僵，玉笙簧冷，冥鸿天杪⑧。但侵阶莎草⑨，满庭绿树，不知昏晓。

注　释

① 鸡鸣：化用《诗经·郑风·风雨》中“风雨潇潇，鸡鸣胶胶”句。写生逢乱世，思念君子。

② 侧身：同“厕身”，置身之意。刘表：东汉献帝时荆州牧，中原混战时，刘表独据一隅，爱民养士，士民多归之。

③ 啼鹃：杜鹃鸟叫声凄切，多抒发悲苦哀怨之情。

④ 月暗：比喻当时时局幽晦不明。

⑤ 王粲：三国时“建安七子”之一，曾投奔刘表，不受重用，作《登楼赋》，抒写怀才不遇、思乡之情。

⑥ 极目：尽目力所及，远望。乡关：故乡。化用唐崔颢《黄鹤楼》“日暮乡关何处是”句。

⑦ 髻螺：盘旋如螺状的发髻。这里指山峰。

⑧ 冥鸿：高飞的鸿雁。天杪（miǎo）：天际。

⑨ 莎（suō）草：草名。

题解

词人刘基在政治黑暗的动荡年代中，空有政治才能和理想，却无法实现抱负。这首词正是其感伤时事、抒发襟怀的作品。词的上片以“风雨”象征乱世，“鸡鸣”写自己的志向不改。词人用刘表和王粲的典故，自比为王粲，在元末社会风雨飘摇中，看不到光明和希望，抒发自己怀才不遇的苦闷心情。下片抒发浓浓的思乡之情。词人极目远眺，看不到家乡，远山阻挡了自己回乡之路，只好梦中随风而归，然而却“被渠遮了”。词人只好借音乐表哀思，可惜弦僵指冷难成调，只能遥望飞鸿消失在天边。莎草没阶、庭树蔽日是眼前景，也指自己深感前途渺茫的心理。“不知昏晓”照应开头，暗喻元末社会的动荡不安，抒发了词人为朝廷命运担忧，为个人前途苦苦思索的忧愤、惆怅之情和思乡之意。

赏析

这是明初著名的文学家刘基的一首最能代表其“深沉勃郁，沉郁苍凉”风格的词。词人托物寄兴，抒发了为朝廷命运担忧、为自己命运苦思的情感，表现出壮心不已的英雄本色。

词的上片，词人借景、借事抒写怀才不遇的郁闷。

起笔两句，词人以景融典：风雨萧瑟，鸡声四起，我置身的天地竟没有像刘表这样的人才。词人乍一落笔，就不同凡响，化用《诗经·风雨》中的“风雨潇潇，鸡鸣胶胶”的诗意，描绘出一幅风雨交加、寒冷阴暗，鸡声四起的背景，渲染出一个风雨如晦、暗淡无光的环境。又巧点刘表这个历史人物，感叹天地如此之大，竟少有刘表这样爱民养士的可依附之人，把词人的失路之悲蕴含其中。“风雨”“鸡鸣”，含有象征意义：前者象征乱世，后者象征君子不改其本性，把词人生逢乱世而渴望如刘表一样的“君子”能任用自己的心迹蕴含其中。

随后三句，词人托物寄情：啼鸣的杜鹃流着泪，落花含着遗憾而飘落，哀伤而又柔弱，啼叫、飘落之间，魂飞魄离。这里，词人采用拟人手法和象征的意味，把词人怀才不遇的悲怨和对事业、功名的执着追求之心蕴于其中，在看似极为伤感的表层之下有一颗执着的积极进取之心在！

接下来三句，词人再度渲染拂晓前天色的阴沉压抑：月亮因天空显得昏暗，星星隐于那薄雾之中，角声也显得缥缈、悠远、凄清哀厉。这里，词人兼用拟人和比喻的手法，喻指时局的幽晦不明，将用世的迫切之意蕴于景中。

“问登楼”这三句，词人以典抒情：我想问问作《登楼赋》的王粲，镜子中自己的白发，又增添了多少？这里，词人以王粲自比，且着重于“登楼”二字，将王粲不被刘表重用而作《登楼赋》，以抒久客异乡和不被重用之叹，那种“人情同于怀土兮，岂穷达而异心”（三国魏·王粲《登楼赋》）的“有眉不申，有志不舒”（唐·柳宗元《祭万年裴令文》）的悲苦词人心领神会，这三句把词人的思乡之情、用世之心和“日月掷人去，有志不获骋”（晋·陶渊明《杂诗十二首》之二）的无限焦虑集中地融会其中，把词人复杂的心理极形象而又真实地揭示出来。

词的下片，以乡愁为突破口，抒写词人之苦衷。

过片两句，词人把郁志不舒的苦悲付之于思乡之中：我极力眺望家乡，家乡又在何处？只见那青山渺茫，山峰矮小。这里，词人巧妙化用“日暮乡关何处是，烟波江上使人愁”（唐·崔颢《黄鹤楼》）之诗意，以抒胸臆。

随后三句，词人以嗔怪口吻以表哀怨：我的几次美梦，都随那风儿离去了，被那山峰遮住。词人以拟人手法，使哀怨倍增。

接下来的三句，是词人万般无奈之举：琴瑟的弦也僵住了，吹奏玉笙的手指亦发冷，只能遥望那高飞的鸿雁在天边。“弦僵”“簧冷”和“冥鸿”将词人的无限苦悲淋漓尽致地表现了出来。

词末三句，是景中融情：只见那没阶的莎草和蔽日的庭树，使人难辨晨昏。这里，既是词人的眼中之景，又是世道昏暗、前途渺茫的词人心理的真实写照，与词首的“鸡鸣风雨潇潇”相呼应，使得全词情感圆合，具有一唱三叹之美。

这首词最显著的特点：托物寄兴，意象纷呈。词人将“啼鹃”“落花”“冥鸿”等众多的意象，或叠加，或组合，托物寄情，将失路之悲和思乡之愁融于其中，融忧愤、哀怨、惆怅和彷徨等复杂情感于一体，自有一种读之生悲的感人力量。

高　启

高启（1336—1374），字季迪，号槎轩，元末明初著名诗人。工多种诗体，尤以歌行体最为出色。其诗兼采众家之长，才气豪健而不露扬，词句秀逸而少雕绘。擅长以诗末语句激动人怀。聪敏有才华，少时就负有盛名，与刘基、宋濂并称“明初诗文三大家”，与杨基、张羽、徐贲齐名，称“吴中四杰”。明洪武初召修《元史》，任翰林院编修。后被朱元璋借故腰斩于南京。著有《高太史大全集》等。

念奴娇·自述

策勋万里①，笑书生骨相②，有谁曾许？壮志平生还自负，羞比纷纷儿女。酒发雄谈③，剑增奇气，诗吐惊人语。风云无便④，未容黄鹄轻举⑤。　何事匹马尘埃，东西南北，十载犹羁旅；只恐陈登容易笑⑥。负却故园鸡黍⑦。笛里关山⑧，樽前日月，回首空凝伫。吾今未老，不须清泪如雨。

注　释

① 策勋：记功勋于策书之上。
② 骨相：骨骼相貌。古人以此推测人的命运。
③ 雄谈：雄健有力的言谈。
④ 风云无便：指时局不给予施展抱负的机会。
⑤ 黄鹄轻举：比喻高才贤士远走高飞，建功立业。
⑥ 陈登：字元龙，为人爽朗，有救世之意。许汜曾向其求田问舍，陈

登鄙其为人。

⑦ 故园鸡黍：家乡丰盛的饭菜，比喻乡人深厚的情谊。

⑧ 关山：关隘，言漂泊之意。一说指《关山月》乐曲，寄寓思乡之情。

题 解

这首词以“策勋万里”开头，直言自己欲建功立业于万里之外，并在策书上记住功勋。词人写平生胸怀壮志，文韬武略和普通的儿女不能相比，表现出词人不凡的抱负和超群的才气。可惜时局动荡，难以施展抱负，“未容”二字饱含愤慨不平之意。下片写自己羁旅游历十年之久，依然没有安身立命之地，失落和惆怅之情在字里行间流露出来。词人借陈登的典故，写出自己的矛盾心理，避世退隐，怕被陈登取笑；出世求官，又舍不得故园鸡黍。“吾今未老，不须清泪如雨”，抒发了词人相信自己年纪尚未老大，不应当过于失望。全词前有“命相”之牢骚之语，中有惆怅不平之意，最后词意微微振奋，情感复杂真实，悲凉中有慷慨。

赏 析

这首词是明代词作中不可多得的佳作，为明代“吴中四杰”之首的高启所作。抒写了词人内心济世与退隐的矛盾，真实地表现了封建社会知识分子的不幸遭遇，对封建社会统治者扼杀人才的行径予以了有力的抨击。

词的上片，描写壮志豪情，抒写怀才不遇之感喟。

开篇三句，词人开门见山，由薛相士来访忆起：他言说我将立功万里之外并记功于策，我曾笑他乃书生之言，我的面相谁能推许得如此之准？词人回忆二十五岁时，嘉兴相士薛月鉴为其相面，说他脑后骨已隆，眉间气初黄，不久将成就功业之事。词人着一“笑”字，可见其有几分得意，亦有几分认可。“策勋万里”实则为词人不凡之抱负。

接下来的二句，是词人信心满满地自诉胸怀：我自恃壮志凌云，羞于与胸无大志的碌碌无为之辈相比。这里，词人“志在兼济”（唐·白居易《与元九书》），有一种“燕雀安知鸿鹄之志”（汉·司马迁《史记·陈涉世家》）的大气在！

随后三句，是词人自叙年轻时的生活情景：我常于酒后纵论天下大事，雄辩有力；一把长剑，更舞得倍增奇异之气度；绣口一吐，便是令人惊奇的诗句。这里，词人连用“酒发雄谈”“剑增奇气”和“诗吐惊人语”三个短句，将自己才气超群、英姿勃发、狂放不羁的真性情真实而又生动地表现出来，同时暗含了词人欲在政治上有所作为的期望。

“风云”二句，是词人对自己人生的小结：我只因际遇难逢，不得机会，无法和黄鹤一般轻快地飞翔，一展抱负。“未容”二字，将词人郁积于胸的愤慨之情和不平之气皆含其中！

词的下片，叙述身世遭际，抒写志不得伸之悲哀。

开头五句，是词人对自己十年飘荡生活的概括：我骑着马儿东西南北各地漫游，十年了仍客居他乡。挂念家乡的农家饭菜，只怕要被那陈登所耻笑。这里，词人用“马匹尘埃”四字，形象地写出词人苦觅报国之路的酸辛。“只恐”二句，词人借用三国时陈登和许汜“求田问舍”的典故，以许汜自比，形象地写出了词人内心济世与退隐的矛盾。

接下来三句，词人描写他难以平静的心境：国家正处于生死存亡的关头，而我却沉湎于自家田园之中，回头看去，凝神久立，内心极不平静。这里，词人巧妙化用“更吹羌笛关山月”（唐·王昌龄《从军行》）之诗意，表达壮志难酬的不平之气。

最后二句，是词人的自勉：如今我的年纪尚未老大，也不应太多失望。这里，词意微微振起，虽无“欲破巨浪乘长风”（高启《登金陵雨花台望大江》）的满满锐气，却满含壮志未酬的强烈苦闷。

这首词最突出的特点：借形象明志抒怀。那“策勋万里”“酒发雄谈”的志气和才气，那“剑增奇气”“诗吐惊人语”的英姿勃发和狂放不羁，还有那“笛里关山”“樽前日月”的壮志未酬，更有那“吾今未老”“不须清泪如雨”的苦闷和振起，皆把词人的遭际和情感融会其中，非常真实地袒露了词人的心迹。

杨　慎

杨慎（1488—1559），字用修，号升庵。四川新都（今四川成都新都）人。明代文学家。长于诗文和词曲。正德六年（1511）状元，授翰林院编修。因议大礼，被杖谪戍云南永昌，最终含愤卒于戍所，追谥“文宪”。有《升庵集》、散曲《陶情乐府》等传世。

临　江　仙

《廿一史弹词》第三段说秦汉开场词[①]

滚滚长江东逝水[②]，浪花淘尽英雄[③]。是非成败转头空。青山依旧在，几度夕阳红。　白发渔樵江渚上[④]，惯看秋月春风[⑤]。一壶浊酒喜相逢[⑥]，古今多少事，都付笑谈中。

注　释

① 《廿一史弹词》：为杨慎谪戍云南时所作，原名《历代史略十段锦词话》，传世后易名为《廿一史弹词》。它取材于正史，用浅近文言写成，被誉为“后世弹词之祖”。此词被清初毛宗岗父子借用作《三国演义》卷首语。

② 东逝水：写长江向东流逝，比喻时光流逝。

③ 淘尽：涤荡一空。

④ 渔樵：渔夫和樵夫。代指高人隐士。江渚：江中小洲，这里指江边。

⑤ 秋月春风：指美好的岁月。

⑥ 浊酒：用糯米、黄米等酿制的酒，较混浊。

题 解

这是一首咏史词，借写历史兴亡抒发人生感慨。词的起笔豪放，意境高远淡泊，用江水比喻时间，澎湃的浪花比喻英雄们叱咤风云的丰功伟绩，却在历史的长河中涤荡一空。青山和夕阳是永恒不变的，人生却是短暂的，词人表达了感慨人生苦短的伤感之情。词人塑造的“白发渔樵”的隐士形象，能客观地看待历史岁月，和友人欣喜地相逢，畅饮杯中酒，闲谈古今事，抒发了自己宁静淡泊的人生理想。全词借景抒情，豪放中有含蓄，高亢中有深沉，历史兴衰、人生沉浮、成败得失等人生哲理，尽在其中。

赏 析

这首被清初毛宗岗置于《三国演义》卷首的词，为明代文学家杨慎所作。此词在富含寓意的景物描写中，表现了词人鄙夷世俗、淡泊名利的阔达胸襟。读来慷慨悲壮，荡气回肠。

词的上片，重在透视历史，咏叹宇宙万物及人事。

“滚滚长江东逝水，浪花淘尽英雄。”起笔两句，气象壮观，感慨深沉：滚滚长江向东流去，不再回头，多少英雄就如那奔腾、翻飞的浪花一般消逝。词人立于长江之滨，仿佛给读者展开了一幅历史长河的画卷，生发出一种深广的喟叹：历史就如江水一般，那些如汹涌的浪花一样叱咤风云、建树丰功伟绩的英雄人物，亦被历史的水流所带走。词人用极形象、极有气势的景象来做比喻，恰切而生动，让人在感受壮观之景中悟出对历史的思考和对人生价值的探求。这里，词人显然化用了北宋词人苏轼的“大江东去，浪淘尽，千古风流人物”（《念奴娇·赤壁怀古》）的词意。

“是非成败转头空。青山依旧在，几度夕阳红。”这三句，词人紧承上两句，是对时空和人事的深刻而达观的感悟：不要去争什么是与非、成与败，那些都是短暂而不长久的；只有那青山不老，依然屹立，只有那太阳永存，依然朝升夕落。这里，词人把自己丰富的人生体验赋予词中，融合了古往今来的人世万象而得出的人生哲理，既精辟而又透彻，把人生的酸甜苦辣、荣辱得失和人世的悲欢离合、功名利禄、盛衰兴亡皆蕴含其中，言少而意丰。“是非成败”皆如过眼云烟，“转头”即“空”，斤斤计较、耿耿于怀大可不必。这就体现出词人的豪迈与达观，亦有一种淡泊名利、不刻意追求之意。词人在“青山依旧在”的“不变”与“几度夕阳红”的“变”的对立统一中，悟出了人生之真谛：人生当然要有所作为，但绝不要被名缰利锁所束缚，要拿得起、放得下。词人也正是这样做的，在遭杖谪远戍云南之后，潜心于学问、著述，著作多达百余种，给后世留下了丰富而宝贵的精神财富。

词的下片，重在抒写词人旷达的胸怀和高洁的情操。

过片两句，词人给读者塑造了一位“白发渔樵”的形象：江上的那位白发渔翁，早已习惯于春夏秋冬四时的变化。词人笔下的“白发渔樵”，不说是词人自己形象的化身，至少是词人在他身上寄托了自己的人生追求和人生理想。词人被贬戍云南永昌，三十多年访民会友，足迹遍及云南的山山水水，此词正是借古讽今、抒写词人情志的长篇弹词中的一个开场白。词人着一“惯”字，正与上片的窥透历史、洞察人生相照应，表现出词人在“江渚”之上、在“秋月春风”之中的恬然和坦然。

词末三句，是词人在享受人生中的大彻大悟：痛快地畅饮一杯酒，古往今来的多少事啊，都付予那畅畅快快的笑谈之中。这里，词人由于有自己明确的人生追求和理想，且胸怀高洁志趣，故而在与志同道合的朋友“喜相逢”之时，即使是“一壶浊酒”，亦是喜不自胜，把古今快与不快之事，皆融化于饮酒的欢声笑语之中，全然没有“潦倒新停浊酒杯”（唐·杜甫《登高》）的忧伤和“浊酒一杯家万里”（北宋·范仲淹《渔家傲》）的悲凄，有的只是超脱尘俗的进取和达观。在词人所处的封建时代，能够有这样的见解，确实难能可贵。

这首词意旨深刻，容量极大。词人包罗万象，贯通古今，感慨“英雄”，慕羡“渔樵”，极大极小，有虚有实，把自己对宇宙历史、社会人生的思考皆融入寥寥六十字中，确实有“百锻成字，千炼成句”（唐·皮日休《刘枣强碑》）的超强功力。

彭　孙　贻

彭孙贻（生卒年不详），字仲谋，一字羿仁，海宁（今属浙江）人，明末清初学者。与同邑吴蕃昌创瞻社，为名流所重，时称“武原二仲”。作诗无体不备，为明末大家。著有《茗斋集》。

西河·金陵怀古次美成韵[①]

龙虎地[②]，繁华六代犹记[③]。红衣落尽[④]，只洲前[⑤]，一双鹭起。秦淮日夜向东流，澄江如练无际。　白门外[⑥]，枯杙倚[⑦]，楼船朽橛难系[⑧]。石头城坏[⑨]，有燕子、衔泥故垒。倡家犹唱《后庭花》[⑩]，清商《子夜》流水[⑪]。　卖花声过春满市。闹红楼、烟月千里。春色岂关人世，任野棠无主、流莺成对，衔入临春故宫里[⑫]。

注　释

① 美成：宋词人周邦彦，字美成，号清真居士。次韵：按照原诗的韵和用韵的次序来和诗。

② 龙虎地：形容地势险要，此指金陵。

③ 六代：指三国吴、东晋和南朝之宋、齐、梁、陈六个朝代，先后定都金陵。

④ 红衣：指红莲花瓣。

⑤ 洲：指金陵西南长江中的白鹭洲。

⑥ 白门：金陵城西门，代指金陵。

⑦ 枯杙（yì）：枯瘦的树木。

⑧ 朽橛：腐烂的木桩。

⑨ 石头城：指金陵。战国楚威王置金陵邑，汉建安十六年，孙权徙治秣陵，改名石头城，故址在今南京西石头山后，故称。

⑩ 倡家：古代指从事音乐歌舞的乐人。《后庭花》：陈后主所作乐曲名，后人视为亡国之音。化用唐杜牧《夜泊秦淮》："商女不知亡国恨，隔江犹唱《后庭花》。"

⑪ 清商：指汉魏六朝的乐府音乐，流传下来的歌词即当时的乐府诗。《子夜》：六朝乐府吴声歌曲，相传为晋女子子夜所作。

⑫ 临春：楼阁名，陈后主至德二年于光照殿前建临春、结绮、望春三阁，皆以沉香木为之。

题 解

《西河》属三叠慢词，这首词借写古城破败的景象，抒发亡国之恨。上叠写六朝都城金陵昔日的繁华，如今已经"红衣落尽"，破败不堪，只有那秦淮河水依旧东流，今昔对比，奠定了全词沉痛哀伤的感情基调。中叠铺陈描写金陵的荒芜破败：眼前断木残桩，满目疮痍，一片萧条冷寂。词人用《后庭花》和《子夜》两首乐曲，表达自己身处明清易代时期，心中的亡国之恨，和对沉溺于纸醉金迷生活中的人们的愤慨之情。下叠写金陵城的春景，看似生机盎然，一片繁荣景象，实则掩盖不了荒废破败：野棠无主花散落，昔日陈后主居住的临春阁，如今已成为流莺的居所。这首词用典自然，先扬后抑，用陈后主的荒淫误国警醒世人。

赏 析

这首词是明末清初文学家彭孙贻所作。词人是明朝遗民，明亡之后耿介守节，尤其是痛于父殉国难，遂终身不仕清朝。此词当是词人于明室倾覆（1644）之后游金陵时所作，通过古都破败之景象，抒发了词人深沉的家国之恨。

词的上片，重在描写金陵繁华不再的凄凉萧条之景。

开篇两句，词人回顾古都之繁华：古老的金陵啊，自古以来就是龙争虎斗之地，繁华的六代往事如今也依然令人难以忘记。乍一落笔，词人就妙引诸葛亮赞金陵“钟山龙盘，石头虎踞”（见《太平御览》）之语，突出其“虎踞”“龙盘”之险要。“繁华六代”则是对六朝在此建都的繁华景象的回顾。“犹记”二字，蕴含着词人的沉痛之感。

接下来的“红衣”三句，是词人抚今追昔：鲜艳的荷花已凋零落尽，白鹭洲前有一双白鹭飞起。当年六朝“红莲相倚浑如醉”（南宋·辛弃疾《鹧鸪天》）的弦歌妙舞的盛况已荡然无存，只剩下“落尽”的惨败之景。“一双鹭起”，词人以动景引人注目，却既将单调、寂寥之意蕴于景中，又为下句的写水做了很好的铺垫。

随后两句，词人紧承上句，描写他所见的“水”景：那秦淮河日日夜夜默默地向东流去，澄澈空明的长江像一条白练一望无际。这里，上句正衬，下句反衬，把词人“流水落花春去也”（五代南唐·李煜《浪淘沙》）的悲伤和“问君能有几多愁，恰似一江春水向东流”（五代南唐·李煜《虞美人》）的哀怨描写了出来。下句化用“澄江静如练”（南朝齐·谢朓《晚登三山还错京邑》）之诗意，以丽景反衬哀情。

词的中片，重在描写石头城被清军攻陷之惨状。

过片三句，词人描写石头城的衰败之景：白门外朽木倒倚，朽折的木橛上再难把船缆拴系。这里，词人用“枯杙倚”和“朽橛难系”的衰朽之景，突出了古都的萧条和败落。

随后两句，词人再写石头城的破败之景：石头城已经残破不堪，春燕正在衔着泥土筑巢于故垒。词人捕捉住一个特有的细节，以燕巢故垒更加重了心中的亡国之痛。

最后两句，词人以声衬情：歌女还在唱着《玉树后庭花》的遗曲，清商曲《子夜歌》的歌声如行云流水。这里，词人化用唐代诗人杜牧“商女不知亡国恨，隔江犹唱后庭花”（《夜泊秦淮》）之诗意，加之行云“流水”之歌，来反衬不知亡国之痛的无知之辈，把词人的愤激淋漓尽致地表达出来。

词的末片，重在抒写江山易主之伤感。

“卖花”两句，词人描写眼前的春景：卖花声过后，春满街市。喧闹的红楼之上，烟光与月色弥漫千里。这里，词人用反衬的手法，更加重了“春风不识兴亡意，草色年年满故城”（北宋·司马光《过故洛阳城》）的虚假繁荣下词人内心的无限伤痛。

最后三句，词人景中融情：那无情的春色，它是不管人世的盛衰兴废的。野外的野棠花零落纷纷，成双成对的流莺，竟把那花瓣衔入临春阁故宫里。词人将陈后主“临春阁”的典故巧化景中，运用拟人手法，想象南朝陈后主亡国之败迹，隐含“前车之覆，后车鉴之”之意。

这首词最突出的特点是借景抒情。词人运用拟人、正衬、反衬及用典、化用和想象等多种手法，描写眼前之景，将黍离之悲、亡国之恨融入景中。

张 煌 言

张煌言（1620—1664），字玄箸，号苍水，鄞县（今浙江宁波）人。明末著名抗清义军将领。南明鲁王监国，赐进士，加翰林院编修，擢右佥都御史，进兵部右侍郎。在浙东沿海一带坚持抗清十九年。其诗文多是描写战斗生涯，质朴悲壮，表现出忧国忧民的爱国热情，与岳飞、于谦并称“西湖三杰”。有《张苍水集》。

柳 梢 青

锦样江山，何人坏了，雨嶂烟峦。故苑莺花，旧家燕子[①]，一例阑珊[②]。　此身付与天顽[③]，休更问、秦关汉关[④]。白发镜中，青萍匣里[⑤]，和泪相看。

注 释

① 旧家燕子：此处化用唐刘禹锡《乌衣巷》：“旧时王谢堂前燕，飞入寻常百姓家。”

② 阑珊：衰落、凋零。

③ 天顽：天性顽劣，词人谦辞。

④ 秦关汉关：代指沦陷的明朝江山。

⑤ 青萍：宝剑名。《抱朴子·博喻》：“青萍、豪曹，剡锋之精绝也。”

题 解

这首词是明末著名抗清义军将领张煌言所作。词人官至兵部侍郎，后和郑成功合围南京，兵败被俘，英勇就义。上片开头一句写锦绣江山，“何人坏了”，饱含血泪控诉之情。河山易主，燕子无心，却见证了时事的变迁，承受了国破家亡的苦难，岂不心痛？下片词人自谦天性愚笨顽劣，虽胸怀救国志向，意欲力挽狂澜却壮志未酬，无奈年华老去，宝剑藏匣，泪流满面。全词情感沉痛悲愤，抒发了词人国破家亡、肝肠寸断的痛苦情感，一位慷慨沧桑的抗清英雄形象跃然纸上。

赏 析

这是明末清初词人张煌言写的一首词。词人作为一名抗清二十年的英雄，既有对腐败朝政的满腔痛恨，又有深怀故国之思而坚持抗清的忠愤情怀。同时，亦把自己壮志未酬的悲慨融于全词之中。全词充满悲壮慷慨之气。

词的上片，重在绘景。

“锦样江山，何人坏了，雨嶂烟峦。”开篇三句，是词人面对破败不堪的惨景而生发的激愤之情：如此锦绣般的大好河山，究竟是何人毁坏、断送了？眼前只见那弥漫的烟雨笼罩着山岭峰峦。“锦样江山”，满含着词人对祖国大好河山的由衷赞美，有欲抑先扬之效。“何人坏了”，则是一种“抑”，既含有对异族入侵、践踏的愤恨，又饱含对腐败朝廷无所作为的斥责。“雨嶂烟峦”，看似写景，实则把家国破碎、江山易主的悲愤蕴含其中。

“故苑莺花，旧家燕子，一例阑珊。”是词人对人世变幻的慨叹：故国宫苑的群莺繁花，旧时豪门贵族的燕子，都毫无例外地全衰颓败落了。这里，词人抚今追昔，悲切、愤懑之情填满胸膛。“旧家燕子”，词人化用唐代诗人刘禹锡的“旧时王谢堂前燕，飞入寻常百姓家”（《乌衣巷》）之诗意，感叹世事之无常。“一例阑珊”四字，把词人对明朝统治者政治腐败、奢靡亡国的愤恨、怨怒皆含其中，亦有一种“双袖龙钟泪不干”（唐·岑参《逢入京师》）的凄楚！

词的下片，重在抒怀。

过片两句，是词人对自我个性和处世行为的陈述：我这个人天生愚顽，本性耿直，不会顺应时势，更不必去问什么秦时关隘还是汉时关隘了。清兵已长驱直入，凭借雄关御敌已成笑柄。“天顽”二字，明说自己愚昧无知，实则表达抗清志节不移的爱国情结。“休更问”三字，表面似说国事不堪以问的与己无关，实则是词人国破家亡、抗清无果的痛心疾首，把爱国忠愤之情推向高潮。词人欲罢不能、欲救无力，只能以“休更问”来表达“日月双悬于氏墓，乾坤半壁岳家祠。惭将赤手分三席，敢为丹心借一枝”（张煌言《甲辰八月辞故里》）的爱国心声。

词末三句，是词人深沉的感慨：我含着眼泪，窥看那镜中自己的苍苍白发，抚着那剑匣中锋利的青萍宝剑，不由得无限的悲怆凄凉涌上心头。词人用对镜见白发、抚看匣中剑两个细节，表达自己壮志未酬、老境已至的悲苦和愤恨。一腔悲愤之情在词人胸中汹涌激荡，确有一种“烈士暮年，壮心不已”的情怀，故而有一种荡气回肠的感人力量。

这首词最显著的特点：真。词人用纯真的白描化语言，用富有特征的景物，用极富个性的细节，写真意，抒真情，一腔孤愤，感人肺腑。

吴 易

吴易（？—1646），字日生。吴江（今属江苏）人，明末文学家。明末著名抗清义士，率兵三次占领吴江城，兵败被杀。著有《东湖集》《北征小咏》词一卷。

渡江云·中秋无月

唤吴刚何在①，凭将玉斧，为我扫丰隆②。道天公老去，愁见今秋，不比往时同。兴亡满眼，齐州恨、九点烟空③。那堪照、秦关汉苑，楚殿与吴宫。　朦胧，银河影没，珠斗光收④，深锁霓裳梦⑤。最断魂、绕枝惊鹊，失侣哀鸿。何年赴琼楼旧约⑥，横铁笛、翳凤骖龙⑦。挽东海，为伊洗出曈昽⑧。

注 释

① 吴刚：相传吴刚为汉代西河人，受天帝惩罚到月宫砍伐桂树，桂树随砍随合。天帝把这种永无休止的劳动作为对吴刚的惩罚。

② 丰隆：古代中国神话中的雷神。

③ 九点烟：俯视九州，如烟九点。化用唐李贺《梦天》诗：“遥望齐州九点烟，一泓海水杯中泻。”

④ 珠斗：指北斗七星。因斗星相贯如珠，故名。

⑤ 霓裳梦：指沉湎于歌舞享乐。

⑥ 琼楼：指仙宫中的楼台。

⑦ 翳（yì）凤骖龙：指乘凤驾龙。

⑧ 曈昽：天将亮的样子，代指太阳。

题 解

这是一首即景抒怀词，题目点明了写作时间和背景。词的上片起笔奇妙，词人呼唤传说中的月中仙人吴刚，让其把玉斧给雷神。一个“愁”字奠定了全词的感情基础：今年的中秋没有月亮，登高俯视，九州沦陷，山河破败，好一片悲惨景象。银河、北斗光芒昏暗，象征国破家亡。词人感慨何时能摆脱尘世，吹着铁笛，乘凤驾龙；挽起东海的水，为人们迎接旭日东升。全词运用丰富的想象，含蓄浪漫地抒发词人的忧国之情、亡国之恨，寄寓了词人心中重振国家的美好愿望。

赏 析

这首词是明代词人吴易所作。词人在“中秋无月”的夜晚，联想到家国的破碎，用超现实的想象，表达心中反清复明的强烈愿望。此词当作于明朝覆亡到词人被执受戮期间（1644—1646）。

全词以想象的词人与吴刚的对话结构全篇。

词的上片，描写词人因中秋之夜无月而询问吴刚，吴刚道出缘由。

开篇三句，是词人问询吴刚并提出要求：我问你吴刚在哪里，为什么中秋之夜没有月亮？吴刚，你何不用你砍桂树的玉斧，为我扫开那遮月之云！词人乍一开篇，就以神话传说来表达郁积于胸的愤激之情：明朝统治者荒淫、腐败，被清兵推翻，神州大地一片昏暗。词人盼望能有如吴刚一样的抗清英雄，以那“玉斧”，扫清云雾，反清复明。词人用神奇的想象，以“丰隆”之典，喻指清廷，隐讳又形象。这三句，与词人的“席卷峭秦，长驱幽蓟，试取中兴烈”（吴易《念奴娇·渡江雪霁》）有异曲同工之妙。

“道天公”以下皆为吴刚的回答。

前五句，是吴刚回答的原因：吴刚说，天公老了，他也愁见今年的中秋之月，今年的中秋已与往年大不相同。因为满眼皆是家国败亡之事，全九州皆怀宿怨含恨，俯视所见如烟九点。这里，词人巧借吴刚之口，道出了明朝覆亡的惨象。巧妙代用唐代诗人李贺“遥望齐州九点烟，一泓海水杯中泻”（《梦天》）的诗意，词人的满腔悲愤不难看出。

“那堪”两句，词人紧承上句，仍是写吴刚的回答：明月怎能照那颓废的秦关汉苑，怎能照那荒芜的楚殿和吴宫？这里，词人用“秦关汉苑”“楚殿与吴宫”来代指明朝的覆亡。词人的亡国之愤皆含其中。

词的下片，写吴刚陈述天宫情形和他的决心。

“朦胧”四句，是吴刚描述天宫的情形：如今的天宫亦是朦胧一片，连银河也没有了光影，北斗星更是将星光收尽。现在，天门紧锁，天公正沉湎于歌舞享乐、醉生梦死之中。这几句，词人用象征的手法，来表现抗清复明的形势，把词人深重的忧愤寓于之中。更有一种“伤心事，断送赵郎残祚”（吴易《摸鱼儿·浙江潮》）的凄伤。

随后六句，词人写吴刚的感受和决心：如此情形，最让我断魂，我就如那无月之下绕枝而飞、惊魂失魄的乌鹊，亦如那盲飞失侣、哀鸣不已的鸿雁。我不知哪年才能出乎尘世，复归仙界，到那时我将横吹铁笛，乘凤驾龙，手揽东海之水，为你洗出一个明明亮亮的中秋之月！词人借吴刚之口，卒章显志，表达了抗清复明的坚定决心。

这首词构思奇特，手法高妙。词人运用浪漫主义的超现实的想象和象征手法，以与吴刚的对话结构全篇，完全打破了上、下片的界限，用“中秋无月”隐喻明朝覆亡，以吴刚自况，表达扫除云霾、重见朗朗之明月（即反清复明）的坚定决心。

吴 伟 业

吴伟业（1609—1672），字骏公，号梅村，江南太仓（今属江苏）人，清初著名诗人。其诗从多个方面反映了明末黑暗的现实和下层人民的苦痛，艺术水平较高。明亡以后，被迫仕清，为国子祭酒。著述甚多，有《梅村家藏稿》《梅村集》等。

满江红·白门感旧①

松栝凌寒②，挂钟阜③、玉龙千尺④。记那日、永嘉南渡⑤，蒋陵萧瑟⑥。群帝翱翔骑白凤⑦，江山缟素觚棱碧⑧。躧麻鞋⑨、血泪洒冰天，新亭客⑩。　云雾锁，台城戟。风雨送，昭丘柏⑪。把梁园宋寝⑫，烧残赤壁。破衲重游山寺冷，天边万点神鸦黑⑬。羡渔翁、沽酒一蓑归，扁舟笛。

注　释

① 白门：南朝宋都城建康（今江苏南京）宣阳门的俗称。这里指南京。

② 松栝（guā）：松树与桧树。

③ 钟阜：位于江苏南京玄武区，又称钟山，江南四大名山之一。

④ 玉龙：指积雪的树枝。

⑤ 永嘉南渡：西晋永嘉年间（307—311），北方人大批迁移江南地区，建都建业（南京），史称永嘉南渡。这里借指明都北京失守，南明重建于留都（南京）。

⑥ 蒋陵：三国时东吴孙权的陵墓。此借指明朝帝陵。

⑦ 群帝翱翔：喻指明末建立政权的朱明皇胄纷纷覆亡。

⑧ 缟素：白色。明指漫天雪花景，暗寓明亡之悲。觚棱：宫阙上转角处的瓦脊成方角棱瓣之形。亦借指宫阙。

⑨ 躧（xǐ）：趿拉着。

⑩ 新亭客：用新亭对泣的典故，典出《世说新语·言语》。此典故多用于表达既痛心国难而又无可奈何的心情。这里用来指对沦陷国土的怀恋。

⑪ 昭丘：春秋楚昭王墓。

⑫ 梁园宋寝：代指历史古迹因战火而残破。

⑬ 神鸦：指庙里吃祭品的乌鸦。

题解

这是一首怀古感怀的词作，借历史古迹抒心中块垒。词的上片写词人看到南京钟山上冰凌挂满寒树，就想起明朝都城沦陷，被迫南迁到南京重建南明。国破家亡下的词人，行迹萧索，满怀着对故土的怀恋。词的下片写历史陈迹被云雾笼罩，被风雨侵蚀，战火摧毁了一切。词人身着破衣，重游山上的寺庙，身冷心更冷。最后一句抒发词人对洒脱隐居生活的羡慕之情。词人中年以后的词作多慷慨悲歌，因为国运的颠覆，令词人心中大苦，万事忧危，无奈中向往的隐士生活，也是心灵的避难所。

赏析

这首词是清代词人吴伟业所作。当作于清顺治十三年（1656）词人因病乞归之后。词人通过追忆故国覆亡之情景，吟咏历史陈迹，感怀自身遭际，表达了深沉的亡国之恨和沧桑之感，隐含着对闲适、自在生活的向往和追求。

词的上片，重在怀旧。

“松栝”开篇四句，是词人回顾京都失守的情景：松树和桧树本是不畏寒冷之树，可处在金陵的它们，树身挂满了千尺厚的积雪，几欲被摧折压垮。记得那天，明都北京失守，南明重建都城于金陵。明朝的皇帝陵里草木萧瑟，一片凄凉。词人乍一落笔，就回忆那古都覆亡、“永嘉南渡”的惨痛景象，借“树”写悲，借“陵”言痛，给全词奠定了一种感伤、凄楚的感情基调。

接下来两句，词人在叙事中写景：那明末建立政权的朱明皇胄纷纷覆亡，那时山河漫天飞雪，那碧玉殿堂屋角的瓦脊上瞬间便被厚厚的积雪覆盖。这里，词人将“黄帝骑龙”的典故，改为“骑凤”，以避清廷文字狱的加害，来喻指明朝的覆灭。“缟素”二字，明指雪花，实喻孝服，将哀悼之意含于其中。

“躧麻鞋”两句，是词人自叙心情：那时节，我曳履而行，心里异常悲痛。这里，词人用“躧麻鞋”（即靸着孝鞋踽踽而行）的细节描写出自己内心万千的痛楚。词人又用“新亭客”这个“风景不殊，正自有山河之异”（南朝宋·刘义庆《世说新语·言语》）的典故，表达了词人内心无限的亡国之悲恸。

词的下片，重在感今。

过片四句，景中融情：如今，剑戟林立的台城和柏树森森的昭丘，这些历史的陈迹，皆处在风雨飘摇、云遮雾罩之中。词人借历史遗迹的屡经“风雨”“云雾”的摧残，寓“成败转头空”（明·杨慎《临江仙》）的悲慨。

随后二句，词人再次慨叹历史遗迹：汉之梁苑、宋之帝陵和三国之赤壁，这些历史古迹，皆屡经战火，满目疮痍，面目全非。词人着一“残”字，把“六朝金粉地，落木更萧萧”（吴伟业《残画》）的凄伤之情蕴含其中。

词末四句，词人描写自我形象，寓含向往和追求：我身着残破、补缀的衣服，重游那凄冷的山寺，只见那些以祭品为食的乌鸦飞向天边，留下黑影万点。我真羡慕那逍遥自在的渔翁，他身披蓑衣卖酒而归，不久那栖身的小船之中就传出了笛声。这里，词人化用唐代诗人张志和“青箬笠，绿蓑衣，斜风细雨不须归”（《渔父歌》）的词意，表达自己“也不赴，公卿约；也不慕，神仙学。任优游散诞，断云孤鹤”（吴伟业《满江红·感兴》）的人生追求。

这首词旨意深刻，手法精妙。词人运用景中融情、借史寓情及夸张（如“挂钟阜、玉龙千尺”）、化用、用典等多种手法，表达了深重的故国之思和亡国之恨，表现出词人对优游、闲散生活的追求。

曹　溶

曹溶（1613—1685），字洁躬，号倦圃，浙江秀水（今浙江嘉兴）人。明崇祯十年（1637）进士，授御史。明亡后入清，历官河南道御史、户部侍郎、广东右布政使、山西按察副使。后丁忧不复出，终老林泉。其诗与合肥龚鼎孳齐名，人称“龚曹”。尤工长短句。有《静惕堂尺牍》。

满江红·钱塘观潮

浪涌蓬莱[1]，高飞撼、宋家宫阙[2]。谁荡激、灵胥一怒[3]，惹冠冲发[4]。点点征帆都卸了，海门急鼓声初发[5]。似万群、风马骤银鞍[6]，争超越。　江妃笑[7]，堆成雪。鲛人舞[8]，圆如月。正危楼湍转，晚来愁绝。城上吴山遮不住，乱涛穿到严滩歇[9]。是英雄、未死报仇心[10]，秋时节。

注　释

① 蓬莱：蓬莱山，传说中的仙山。这里比喻潮头。
② 宋家宫阙：代指杭州城，南宋定都杭州。
③ 灵胥：指春秋时吴国的伍子胥。相传伍子胥死后为涛神，故称。
④ 惹冠冲发：怒发冲冠，形容水势汹涌。
⑤ 海门：指钱塘江入海口。
⑥ 风马：指疾驰如风的马。
⑦ 江妃：指水中女神。

⑧ 鲛人：神话传说中鱼尾人身的神秘生物，水居如鱼，眼泣成珠。

⑨ 严滩：在浙江富春江边，汉严子陵曾隐于此垂钓。

⑩ 英雄：指伍子胥。

题 解

这首词以钱塘江潮神伍子胥的传说为线索，抒发了词人心中的深切愁情。上片开头写钱塘江大潮的汹涌澎湃，状如奔马，声如战鼓，运用比拟、夸张、设问、比喻等修辞，描绘了潮水的颜色、声音、气势等。下片夸张地描写潮水的涨势，仙女欢笑，鲛人起舞，卷起千堆雪。转而写词人在高楼观潮水退却，连绵的山峰阻挡不住，直退到严滩才停歇。最后的“是英雄，未死报仇心”和“谁荡激，灵胥一怒”前后呼应，将伍子胥愤怒的性格特征赋予自然景观。词人以“怒”写起潮，以“笑”状涨潮，以“愁”绘退潮，赋予潮水以人的性格。这里既有对自然景观的惊叹，又有对古人坚强不屈精神的赞颂，含蓄地表达了词人在明亡后出仕清廷的幽深愁苦之情。

赏 析

这首词是清代词人曹溶借写钱塘江以抒明亡仕清的“两截人”的屈辱与苦衷的作品。词人借绘景以吐露心曲，借钱塘潮之宏伟气势以抒写壮烈激昂的情怀。这首词自出机杼，打破了传统的以潮之汹涌、瑰丽、壮观为主体的写法，而以伍子胥的怒发冲冠而成钱塘江潮的传说为线索，形象描绘出钱塘江的宏伟气势和万千气象。

词的上片，着重描写钱塘潮之气势。

开篇两句，词人直接给读者展现出一幅极为雄奇的景观：钱塘江浪涛汹涌，潮头陡立如蓬莱仙山。浪涛高高飞起，将曾是宋都的杭州震撼。这里，词人上句以比喻拟写，既壮观又形象。下句从历史的角度，将对偏安一隅的南宋朝廷之怨愤融入景中，拟人手法用之巧妙。落笔这两句就出手不凡，打破了“潮来风满衣”（北宋·钱熙《九日溪偶成》）、“潮落犹如盖”（南朝陈·阴铿《晚出新亭》）的就潮写潮的写法，令人耳目一新。

随后两句，词人引入伍子胥的传说：是谁将潮水激荡？是潮神伍子胥的怒发冲冠。这里，词人采用设问的手法，巧妙引入伍子胥的传说：吴王夫差杀害子胥，且盛其尸于鸱夷之橐，投入江中。其魂“随流波，依潮往来，荡激崩岸”（见《吴越春秋·夫差内传》）。故而词人以“灵胥一怒，惹冠冲发”为钱塘潮起的原因，亦是本词的意脉，使“潮”有了历史，赋予了人之情感。

接下来四句，词人具体而形象地描写钱塘潮之声、色和气势：平日的那点点船帆都已不见，入海口传来的潮声，如初起的急鼓震得地动山摇。眼前的潮头连续涌起，就像那万群载着银鞍的烈马，骤然间奔驰而来，争先恐后，你赶我超。这里，词人用铺排、夸张等手法，巧妙化用西汉辞赋家枚乘的“海水上潮”“状如奔马”“声如雷鼓”（《七发》）之意，有声有色地状写出钱塘潮之非同一般的气势。传神生动，如在眼前。

词的下片，着重描写钱塘潮气象万千之景观。

过片四句，词人描写涨潮之声势：钱塘潮涨，就仿佛江上仙女在欢笑，浪花就是她笑抛的佩珠，堆成了千堆万堆的白雪。又好像鲛人在热烈奔放地跳舞，那激动的泪水顿时化成珍珠，又圆又亮恍如明月。这里，词人极尽想象、夸张之能事，又巧借江妃、鲛人两个典故（见《列仙传》），用极为形象、传神的比喻，状写出“惊涛拍岸，卷起千堆雪”（北宋·苏轼《念奴娇·赤壁怀古》）的壮丽景观。同时，连用四个三字句，亦增加了一种气韵。

随后四句，词人描写潮退之情景：我置身的高楼在湍流转折之处，面对傍晚的江天我愁愤欲绝。看啊，那汹涌的潮水逆流而上，杭州东南的吴山也无法阻挡，乱涛穿涌到严陵滩方才停歇。这里，词人用“湍转”二字，巧点潮退，叙中有景。“愁绝”二字，点示心情，有画龙点睛之妙，使全词有了灵魂，将浓情融入“潮”中，赋予潮水以人的性格和精神。

词末两句，词人顺势而为，以情结景：这正是蒙冤而死的英雄伍子胥，至今他的报仇之心不死，愤怒扬波在这秋的时节。这样，词人圆满地完成了以伍子胥的传说为线索结构全词的构思，突出了以潮吐露心曲，抒写屈辱、苦衷和壮怀的主旨，使词末两句与词首的“谁荡激，灵胥一怒”遥相呼应，全词巧成圆合结构。

这首词构思匠心独具，手法多样、精妙。本词以伍子胥的传说结构全篇，运用比喻、拟人、设问、铺排、夸张、化用、用典及想象、融情于景等多种手法，赋予钱塘江潮水以人之性格和精神，完美地表现了词旨。确为“最为崛奇”（清·朱彝尊语）的千古名作。

陈　维　崧

陈维崧（1625—1682），字其年，号迦陵，江苏宜兴人，清初著名文学家。其文学以词及骈文最为著名。其词风格典赡，纵横豪放，有激昂悲慨之情。有《陈迦陵文集》《迦陵词》《湖海楼诗集》等存世。

南乡子·邢州道上作①

秋色冷并刀②，一派酸风卷怒涛③。并马三河年少客④，粗豪，皂栎林中醉射雕⑤。　残酒忆荆高⑥，燕赵悲歌事未消⑦。忆昨车声寒易水⑧，今朝，慷慨还过豫让桥⑨。

注　释

① 邢州：古州名，在今河北邢台。

② 并（bīng）刀：并州出产的刀，以锋利闻名。

③ 酸风：刺人的寒风。

④ 三河：指河东、河内、河南三郡，在今河南北部、山西南部一带。古属燕赵之地。

⑤ 皂栎林：在今山东一带，春秋时齐景公曾打猎于此。

⑥ 荆高：指荆轲和高渐离。代指行侠仗义的刺客。

⑦ 燕赵悲歌：指荆轲、高渐离易水诀别，歌曰："风萧萧兮易水寒，壮士一去兮不复还！"

⑧ 易水：在河北易县附近。

⑨ 豫让桥：在今河北邢台北，即豫让隐身伏击赵襄子之地。《史记·刺客列传》载，豫让是春秋时智伯的家臣。智伯被赵襄子所灭，豫让漆身吞炭，准备替智伯报仇，后伏桥下行刺，被抓到后伏剑自刎。

题 解

这首词约作于康熙七年，词的上片写道中所见，把秋风比作锋利的刀，冰冷刺骨。词人路过燕赵大地，看到英雄少年迎风驰骋射箭，粗犷豪放，侠气万分。“醉”字生动地写出少年们放纵恣意的潇洒生活。下片怀古，“忆”字表明虚写，词人想起荆轲、高渐离在易水诀别的慷慨悲歌，又想起豫让重义轻生，为主报仇。今朝，词人也路过那座桥，触景怀思，抒发心中的感慨，同时勉励自己勇于奋起、积极进取。全词将抒情、叙事、怀古、议论融合在一起，一气呵成，笔力千钧。

赏 析

这首纪游词是清朝词人陈维崧所作，是词人于康熙七年（1668）秋天，自北京南游开封、洛阳一带时于途中所作。词人见凄寒之秋景而赞叹民风之豪壮，又由观民风之豪壮而生发思古之幽情，从而抒发了壮怀激烈的雄心。

词的上片，重在写景，描写道中所见之景。

“秋色冷并刀，一派酸风卷怒涛。”开篇两句，词人总写深秋之环境：秋色就像那锋利凄冷的并州刀，一派令人酸目的狂风，席卷呼啸而来就如那怒涛。乍一下笔，词人就用“冷并刀”来比喻秋色，新奇且有化无形为有形之作用，感受具体、生动而强烈，有一种刺骨之冷。着一“酸”字，突出了秋风直刺眼眸之尖利、寒冷和惨烈之感。再用“卷怒涛”三字加以夸张，从而为全词提供了一个典型的环境。

“并马三河年少客，粗豪，皂栎林中醉射雕。”接下来三句，词人给读者展现了两个特写镜头：只见燕赵之地的少年们并马驰骋，英姿勃发，粗犷豪放。他们躺卧于皂栎林中，醉后弯弓射那大雕。前一个镜头是“并马驰骋图”，重在突出他们的勇武和“粗豪”；后一个镜头是“林中醉射图”，重在突出他们剽悍和侠烈。着一“醉”字，更是神情毕现，如在目前，犹如一个拉近的“特写”镜头，画面感特别强，有一种“裂石响惊弦”（南宋·辛弃疾《八声甘州》）的神勇。

词的下片，重在抒情，抒发思古之幽情。

过片两句，词人由上片的“醉射”引出他的“残酒”思古：在微微醉意中，我回忆起荆轲和高渐离，他们留下的燕赵悲歌至今未消。词人着一“忆”字，有力地领起“荆高”二字，言少意多，在词外有一幅壮阔的“易水送别图”——荆轲慷慨悲歌：“风萧萧兮易水寒，壮士一去兮不复还！”高渐离击筑相送（后被秦始皇熏瞎双眼，他筑中藏铅，乘击筑之机铅杀秦皇未中被杀）。

词末三句，是词人深重的慨叹：回忆那往昔，而今我仍觉得易水凄寒，今天，我又慷慨豪迈地跨过豫让桥。词人再着“忆”字，重在抒情：词人触景思人，过那“易水”之时，深感其“寒”，油然而生对荆轲、高渐离的壮志未酬的惋惜之意，以及自己霜刀未试的伤感之情；“慷慨还过豫让桥”之时，油然生发对豫让复仇报主、耻于苟且偷生志节的赞扬之意，以及自己不甘沉寂、勇于奋起之激情。词人在缅怀三位燕赵慷慨壮士中，抒写自己的心志，可谓壮怀激烈、感人至深。

这首词风格慷慨豪壮，手法新奇。词人不着一字议论，皆用镜头和画面状景、抒情，手法超前而新颖。景中之燕赵英雄，成就豪壮、慷慨之风格，亦把词人追慕英雄、奋起有为的心志寓于其中。

朱彝尊

朱彝尊（1629—1709），字锡鬯，号竹垞，晚号小长芦钓鱼师，又号金风亭长，秀水（今浙江嘉兴）人，清代词人、学者、藏书家。词作推崇姜夔，风格清丽，是“浙西词派”的创始者，与陈维崧并称“朱陈”。所作词，多用力于字句声律，流于空灵碎巧。诗与王士禛齐名，诗风清新浑朴，有“南朱北王”之称。有《曝书亭诗文集》《日下旧闻》著述留存。

解佩令·自题词集

十年磨剑①，五陵结客②，把平生、涕泪都飘尽。老去填词，一半是、空中传恨③。几曾围、燕钗蝉鬓④？　不师秦七⑤，不师黄九⑥，倚新声、玉田差近⑦。落拓江湖，且分付、歌筵红粉⑧。料封侯、白头无分！

注　释

① 十年磨剑：比喻多年刻苦磨炼。语出唐贾岛《剑客》：“十年磨一剑，霜刃未曾试。”

② 五陵结客：汉代五陵多豪侠少年，此喻指在京都结交豪杰之士。五陵：西汉五个皇帝的陵墓，在咸阳东。

③ 空中传恨：指虚浮的言情之作。

④ 燕钗蝉鬓：代指女子。燕钗：一种燕子形的发钗。蝉鬓：古代女子发式。

⑤ 秦七：北宋词人秦观，排行第七。

⑥ 黄九：北宋词人黄庭坚，排行第九。

⑦ 倚新声：按新谱填词。玉田：南宋最后一位词人张炎号玉田。差近：基本接近。

⑧ 歌筵红粉：宴席上的歌女。

题解

这首词是词人朱彝尊为自己的词集《江湖载酒集》题写的。上片写词人多年磨炼，豪侠结友，却壮志难酬，洒尽涕泪；老去填词，虽有部分艳词，也只是空中传恨，并未流连于青楼。下片写词人作词的宗旨，不学秦观黄庭坚，按照新谱填词，自认为和张炎的词风接近。又抒写自己流落江湖，封侯无望的人生境遇，照应了开头，抒发了词人心中的无奈失意和悲苦愁情。这首词仿佛是词人的一幅自画像，刻画出一位因志向落空而无奈选择舞文弄墨的词人形象。全词用词冷峻，基调暗淡，情感怅恨悲愤。

赏析

这首词是清代词人朱彝尊为自己的词集所题写的。词人通过回顾早年结交爱国志士、从事抗清复明斗争的经历，抒写了家亡国破、身世飘零的愁恨，同时也阐述了自己的词学主张。

词的上片，词人着重回顾早年的斗争经历。

“十年磨剑，五陵结客，把平生、涕泪都飘尽。”开头三句，叙写词人的经历和心志：十年刻苦自学，在豪杰聚集的京都结交豪侠之士，把平生的眼泪都飘落尽了。这里，词人用极为简括的笔触，追忆求学、交友和早年经历。其中的“平生”“涕泪”，把词人半生“行役身将老，艰难岁不同”（朱彝尊《晚次崞县》）的一事无成、东奔西忙而历经磨难的悲苦蕴含其中。“磨剑”和“五陵结客”亦把词人刚毅、豪爽的性格表现出来。

“老去填词，一半是、空中传恨。几曾围、燕钗蝉鬓？”三句，叙写自己的老年生活：年华老去填写歌词，有一半是在空虚中传递愁恨。身边几时曾经围绕着头戴玉燕钗、鬓式如蝉翼的美人？这里，词人既叙写老年生活，又巧妙点示了词集的内容：虽有些许艳词，但不过是空中传恨而已，并不曾留声色。而另“一半”，则是“伤心车马地，泪尽复生尘”（朱彝尊《江亭》）的人生之苦哀。

词的下片，词人着重阐述自己的词学主张。

过片三句，主要写词人的为词追求和风格：我不学习秦观词的婉约，也不学习黄庭坚词的奇崛，我依照新的声调填词与张炎词作风格大致相近。这里，词人明确提出了自己的词学主张：既不推崇秦学士的偏于柔婉之词，又不赞赏黄山谷的偏于奇婉之词，只把张春水的清空奉为圭臬，认为自己的词风与张玉田的风格接近。

词末三句，抒写自己垂暮之年壮志未酬的凄苦：我漫游江湖，放浪不羁，姑且吩咐筵席上的红粉歌女演唱遣兴。料想自己直到头发全白，也没有封侯的缘分了。这里，以“料封侯、白头无分”与词首的“把平生、涕泪都飘尽”相呼应，表达了一种“倩何人唤取，红巾翠袖，揾英雄泪”（南宋·辛弃疾《水龙吟》）的英雄失志、壮志难酬的悲愁和慨叹，那种无可奈何的忧伤跃然纸上。

这首词直抒胸臆，旨意真切。词人真实、真诚而又真切地叙写出了自己的心路历程：既有壮志难酬的怅恨，亦有穷且益坚、不懈努力的心声；既有灰暗凄切的消极情调，又有壮志不成、以词遣怀的励志情怀。

屈 大 均

屈大均（1630—1696），原名绍隆，字介子，号翁山，番禺（今广东广州）人，清代诗人。其诗慷慨奇伟，感情愤激，颇能反映民间的疾苦和爱国热情，为“岭南三大家”之一。著有《翁山诗外》《道援堂集》。

八声甘州·榆林镇吊诸忠烈

大黄河、万里卷沙来，沙高与城平。教红城明月①，白城积雪②，两不分明。恨绝当年搜套③，大举事无成④。长挹秦时塞⑤，付如笳声。　最好榆林雄镇，似骆驼横卧，人马皆惊。更家家飞将⑥，生长有威名。为黄巾、全膏原野⑦，与玉颜、三万血花腥。忠魂在、愿君为厉⑧，莫逐流萤⑨。

注　释

① 红城:《大清一统志》载:“在固原州北七十里，亦谓之黑城子。”

② 白城:《大清一统志》载:“在清苑县西南三十里。”

③ 搜套：针对蒙古各部在河套地区的日渐活跃，为解除蒙古部落对北边防线的威胁，明朝在河套地区展开了“搜套”“捣巢”和“复套”活动，试图驱逐蒙古部落，重新将河套纳入明朝的统治范围。

④ 大举：指顺治二年秋，榆林王壮猷建义旗于园林驿，战败投城下死。

⑤ 挹：古同“揖”，作揖。秦时塞：指榆林镇。秦蒙恬于此“累石为

城，树榆为塞”，因以为名。

⑥ 飞将：汉代飞将军李广，这里泛指勇武之士。

⑦ 黄巾：东汉末年张角领导的农民起义军，头裹黄巾，称黄巾军。这里指王壮猷农民起义军血洒沙场战败事。

⑧ 厉：不屈之鬼雄。

⑨ 流萤：飞行无定的萤火虫。喻指无节操之人。

题 解

这是一首凭吊忠烈的抒怀词。上片入笔写景：黄河万里卷沙而来，开阔雄浑，紧紧抓住了西北的景物特征；红城和白城，一个明月高悬，一个白雪皑皑，形成对比。词人回忆当年明朝搜套往事，又写王壮猷率农民起义之事。“恨绝”一词表明了情感。下片写榆林作为军事重镇，占据在西北边防。勇猛的将士们，征战沙场，“全膏原野”“三万血花”形容战争的惨烈。结尾词人发出慨叹，希望烈士的忠魂常在，不要做那飞行无定的流萤。这首词境界恢宏，慷慨激昂，抒发了词人对忠烈的缅怀之情，寄寓了词人的爱国之意。

赏 析

这首词是清代词人屈大均所作。词人在清兵入广州前后，曾从其师陈彦起兵抗清。失败后削发为僧，不久还俗，后北游关中等地。此词当是词人北游至榆林镇时所写。词人缅怀、悼念榆林镇反清复明英勇捐躯的王壮猷及三万义士，回顾他们浴血奋战、英勇就义的英雄事迹，表达了对三万忠烈的无限崇敬、怀念之情。

词的上片，着重于叙写王壮猷及三万义士的英雄事迹。

开篇五句，词人描写榆林之景：气势宏大的黄河之水从万里之外卷沙而来，那卷起的沙涛与那古城一样齐高。直教红城上空的明月和白城的积雪，两个都看不清楚。

词人起句突兀，用黄河“万里”狂涛卷沙而来的气势，来比衬榆林古城，将无限的、不可抑止的对反清复明事业而英勇捐躯的王壮猷及三万义士的敬仰、怀念之情蕴含其中。又用“明月”和“积雪”的“两不分明”之景，表达“日月韬光，山河改色”（南宋·王炎午《望祭文丞相》）之沉痛。

随后四句，词人叙写王壮猷及三万义士就义的事迹及痛悼之情：我痛恨至极当年清廷无情地镇压、搜捕和残杀榆林举义旗反清复明的王壮猷及三万义士。王英雄率众义士英勇奋战，寡不敌众，全军阵亡，他也从园林驿的高城之上投下而壮烈牺牲。我在榆林镇向王壮猷及众英雄长久地拱手行礼，沉痛悼祭，寄托哀思，耳边似响起那悲泣的胡笳之声。词人以无限悲痛的心情，回忆义士可歌可泣的英雄事迹，用“恨绝”二字，表达了“榆林古镇在（原诗为‘一代勋猷在’），千秋涕泪多”（屈大均《于忠肃墓》）的无比悲痛之情。“长挹”和“付如笳声”，以悼念的行动和心理描写，来突出内心的无比敬仰和沉痛祭悼之情。

词的下片，着重赞颂王壮猷及三万义士的忠烈精神。

过片三句，描写榆林雄镇地灵：榆林镇是天下最为有名的英雄之镇，她像那巨大的骆驼横卧于西北大地之上，人马到此皆为她如此雄壮的气势所惊叹。这里，词人运用比喻、拟人和夸张的手法，为榆林镇涂上“英雄”的底色。

随后二句，词人描写榆林雄镇人杰：更让人惊叹的是，这里家家勇武之士辈出，他们生来就享有英雄的威名。词人以无比的推崇之意和无限的敬仰之情，表达了对英雄之镇的仰慕和赞颂之情。

词末四句，词人缅怀三万英烈，表达痛悼之情：当年榆林镇的英雄踊跃参加王壮猷抗清复明的义军，血染原野，三万义士勇战强敌，鲜血飞溅，在腥风血雨中英勇就义。愿英烈们忠魂永在，昭示后人；愿英烈们不屈的鬼雄，永不与那无节操的小人的流萤之魂为伍！词人对英烈的崇敬之情，感人至深。全词融入了词人“丹心痛入天”（屈大均《谒文丞相祠》）的痛悼之情，同时，亦把“吊诸忠烈”、昭示后世之意寓于之中。

这首词手法精妙，情真意挚。全词叙述、描写和抒情相结合，同时兼用比喻、拟人和夸张等手法，句句蕴恨，字字含血，把血海深仇蕴于词中，表达了对王壮猷及三万忠烈的崇敬和痛悼之情。

纳兰性德

纳兰性德（1655—1685），本名纳兰成德，字容若，号楞伽山人，因避讳太子保成而改名纳兰性德，满族正黄旗人，清代词人。其文学成就以词为最高，尤其擅长小令。纳兰性德的词以“真”取胜，写景逼真传神，词风清丽婉约，独具特色。清《蕙风词话》推其为“国初第一词人”。有《纳兰词》《通志堂集》等留存。

如梦令

万帐穹庐人醉①，星影摇摇欲坠。归梦隔狼河②，又被河声搅碎。还睡，还睡，解道醒来无味③。

注　释

① 穹庐：圆形的毡帐。
② 狼河：白狼河，即大凌河，位于辽宁西部。
③ 解道：知道。

题　解

这首词是词人随皇帝东巡时所作，写景开阔壮美。圣驾的阵势很大，漫天繁星璀璨耀眼。词人身在异乡，回到家乡的梦境被狼河阻断，又被滔滔河水声搅碎。词人还是决定继续睡下去，让梦境延续，因为知道醒来思乡之情更甚。边塞景物如此之美，随从圣驾风光无限，也无法抵消词人心中对故乡的深切思念，抒发了词人对官场生活的厌倦。全词以梦中和梦醒两种切身体验，抒发婉转的愁思：在辽阔的天地间，词人感到自身的渺小，余味悠长。

赏　析

这首词是清代词人纳兰性德所作。写于词人奉命出塞的康熙二十一年（1682）二月。出塞途中，当词人看到气象雄壮的营地之时，顿然激情奔涌，创作了这首颇具特色、气象独特的表达深沉思乡之情的边塞词。

"万帐穹庐人醉"，起首一句，词人开门见山，抒写人们饭饱酒醉、酣然入梦的静寂场景：千万顶行军毡帐之中，将士们酣歌豪饮，酩酊大醉。这里，词人用众人饱饮酣梦的异常寂静，来衬托自己的难以入眠。那种"举杯消愁愁更愁"（唐·李白《宣州谢朓楼饯别校书叔云》）的悲苦，不仅使词人难以沉醉，反而头脑更加清醒，各种各样的忧思一齐涌来。这与词人的"山一程，水一程，身向榆关那畔行。夜深千帐灯"（《长相思》）显然不同，虽然同写作客他乡心情孤寂凄凉思家想归不能之苦，但《长相思》是词人、他人皆未眠的同向思乡（即正衬），而此词则是他人皆酣醉而词人夜深难寐的反向思乡（即反衬），其"以乐景写哀""倍增其哀"感人程度倍增。

"星影摇摇欲坠"，是写词人独醒所见：只见满天繁星摇曳，那星空仿佛摇摇欲坠。这里，词人坐卧不宁，悲凄之情涌满心中，只能眼睁睁地在将士的酣睡中眺望星空。

"归梦隔狼河，又被河声搅碎。"状写词人在睡眼蒙胧的梦中被惊醒的情状：狼河阻隔，回家的梦，又被那河水的滔滔之声搅得粉碎。这两句，描写词人在恍然入梦回乡之时，又被狼河的水声所惊醒。这与词人的"风一更，雪一更，聒碎乡心梦不成。故园无此声。"（纳兰性德《长相思》）有异曲同工之妙，"狼河"的水声使词人思乡之悲凄再添一重。

词末三句，是词人对自己欲醒未醒、欲醒又睡情形的描写：还是睡吧，还是睡吧，闭上眼睛，让那梦境延续吧。因为我知道，梦醒之时，更加百无聊赖。这三句，词人写得十分真实。词人用反复的手法，写出强迫自己入睡的情景，把一种无奈的凄楚蕴于其中。“醒来无味”，则把这种凄楚层层加重：梦中相见不成，醒来更加苦涩。可见，少时聪慧好学，二十二岁便中进士，贵为康熙一等侍卫的词人，内心是多么的苦悲，难怪他年仅三十一岁猝然而卒。大概就是那“征人自是无归梦”（纳兰性德《记征人语》）的“自己为一等侍卫，以国事为重，不应思念家人”的强抑心理，过早地夺去了词人的健康。

这首词短小精悍，旨意深挚。词人全词采用真实感人、极能表现内心情感的细节和心理描写，把思乡思亲之情表现得凄楚动人。

方 中 通

方中通（1634—1698），字位伯，号陪翁，桐城（今属安徽）人，清初著名数学家、天文学家，尤精于天文历算及音韵之学。其词造语奇峭，刚健气盛。存词五十首。

南乡子·江舟夜月

天浸入江流，都被玻璃镜里收①。塞雁声声穿破去，添愁，影落西风送九秋②。　短发任科头③，洗却豪华事浪游。书卷琴囊横一剑，孤舟，芦荻萧萧不肯休。

注 释

① 玻璃镜：形容平静的水面。
② 九秋：九月深秋，指秋天。
③ 科头：指不戴冠帽，裸露头髻。

题 解

这首词上片紧扣题目“江舟夜月”写景，描绘出一幅静谧萧瑟的江舟秋景图，渲染了凄凉悲愁的氛围。水天相接，江水平如镜子，大雁的悲鸣声增添了点点忧愁，形单影只的词人在秋风中矗立着。下片抒发飘零的情怀，词人舍弃繁华，流浪畅游在尘世间，“书卷琴囊横一剑”，驾一叶孤舟，在荻花萧萧中超脱尘世。词人因清兵入关，一度“旋遭丧乱，困顿流离”。词中借景抒情，抒发了词人孤寂愁苦之情、怅然潇洒之意。

赏 析

这首词是清代词人方中通所作。此词通过舟行江上所见之萧瑟秋景，表达了词人寂寞凄怆的愁情和对世俗繁华的鄙弃，亦表现了词人高洁的志趣和豪壮的情怀。

词的上片，着重于写景。

“天浸入江流，都被玻璃镜里收。”落笔两句，词人紧扣词题，描写“夜月”之景：蓝天明月映入江水之中，透明得如玻璃镜一般的江水里就出现了蓝天明月倒影。“天浸”二字，词人巧用拟人手法，把蓝天映入江水而成的水天为一的绝妙之景描写了出来。“玻璃镜”三字，妙用比喻手法，把那种月下水波不兴，平静如镜的景色描写了出来。这样，词人通过一幅恬静、明丽的“江舟夜月”图，衬托出此时词人心境的平和、宁静。

“塞雁声声穿破去，添愁，影落西风送九秋。”这三句，词人写“塞雁”打破了这月白风清的静谧：忽然，传来了从边塞飞来的大雁的阵阵凄厉的叫声，大雁边叫边飞，穿过天空，将那蓝天明月穿破而远去。雁影消失了，耳边又传来萧瑟的秋风。这里，词人巧妙化用唐代诗人杜牧的“江涵秋影雁初飞”（《九日齐山登高》）的诗意，通过“塞雁”“西风”等富有浓重伤感色彩的意象，把词人内心寂寥、凄怆的情怀含蓄地透露出来。“添愁”二字，直接点出愁情，将“塞雁声声”和“西风送九秋”之哀景联结一体，与词首的绝妙静景形成强烈的反衬，表达了词人的无限愁情。这正是上片的重点。

词的下片，着重于抒情。

过片两句，词人直抒胸臆：我结发而不戴帽子，这是因为世道如此，我哪有心情去修整边幅？！我要洗却心中那些企求人间豪华的念头，自由自在地去浪迹天涯，遨游海角。这里，词人巧妙化用唐代诗人王维的“科头箕踞长松下，白眼看他世上人”（《与卢员外象过崔处士兴宗林亭》）的诗意，表达词人的心志。着一“洗”字，表现了词人对世俗豪华生活的鄙弃，极为精准，把词人“出淤泥而不染”（北宋·周敦颐《爱莲说》）的不慕名利、洁身自好、不与世俗同流合污的人生态度表达了出来。

词末三句，是词人进一步表露心迹：我一人兀坐于孤舟之中，伴着我的只有书卷、琴囊和一柄青剑。这时，江边的芦荻，在秋中发出萧萧的声音，竟然不肯休止。这里，词人通过一幅“孤舟兀坐图”，用“书卷琴囊横一剑”这些特有的携带之物，把词人高洁的志趣和豪壮的情怀蕴含其中。“芦荻萧萧不肯休”，使用的是拟人手法，是景语亦是情语，把词人愤世嫉俗、郁郁不平之意蕴于其中，以景结情。

这首词手法精妙。词人巧用比喻、拟人及化用、衬托（正衬、反衬）和融情于景、以景结情等多种手法，把词人高洁的志趣及复杂的情怀表现了出来。

郑　燮

郑燮（1693—1765），字克柔，号板桥，兴化（今江苏兴化）人。清代著名的书画家、文学家，“扬州八怪”之一，诗、书、画都负盛名，世称“三绝”。他为人狂放不羁，多有愤世嫉俗的言行。

太常引·听嘀将军说边外风景

满天星露压长城，夜黑月初生，万障马嘶鸣①。还夹杂风声雁声。　红霞乍起，朝光满地，飞鸟立辕门②。边塞静无尘。须检点中原太平③。

注　释

① 万障：丛山。
② 辕门：古时军营的门。
③ 检点：查点。

题　解

这是一首描写边塞风光的词，上片开头一句中“压”字生动地写出边关的辽阔旷远。漫天的星斗低垂，月亮挂在天上，一片静谧。远山层峦叠嶂，传来马鸣声、风声、雁声。以动景衬托静景，更显环境的安静，画面感极强。下片写霞光万丈，太阳初升，飞鸟落在军营门口，边塞的清晨安静又无尘。“无尘”指战火平息。最后一句抒发了词人对边关壮美景色的赞美之情，也表达了对肩负着保卫中原太平重任的边关将士的崇敬之情。

赏　析

这首词是清代词人郑板桥所作，是一首描写塞外风光且将有备无患的战备意识蕴含其中的边塞词。全词如诗如画，不仅表现了词人对边塞秀美自然山水的热爱，也极为深刻地表现了词人以国防安全为要的战备意识及热爱祖国的真挚情感。

词的上片，着重描写边塞夜晚独有的特色。

“满天星露压长城，夜黑月初生”，开篇两句描写边塞夜景：夜空那满天的群星低压在长城之上，夜黑漆漆的，月亮刚刚从东方升起。这里，词人不仅写出了边地的地域特色，而且突出了它特有的夜晚之景。词人着一“压”字，妙用拟人手法，突出了边地之旷远、辽阔。正因为天阔，故而显得“星露”满天，低“压”于“长城”之上，再加之“月初生”，这就愈加衬托出边地的静谧、辽远。与唐代著名诗人韩愈的“夜深静卧百虫绝，清月出岭光入扉”(《山石》)有异曲同工之妙。

“万障马嘶鸣。还夹杂风声雁声。”这两句，词人以“声”衬静：万丛山中，突然传来那战马的嘶鸣之声。其中还夹杂着凄厉的风声和鸿雁的哀鸣声。这里，词人运用动景和静景相衬的手法，用马的嘶鸣和“风声雁声”打破了边地的宁静，突出了边地瞬息万变的战事氛围。尤其是“马嘶鸣”“风声雁声”描写出边地独有的特色，增添了一种战事即将来临的紧张氛围。

词的下片，着重描写边塞白昼的独特景色，并点示词旨。

过片三句，描写边塞白天之景：东方的天际红霞突然出现，朝阳跃出，霞光满地，连那飞鸟也立于辕门之上东瞧西望，啾唧不已。这里，词人运用富有色彩、满含愉悦的笔触，运用拟人的手法，突出了边塞所独有的白昼特色。着一“红”字，使这一极具动感、能让人动情让人振奋的颜色，成就了一片灿烂蓬勃之景，充满了希望之感。这也是词人的诗词中常用的表情达意的手段（如《为黄陵庙女道士画竹篁》：“丛篁密筱遍抽新，碎剪春愁满江绿。”)。

词末两句，词人总括白昼之景，卒章点出词旨：此时，边地之上，静得连一点尘杂的声音也没有。面对这种奇异的异乎寻常的静，我们必须慎重地看待中原看似太平的现状。这里，词人用“边塞静无尘”而推出主旨句“须检点中原太平”，言下之意：我们要有常备不懈、有备无患的战备意识。充分体现了我国古已有之的“惟事事，乃其有备，有备无患”(《尚书·说命中》)、“有备无患，军志也”(唐·李观《吊韩弇没胡中文》)的战略思想。

这首词旨意深刻，手法高妙，具有色彩美。全词用夜、昼两种景象，运用以动衬静、动静结合及拟人、衬托等手法，且妙用“红”“黑”等富有色彩的词，使得画面极为可感，具有一种色彩之美，把深刻的战略思想和忧患意识融于词中。

洪 亮 吉

洪亮吉（1746—1809），字君直，小字稚存，号北江。江苏阳湖（今江苏常州）人，清代经学家、文学家。乾隆五十五年（1790）进士。官翰林院编修，督学贵州。少与黄景仁齐名，号“洪黄”，又与孙星衍齐名，时称“孙洪”。有《洪北江全集》。词集名《更生斋诗余》。

木兰花慢·太湖纵眺

眼中何所有？三万顷①、太湖宽。纵蛟虎纵横，龙鱼出没，也把纶竿②。龙威丈人何在③？约空中、同凭玉阑干。薄醉正愁消渴④，洞庭山橘都酸。　更残黑雾杳漫漫⑤。激电闪流丸⑥。有上界神仙，乘风来往，问我平安。思量要栽黄竹⑦，只平铺、海水几时干？归路欲寻铁瓮⑧，望中陡落银盘⑨。

注 释

① 三万顷：指太湖之宽广。

② 纶竿：钓竿。纶：钓线。

③ 龙威丈人：传说中太湖包山上的仙人，相传吴王阖闾游禹山，遇龙威丈人，入洞庭湖取《禹书》一卷付之。

④ 消渴：止渴。

⑤ 更残：指到了五更天，要天亮了。

⑥ 流丸：指流星。

⑦ 思量要栽黄竹：唐李商隐《华山题王母祠》云：“好为麻姑到东海，劝栽黄竹莫栽桑。”这里写栽竹不成，形容太湖之浩渺。

⑧ 铁瓮：铁瓮城，镇江的古称。

⑨ 银盘：月亮。

题　解

上片写景动静结合，塑造了一位垂钓者的形象。词人远眺太湖，见湖面宽广，鱼龙出没，于是手拿钓鱼竿把湖中鱼儿来钓。接着词人想象自己和仙人一起凭栏远眺。神游归来，词人饮酒微醺，醒后口干舌燥，品尝酸味橘子解渴。下片写天快亮了，用黑雾、闪电、流星等意象构筑出奇观异景。词人想象神仙下凡，和自己对话，想栽黄竹，造一片人间仙境。这短暂的逍遥也是人生的乐事。最后兴尽而归，恍惚间找不到镇江城，只见一轮明月倒映在湖中。词中写景虚实结合，光怪陆离，可见词人的豪迈潇洒。

赏　析

这词是清代词人洪亮吉所作。词人以实有的景象为基础，展开丰富的想象，塑造出一个形巨莫测、神秘险怪的太湖形象，把词人的心灵追求赋予其中，表达了一种旷达超迈、自在自得的人生追求。

词的上片，词人着重描写、想象“纵眺”中的太湖白日之景。

开头两句，词人用设问的形式写太湖的浩渺和宽广：我的眼中看到了什么呢？看到的是有三万六千顷、江水浩浩荡荡的太湖。这里，词人有问有答，且用“三万顷”的具体数字，突出了太湖非同一般的浩大，给读者留下无限的想象空间。

随后三句，描写的是词人超乎现实的冥想：太湖宽广水深，幽壑藏蛟龙猛虎，但任它洪波浩荡，龙鱼出没，我自把定鱼竿独坐垂钓。这里，词人由太湖之静景，展开精骛八极、心游万仞的想象：想象自己身为一个钓者，坐于浩荡的洪波之上，大有“姜太公钓鱼，愿者上钩”之意，亦有一种坐钓洪流、虹吸太阳之大气概。

接下来二句是词人承接上句的进一步想象：龙威丈人在哪里呢？恍惚之中，只觉得他正约我一起登高纵目同上玉京。这里，词人用“龙威丈人”的传说，描写出一种似有仙人相招的神奇境遇。

随后二句，是词人想象与仙人登高豪饮的情形：我和龙威丈人登高同饮，酒醒之时只觉得唇焦口燥，恰有洞庭山的红橘酸甜可口来解酒，顿时便觉喉舌生津。这里，词人妙用细节，把心中快意抒写出来。

词的下片，着重描写、想象“纵眺”中的太湖夜晚之景。

过片二句，词人描写夜间的太湖景致：夜深更残，太湖弥漫于黑雾之中，顷刻之间，只见闪电激发，金蛇狂舞，流星飞动。这里，词人思接千载，视通万里，以瑰奇的想象描写奇险壮观的场景，气势宏大，将一种崇高炫丽的美的力量用神奇的想象展示了出来。

随后三句，是词人想象遇仙之情景：眨眼之间，有上界仙人，乘风飘飘而下，向我问候，问我平安。这里，词人将一种人情关怀赋予想象之中，表现出一种和谐、美好的氛围。可见词人将自己的遭际寓于其中：他曾遣戍伊犁，心灵受到极大的创伤。这首词当作于遣戍期间，词人以想象来获得精神上的慰藉。

接下来二句，词人突发奇想：我突然间想要在太湖遍栽黄竹，自创一片人间仙境。只是不知什么时候，才能将这一望无际的太湖水吸干呢？这里，词人用“沧海桑田”的典故，并巧妙化用唐代诗人李商隐的“好为麻姑到东海，劝栽黄竹莫栽桑”（《华山题王母祠》）之诗意，来表达心中那求得片刻逍遥自在的人生追求。

词末两句，词人描写夜色中太湖的情景：夜半归去，我只见乌云消尽，一盘银轮似的明月悄悄落到了水底，太湖一片美好静谧。词末与词首相呼应，圆合收结，词人在经过精神上的历练之后，又回归到现实之中。当然，现实大概不会是如此的“陡落银盘”。

这首词手法诡奇，意旨深刻。词人采用为情造境、借水生波之法，以实中有虚、以虚为主的冥想，想象出了一个诡异的太湖遇蛟龙、遇仙人的神奇的经历，把自己的遭际反向融入其中，以求得精神上的解脱。在看似诡谲的想象中，蕴含着深重的遭遣戍的凄苦之情。

张 维 屏

张维屏（1780—1859），字子树，一字南山，号松心子，广东番禺人，清代著名爱国诗人。道光二年（1822）进士。与林则徐、魏源友善。通医学，工书法。词集名为《听松庐词钞》。

东风第一枝·木棉①

烈烈轰轰，堂堂正正，花中有此豪杰②。一声铜鼓催开，千树珊瑚齐列③。人游岭海④，见草木、先惊奇绝。尽众芳、献媚争妍，总是东皇臣妾⑤。　气熊熊⑥，赤城楼堞⑦。光烂烂，祝融旌节⑧。丹心要伏蛟龙，正色不谐蜂蝶⑨。天风卷去，怕烧得、春云都热。似尉佗、英魄难消⑩，喷出此花如血。

注 释

① 木棉：高大落叶乔木，花殷红，大而美，树姿巍峨。

② 豪杰：木棉别称“英雄树”。

③ 一声铜鼓：屈大均《广东新语》载：广州东郊有南海庙，庙里有大小二铜鼓，每年二月十三祝融生日，粤人击鼓以乐神。祠前十余株古木棉，亦于此朝盛开。珊瑚：比喻木棉花。

④ 岭海：岭南两广地区，北依五岭南临大海，故称。

⑤ 东皇：《九歌》中所祭祀的天帝。

⑥ 熊熊：旺盛的样子。《广东新语》有云：“木棉光气熊熊，映

颜面如赭。”

⑦ 赤城楼堞：红色的城楼。这里形容木棉花开的盛景。

⑧ 祝融：传说中的火神。

⑨ 蜂蝶：指浅薄俗媚者。

⑩ 尉佗：即赵佗，曾于秦汉间平定粤地，称南越王，后被汉灭。

题 解

这是一首歌咏木棉花的咏物词。词的上片写木棉花的颜色火红热烈，花朵硕大张扬，其繁茂盛景好像千树的珊瑚，令游人惊叹奇绝。木棉花充满了男子气概，其他艳俗的春花在木棉的面前，都只能算作“东皇臣妾”。这里运用了对比，突出了木棉花的昂扬豪迈。下片着重描写木棉花的色彩似火，气势熊熊，光华灿灿，开遍漫山遍野，开遍城楼上下。木棉花有一颗丹心，它不屑于蜂蝶的谄媚，志在收复蛟龙，烧热春云，表现了木棉花孤傲高洁的精神品质。结句用“南越王尉佗”的典故，抒发英雄不死的豪迈愿望。词中托物言志，在众多咏花词中别具一格，将木棉花的英雄气概描写得淋漓尽致。

赏 析

这首词是清代词人张维屏所写，是一首咏物词中不可多得的佳作。此词吟咏红棉，以物托意，以物寄情，以激越的情调，赞美了一种正直、热情、坚强的英雄品质，给人一种勇于上进的精神力量。

词的上片，词人着重抓住木棉的形象特征，揭示其内在的精神。

开篇三句，是词人对木棉的气势和品格的描写和赞美：高大挺拔的木棉树，她花开之时如那火焰盛燃，她直立地上，堂堂正正，她不愧为花中的豪杰。乍一开篇，词人就用“烈烈轰轰，堂堂正正”四组叠词，用拟人手法，从木棉的“花”和“形”两个方面写出其气势和品格。这也很切合木棉生长快、高大正直和枝条庞大、花开一片通红之特点。然后用“花中有此豪杰”一句概括赞美。“木棉”乍一“亮相”，就显出其八面威风、不同凡响。

接下来二句，词人描写木棉花开之情形：报春的铜鼓乍一敲响，木棉的枝条儿就尽情舒展开来，千树如珊瑚，万树花开如火焰，一簇簇齐齐排列在一起。这里，词人用“一声铜鼓催开”，采用拟人手法言其花开之快速。用“千树珊瑚齐列”，以比喻手法言其花开如火焰簇簇，煞是好看、热烈、热闹。“一声铜鼓”既是夸张，又是用典（见清·屈大均《广东新语》），更加烘托出木棉盛开的非同一般的场面。

随后四句，词人描写游人欣赏木棉花的情景：游人于岭海（即广东）赏景，见那木棉花开，即刻惊奇，称其为绝美之色，叹为观止。尽管众花齐开，争妍献媚，但游人不屑一顾，视其为陪衬。这里，词人用“众芳”向春神献媚的细节与木棉对比，用传说兼拟人，突出了木棉正直、热情的英雄本色。

词的下片，着重咏赞木棉的英雄品质。

过片四句，词人正面描写木棉的气势：盛开的木棉花光气旺盛，层层叠叠就如那红色的城堞。如火焰般光灿灿的木棉花朵，迎风摇曳，好似那祭祀火神的一杆杆旌旗。“气熊熊”和“光烂烂”，写出了木棉花盛开的气势逼人。又用“赤城楼堞”和“祝融旌节”两个形象逼真的比喻，突出了木棉的伟岸、壮丽。

随后二句，词人浓墨重彩描写木棉之正派：木棉花盛放着红艳艳的光，连河波里穷凶极恶的蛟龙都被慑服。她用美丽点染河山，为山川大地增光添彩。她花色纯正不杂，从来不招蜂引蝶。这里，词人用拟人手法，具体描写木棉“丹心”“伏蛟龙”和“正色不谐蜂蝶”的细节，从正、反两方面突出其作风正派、一身正气。

接下来二句，词人描写木棉不失英雄本色：木棉的美是永恒的，即使雨打风吹，零落成泥，木棉仍是昂首挺立。若随波而下，便染红一江碧水；若随风而上，怕要熨烫出一空红热的春云。这里，词人以拟人手法为主，又兼用想象和夸张的手法，形象地描写出木棉的英雄品质。

词末二句，词人用神奇的想象再为木棉添上精彩的一笔：这南国的木棉啊，原是秦时南海尉赵佗的英魂所化，难怪能喷出如此如血般殷红的花朵！词末，词人活用典故，用奇妙的想象，以平定粤峤、使祖国统一的历史人物赵佗拟比木棉，更加丰富了木棉的英雄形象。

这首词手法精妙。词人运用拟人、夸张、对比、比喻、用典及想象等多种手法，塑造出木棉的英雄形象。这实则是一种象征的手法，词人歌颂了正直坦荡、勇敢坚强、热情有为的不为名缰利锁和尘俗所羁绊的英雄品质。故而，此词的立意也是极为深刻的。

蒋 春 霖

蒋春霖（1818—1868），字鹿潭，江苏江阴人，晚清词人。词作多为感伤之音，有“词史”之称。留世《水云楼词》二卷。

木兰花慢·江行晚过北固山①

泊秦淮雨霁②，又灯火、送归船。正树拥云昏③，星垂野阔④，暝色浮天⑤。芦边，夜潮骤起，晕波心、月影荡江圆⑥。梦醒谁歌楚些⑦，泠泠霜激哀弦⑧。　婵娟，不语对愁眠。往事恨难捐⑨。看莽莽南徐⑩，苍苍北固，如此山川！钩连、更无铁锁⑪，任排空、樯橹自回旋⑫。寂寞鱼龙睡稳⑬，伤心付与秋烟。

注　释

① 北固山：在江苏镇江北。
② 霁：雨雪停止，天空放晴。
③ 树拥云昏：树好像被云彩拥抱着，昏暗难辨。
④ 星垂野阔：明星低垂，平野广阔。
⑤ 暝色：暮色、夜色。
⑥ “晕波心”句：化用宋姜夔《扬州慢》“波心荡，冷月无声”意境。
⑦ 楚些（suò）：指招魂歌，泛指楚地的乐调或《楚辞》，其声哀婉。《楚辞·招魂》句末皆有“些”字，语气助词。
⑧ 泠泠：形容清凉、冷清。
⑨ 捐：舍弃、抛弃。

⑩ 莽莽：广阔。南徐：指镇江。是南朝宋对镇江的称谓，至隋朝时废止。

⑪ 铁锁：吴主孙皓“命人作铁锁铁锥，横断江面”，企图以此阻止晋军。

⑫ 樯橹：代指英军军舰。

⑬ 鱼龙睡稳：形容江面沉静。

题解

这是一首触景生情，感慨时事的词作。上片写雨过天晴后词人停泊在秦淮河边看到的景色。词中描绘了一幅月夜江景图，写了岸边的树、天上的星、江边的芦苇、江上的月影等。在如此静谧的环境中，词人在江上听到了哀婉悲凉的琴声，引发了心中的愁情。下片感慨时事。紧承上一句，月亮静默无言，词人难以入眠，恨难以抛弃英军攻陷镇江的往事。看苍茫的山川大地，想到历史上古人用铁锁锁住长江防备敌人，而如今列强侵略，清政府却连丝毫防备也没有，任敌人的军舰长驱直入。词中抒发了词人对朝廷不抵抗的不满和对国家命运的悲慨和伤感之情。

赏析

这首被前人称誉为“诗史”的写景抒怀词，为清代词人蒋春霖所作。当作于鸦片战争中镇江被英军攻破之后。词人通过描写江行夜过北固山的所见所闻，把深重的大厦将倾、丧权苟安、国势衰微的忧愤伤感之情表达了出来。

词的上片，重在写景。

起首两句，词人直截了当，由“江行晚过北固山”的行迹写起：我泊船于秦淮河，此时雨过天晴。我在灯火阑珊的夜晚，江风送我的归船顺流而下。这两句，由“泊”船逢“雨霁”写起，点明了词人的行踪。因“雨霁”，词人故而趁夜行船，则“灯火”显然可见。“送归船”三字，正点明词人当是顺长江水流而下。

接下来六句，词人描写夜行所见之景：正在此时，丛林中的树木和天边的黑云重重相接，繁星低垂于平野之上，平野开阔无垠，暮色满天。芦边的江中，夜潮突起，一片模糊。只见那清冷的月光在波心摇荡，月圆之夜的四周一片寂然。这里，词人巧妙化用“归云拥树失山林”（唐·杜甫《返照》）、“星垂平野阔，月涌大江流”（唐·杜甫《旅夜抒怀》）和“波心荡，冷月无声”（南宋·姜夔《扬州慢》）的诗词意境，将江上景、岸边景、天空景、地面景及动景静景尽皆收入笔下，层层勾勒，构成了一幅景象万千的秋江夜行图。“拥”“垂”“浮”“荡”等动词运用准确、恰切，使景象栩栩如在眼前。

随后两句，是词人描写梦醒时的所闻所见：一梦醒来，不知是谁在唱楚地的乐歌，那清越的弦声在落霜的秋夜里显得格外哀婉。这里，词人暗用《楚辞·招魂》之典，将忧国之情蕴含其中，为下片的抒情做了很好的铺垫。

词的下片，重在抒情。

过片两句，词人由景生情：夜间行舟，唯与明月相对；思及国事，无语却满含愁恨而卧。词人巧妙化用“江枫渔火对愁眠”（唐·张继《枫桥夜泊》）之诗意，把愤恨不平、愁苦难抑之情蕴于其中。虽着一“眠”字，实则却是眼睁睁难以入眠！同时，“婵娟”与上片的“月影”相呼应，“愁眠”与上片的“梦醒”相承接，使上、下片融合紧密，结构严谨。

随后六句，词人托史事以抒发心中的悲慨：回想往事，悲恨满腔，难以除去。看那莽莽的镇江，苍苍的北固山，竟是被列寇炮击强占的祖国山河！没有铁钩相连，更没有铁锁横江，战争失利，国势日衰，只能任那列强的炮舰横冲直撞，自在回旋。这里，词人直陈历史，将鸦片战争中被迫签订的丧权辱国的《南京条约》的史实含于词中。尤其是“更”“任”二字，将深切的悲愤之情蕴含其中。

词末两句，词人以景融情：此时，江中寂寞的鱼龙已安稳地沉睡，江面一片沉静。眼看国之大厦将倾，我只能把满腹的伤心寄托给夜晚江上迷蒙缥缈的秋烟。这两句中，上句化用“鱼龙寂寞秋江冷”（唐·杜甫《秋兴八首》之四）的诗意，景中蕴情，扣题明旨，喻指清廷上下文恬武嬉、纸醉金迷、沉睡不醒的昏庸、腐败。下句则把词中的“哀”“愁”和“恨”等词归结为“伤心”二字，并“付与”夜幕下迷蒙的“秋烟”之中。可见，词人“伤心”已达极点！

这首词词旨深刻，手法高妙。词人巧用、化用、用典及以景融情、托史抒情等多种手法，把深重的忧国之情融于词中。

周星誉

周星誉（1826—1884），字叔云，一字叔畇，号芝芗，又号鸥公，河南祥符（今开封）人，清代诗人。道光三十年（1850）进士，累官至两广盐运使，兼署广东按察使。工诗词及骈文，尤善画。著有《鸥堂剩稿》《鸥堂日记》等。词集名为《东鸥草堂词》。

永遇乐·登丹凤楼怀陈忠愍公[①]

放眼东南，苍茫万感、奔赴栏底。斗大孤城[②]，当年曾此、笳鼓屯千骑。劫灰飞尽[③]，怒潮如雪，犹卷三军痛泪。满江头，阵云团黑，蛟龙敢啮残垒。　　登临狂客，高歌散发，唤得英魂都起。天意倘教、欲平此虏[④]，肯令将军死！只今回首，笙歌依旧，一片残山剩水[⑤]。伤心处，青天无语，夕阳千里。

注　释

① 丹凤楼：原在上海县城东北角城墙上，下临黄浦江。陈忠愍公：陈化成，是鸦片战争时期守卫吴淞、英勇抗英的爱国将领，道光十二年与英舰力战而死，谥忠愍。

② 斗大孤城：指旧上海县城，斗大形容非常小。

③ 劫灰飞尽：战火熄灭，指英舰犯境，陈化成壮烈殉国之事。

④ 此虏：这里指入侵的外国军队。

⑤ 残山剩水：残破的山河。

题 解

这首词是一首登楼怀人之作。英帝国主义在鸦片战争时期入侵中国，民族英雄陈化成为抗击侵略者，壮烈殉国。词的上片写登楼远望所见苍茫之景，词人追忆了当年的战争场面："笳鼓屯千骑"言斗志之昂扬；"阵云团黑"言战斗之激烈；"三军痛泪"言战败之沉痛；"蛟龙敢啮残垒"尤为悲壮，写镇守炮台的将士已经阵亡，但他们的战斗精神和英雄气概却震慑了侵略者，使其望而却步，字里行间饱含着深切的感情。下片转而写眼前。面对如今残破的山河，词人呼唤为国家献身的英魂，看看那些"笙歌依旧"的人们，抒发了词人对腐败无能的清政府的失望、悲愤之情，也写出了词人的爱国情怀和无力的感叹。

赏 析

这首词是清代词人周星誉所作。此词是在英帝国主义发动鸦片战争的背景下创作的。在中华民族沦为半殖民地半封建社会的这场战争中，中国人民英勇抗击侵略者，谱写了无数可歌可泣的动人篇章。民族英雄陈化成就是当时抗击侵略者的杰出代表。此词便是词人登丹凤楼缅怀为抗英壮烈殉国的陈化成而作的。该词通过叙写战斗场面的壮阔和陈化成的英雄事迹，表达了词人强烈的爱国情怀，对清政府的腐败无能、丧权辱国表示了极大的愤慨。

词的上片，重在写景叙事。

起笔两句，词人登临丹凤楼，见景而生情：登上丹凤楼，我放眼眺望东南大地，只见苍茫一片，于是万千感慨涌上心头。词人乍一落笔，以雄阔的气象，勾起内心难抑之情感，一种深重的忧患意识油然而生。这为下文的追忆，做了很好的铺垫。

随后五句，词人追忆陈化成抗击列强英勇献身的英雄事迹：想当年，在这方方如斗的上海孤城之地，千万战马嘶鸣，笳鼓声声不断。爱国将士在列强的炮火中，浴血奋战。陈化成将军率军英勇抗敌，捐躯沙场，洒血阵亡。奔腾咆哮的黄浦江，那卷起的千堆雪浪，似乎就是当时阵亡将士抛洒的滂沱痛泪！词人反用唐代诗人李贺"劫灰飞尽古今平"（《秦王饮酒》）的诗意，表达沉痛、悲愤之情。“怒潮如雪，犹卷三军痛泪”，用比喻的手法，用带有强烈情感色彩的“孤”“怒”“残”等字眼，追忆战斗场面，既充满对抗英而壮烈殉国的英雄陈化成的无限缅怀和敬仰，又满怀对列强敌寇的深仇大恨，且将悲恨赋予眼前的滔滔江水之中。

随后三句，词人融情于景：英雄们的精神，激发了中国人民同仇敌忾的勇气，它如那满江头的团团浓黑的阵云，亦如那咆哮的蛟龙，抵御外侮，打击侵略者的嚣张气焰。这里，词人饱蘸热泪，为陈化成等英烈们高唱挽歌，充满了凛然的正气！

词的下片，重在议论、抒情。

过片三句，词人把思绪拉回到现实：我登临丹凤楼，散发狂歌，要用陈化成那样的英雄们的悲壮行为，唤起中华民族的自尊心，让中华英雄奋起。词人慷慨抒怀，壮怀激烈，抒发了“壮志饥餐列强（原词为‘胡虏’）肉，笑谈渴饮敌寇（原词为‘匈奴’）血”（南宋·岳飞《满江红》）的雄心壮志！

接下来的二句，是词人义愤填膺的抒情：如若天意真是要平定寇虏，又怎肯令将军白白牺牲死去呢！这里，词人化用南宋词人张元幹“天意从来高难问，况人情老易悲难诉”（《贺新郎》）之词意，把满腔的悲愤抒发出来。

随后的三句，是词人描写让人痛心的现实：只是如今回首相看，列强横行恣意，屈辱条约一个接着一个，丧师失地。而在这岌岌可危的残山剩水之侧，竟依旧是笙歌声声。词人满腔愤懑，痛斥上层统治者无视现实而声色犬马、纸醉金迷的腐朽生活。词人怨恨至极，无法抑制！

词末三句，词人借景以抒绝望之情：伤心悲绝之处，只有那无语的青天和那千里之外的夕阳。这里，词人把满腹的悲凄、沉痛之情尽融于眼前之景中。

这首词旨意深刻，手法精妙。全词历史与现实融合，追怀与感慨一体，唱叹、歌哭，情真意挚，壮怀激烈，悲愤难已，感人至深。

文 廷 式

文廷式（1856—1904），字道希，号云（一作芸）阁，又号罗霄山人、纯常子，江西萍乡人，近代著名爱国诗人、词家。光绪十六年（1890）进士，授翰林院编修。积极致力于维新变法运动，后因弹劾李鸿章被革职。

浪淘沙·赤壁怀古

高唱“大江东”①，惊起鱼龙。何人横槊太匆匆②。未锁二乔铜雀上③，那算英雄。　杯酒酹长空④，我尚飘蓬⑤。披襟聊快大王风⑥。长剑几时天外倚，直是崆峒⑦。

注　释

① 大江东：宋代苏轼《念奴娇·赤壁怀古》中有“大江东去，浪淘尽”的句子，后人以“大江东”代称《念奴娇·赤壁怀古》。

② 横槊：苏轼《前赤壁赋》中有“横槊赋诗，固一世之雄也，而今安在哉！”槊：长矛。

③ 铜雀：曹操所建铜雀台。二乔：指大乔、小乔。杜牧《赤壁》诗云：“东风不与周郎便，铜雀春深锁二乔。”

④ 酹：以酒洒地为祭。

⑤ 飘蓬：飘飞的蓬草。

⑥ 披襟：敞开衣襟。大王风：语出宋玉《风赋》，本为讽喻，后转为对帝王的谀辞。也指帝王的雄风。

⑦ 崆峒：本是形容山高耸险峻。这句写长剑倚天，直插云霄。

题 解

词人文廷式是维新派思想家，光绪二十四年（1898），戊戌变法失败，慈禧派人缉拿他，词人逃亡日本，后返回上海参加爱国会，起义失败后，将自己的全部精力放在了写作上。这首词上片怀古，发端高唱“大江东去”，词人认为具有雄才伟略的曹操，未取得赤壁之战的胜利，算不上是英雄。下片直抒胸臆，词人将自己比作飘飞的蓬草，漂泊不定，言尽心中的飘零之感。最后写大王雄风，剑插云霄，用俊逸豪放的笔调，来抒发自己的忧国情怀。词人继承了苏、辛一派的词风，风格雄健，神似苏辛。

赏 析

这是清代词人文廷式效仿苏轼词风自感最得意的一首词。词人借景咏史、以史抒怀，表达了飘零异乡的孤苦，把壮志难酬的悲愤蕴于词中。

词的上片，着重于写景言史。

起首两句，词人在抒情中写景：我高声吟唱“大江东去”，惊起了江水中的鱼龙。首句抒写情怀，用“高唱”二字表达了词人豁达的胸怀，用“大江东”三字指代苏轼名作《念奴娇·赤壁怀古》一词，将推崇之意及自感相同的胸怀赋予其中，有一种“英雄所见略同”的感慨。次句写景，用“惊起”二字，来表现词人雄心之壮，连那大江之中的“鱼龙”也能“惊起”。词人以夸张手法，表达了怀才不遇的悲恨。

“何人横槊太匆匆。未锁二乔铜雀上，那算英雄。”这三句，是词人于言史中蕴情：追想那横槊赋诗的“一世之雄”曹操，他也有些过于匆忙，未能以铜雀台锁住二位天姿国色的美人——大乔和小乔，哪里算得上是英雄！这里，词人巧妙化用“（曹操）横槊赋诗，固一世之雄也，而今安在哉！”（北宋·苏轼《前赤壁赋》）和“铜雀春深锁二乔”（唐·杜牧《赤壁》）之意，表达词人不以曹操为意的雄心壮志和博大胸怀。

词的下片，着重于直抒胸臆。

过片两句，词人抒写自己凄楚的遭际：人生如梦，让我举杯敬酒，来祭奠那长空中的明月，因为我尚且如那飘蓬一般四处飘荡。这里，词人又化用“人生如梦，一尊还酹江月”（北宋·苏轼《念奴娇·赤壁怀古》）之词意，表达“犹有壮心在，付与百川流”（南宋·张元幹《水调歌头》）的失意之情。

词末三句，是词人直接抒发愤愤不平之情：让我敞开衣襟，姑且让那痛快的雄风吹来。我的长剑何时才能光芒闪烁倚天外，直插云霄。这里，词人又化用“披襟”（见战国楚·宋玉《风赋》）和“长剑”（见宋玉《大言赋》）的句意，表达了自己激烈之壮怀，有一种“倚风长啸，夜深霜露凄冷”（南宋·张绍文《酹江月》）的悲愤。

这首词风格豪放，用典、化用精妙。词人特别欣赏苏东坡豪放的词风，学习效仿极用苦功，因而此词是词人仿苏最得意、最成功的作品。此词有苏词之特点，可说是形、神兼有。在手法上，全词几乎句句用典，句句化用，但不留痕迹，自成一格，确有东坡之遗风。

王 鹏 运

王鹏运（1848—1904），字幼遐，号半塘，晚号鹜翁、半塘僧鹜，临桂（今广西桂林）人，晚清词人。同治九年（1870）举人，历官内阁侍读、监察御史、礼科给事中。词名甚著，与况周颐、朱孝臧、郑文焯合称“清末四大家”。有《半塘定稿》存世。

满江红·送安晓峰侍御谪戍军台①

荷到长戈，已御尽、九关魑魅②。尚记得、悲歌请剑③，更阑相视④。惨淡烽烟边塞月，蹉跎冰雪孤臣泪。算名成、终竟负初心，如何是？　天难问⑤，忧无已⑥。真御史，奇男子。只我怀抑塞⑦，愧君欲死。宠辱自关天下计，荣枯休论人间世⑧。愿无忘、珍惜百年身，君行矣。

注 释

① 安晓峰：安维峻，字晓峰，甘肃秦安人。光绪六年（1880）进士，中日甲午战争时期，上疏痛斥李鸿章“挟外洋以自重，固不欲战”，反对慈禧太后控制光绪，后被谪戍张家口军台。

② 九关：天门九重，指宫阙、朝廷。魑魅（chīmèi）：山林精怪，指朝中奸佞。

③ 请剑：典出《汉书·朱云传》：“云曰：‘今朝廷大臣上不能匡主，下亡以益民，皆尸位素餐，孔子所谓“鄙夫不可与事君”，“苟

患失之，亡所不至”者也。臣愿赐上方斩马剑，断佞臣一人以厉其余。’”后以“请剑”指忠直敢谏，请诛奸佞。这里指词人和安晓峰联名弹劾李鸿章的事。

④ 更阑：更深夜尽。

⑤ 天难问：朝廷的旨意难以琢磨。

⑥ 已：停止。

⑦ 抑塞：抑郁、郁闷。

⑧ 荣枯：比喻人世的盛衰、穷达。

题 解

这首词是词人送别被贬到军台的友人安晓峰时所作。上片写安晓峰上疏被贬之事，塑造了一位敢于揭露朝廷昏聩的斗士形象，赞誉了安晓峰以国家社稷为重，敢于直谏的品格。“悲歌请剑”写词人追忆自己当初和友人联名上疏弹劾李鸿章的事情：二人在深夜共拟谏章，会心相视，斗志昂扬。“惨淡”“蹉跎”等词写友人被贬张家口军台。“算名成”写安晓峰因直谏获罪，声震中外，虽声名鹊起，却不是他的本意。下片抒写词人对友人的敬佩之情和劝勉之意。词人以屈原比友人，言其耿耿忠心，为国家命运忧心不已。词人自谦不如友人勇敢，自责无力救助友人，因此有“愧君欲死”之语。词的最后，词人劝勉安晓峰此去多保重身体，盼其早日回来，继续战斗。全词志气高昂，精神积极向上。

赏 析

词人曾和安晓峰联名弹劾李鸿章。此词通过叙写安晓峰上疏被谪之事，表达了对友人的敬佩和慰勉之情，并把一种积极向上、志气高扬的人生追求寄寓词中。

词的上片，着重叙写友人上书被谪之事。

开篇两句，是词人对友人的赞誉：你在任御史期间，以国事为重，忠心为国，不顾个人安危，屡次上书朝廷，痛斥李鸿章崇洋卖国的行径，尖锐批评慈禧太后的不作为。词人乍一开篇，直言不讳，赞扬友人忠于职守、爱国尽责的精神。这里，词人以“荷”“戈”借指友人谪戍军台，以“九关”喻指朝廷（见《楚辞·招魂》：“虎豹九关，啄害下人些。”），以“魑魅”喻指朝中奸佞。由此可见词人褒贬得当，爱憎分明。尤其是“荷到长戈”“御尽九关魑魅”，成功塑造了一位为国爱民、不畏权贵的斗士形象，蕴含了一种豪壮之气。

接下来两句，是词人对上疏弹劾之事的回忆：我现在仍然记得，我们曾于光绪十九年（1893）七月，联名弹劾李鸿章。我们在御史台，深夜共同草拟上疏的谏章，是那样的会心知意。这里，词人用“请剑”的典故（见《汉书·朱云传》），来赞美友人直言敢谏的爱国情操。“更阑相视”，又巧借“相视而笑，莫逆于心”（见《庄子·大宗师》）之典，用生动的细节描述两人草拟谏章之情景，更见出他俩确是志同道合的莫逆之交。

随后两句，是词人描写别离情景：在这凄冷的月夜，想那边塞烽烟暗淡、弥漫，如今你独自一人却要前往；想到那如覆冰雪的蹉跎岁月，不由得让人热泪涔涔。这里，词人借用汉代苏武牧羊的故事，喻指友人远谪军台。这两句对仗工整，景中蕴含深情。

“算名成”这两句，词人直接抒写内心的悲哀：你因直谏获罪，虽成就了你的英名，但毕竟辜负了我们忠心救国的初心！如今你又远谪而去，我们又如何能挽救国家的危亡呢？这里，词人道出了苦衷，一片爱国真情极为感人，也道出了他们的心声。确实是“时危见臣节，世乱识忠良”（南朝宋·鲍照《代出自蓟北门行》）！

词的下片，词人着重表达对友人的敬佩和勉励之意。

过片六句，词人表达他对友人的敬佩之意：你在皇帝心意难测的情况下，仍然忠心耿耿，为了国家命运忧心不已。屡次上疏直谏，完全尽到了御史的职责，是真正磊落奇伟的男子汉！只是我的心中愤懑郁结，惭愧无能：既不能如你一样犯颜直谏，又无力救助于你。词人坦露心迹，把同为御史的自己的愧疚之心直陈于友，自责、自谦和自勉之意皆含其中。其实，词人亦因直言进谏而名震天下。由此可见，这里自谦的成分所占比重较大。

随后两句，抒写词人对友人的劝勉：我们不必计较人世间一时的荣辱得失，继续要不忘初心，以天下为己任。这里既是勉励友人，也是词人的自我鞭策。

词末两句，是词人对友人的祝愿：今天你就要远谪而去，我希望你珍惜身体，不忘拯救国家之使命。词人卒章显志，以一颗拳拳爱国之心，与友人肝胆相照，至忠至诚，感人至深。

这首词情真意挚，手法巧妙。词人将叙事、抒情和议论相结合，把眼前之情景和往事追忆相融汇，又巧妙运用比喻、用典及细节描写等手法，把自己的忧国和敬友之心表现了出来。

谭 嗣 同

谭嗣同（1865—1898），字复生，号壮飞，湖南浏阳人，近代著名政治家、思想家。光绪二十二年（1896）为候补知府，在南京候缺。中日甲午海战后，在浏阳倡立新学社，创办“南学会”，办《湘报》，宣传变法思想。因参与戊戌变法，失败后被杀，为“戊戌六君子”之一。能文，工诗，词仅一首。风格雄健。有《谭嗣同全集》留存。

望海潮·自题小影

曾经沧海，又来沙漠①，四千里外关河。骨相空谈②，肠轮自转③，回头十八年过。春梦醒来么④？对春帆细雨，独自吟哦。唯有瓶花，数枝相伴不须多。　寒江才脱渔蓑。剩风尘面貌⑤，自看如何？鉴不因人⑥，形还问影，岂缘醉后颜酡⑦。拔剑欲高歌。有几根侠骨，禁得揉搓？忽说此人是我，睁眼细瞧科⑧。

注 释

① 又来沙漠：当时词人随父亲重返兰州。

② 骨相：古人以骨相推论人的命运和性格。

③ 肠轮自转：古乐府《古歌》：“心思不能言，肠中车轮转。”指忧郁伤感，心绪不宁。

④ 春梦：春日之梦，比喻易逝的荣华和无常的世事。

⑤ 风尘：比喻纷乱的社会或旅途的艰辛劳累。

⑥ 鉴：镜子。
⑦ 颜酡（tuó）：因饮酒而面红。
⑧ 科：古典戏剧中指示角色表演动作时的用语。这里指照片里自己的动作姿态。

题 解

词的上片写词人重回千里之外的西北，回忆过往十八年自己经历的种种事情，感慨命运磨难之多。“独自”“唯有”“不须多”等词，写出词人的孤独寂寞，委婉地评价了当时的时局，抒发了心中的抑郁伤感之情。词的下片“脱渔蓑”，指词人自己参政的事情。词人看着自己的照片，写自己脸红得好似喝醉酒，实际上是因为对当时恶劣政治环境的愤怒。词人激流勇进，拔维新之剑，直刺清廷中的顽固守旧势力。词的结尾以一种调侃的口吻自嘲，情感含蓄，又趣味颇多，给人以生动活泼之感。

赏 析

这首词是清代政治家、词人、“戊戌六君子”之一的谭嗣同所作，也是词人仅存的一首词，作于光绪八年（1882）词人满十八岁之时。词人叙写了自己的成长历程，表达了拔剑高歌、有所作为的豪情壮志。

词的上片，着重回顾自己的成长历程。

开篇三句，词人概括叙写自己的过往：我曾经走南闯北，如今又一次来到西北，在四千里的路途之中，我经历了众多的山河关隘。乍一开篇，词人就巧妙化用“曾经沧海难为水，除却巫山不是云”（唐·元稹《离思五首》之四。沧海：大海。因海水呈苍青色，故称之。巫山：在重庆巫山东南，上有神女峰。上句语本《孟子·尽心上》：“观于海者难为水。”意即看过大海的人，别的水就难成其为水了。下句用宋玉《高唐赋》写巫山神女旦为朝云、暮为行雨的故事，即除开巫山的云，其他地方就不成为云了。两句本指爱情的专一。）和“关河梦断何处”（南宋·陆游《诉衷情》）之词意，创造了一个深邃、渺远的意境。以“沧海”“沙漠”和“关河”等词写出一个广博的“一鸟随云度莽苍”（谭嗣同《览武汉形势》）的气势。

后面四句，叙写自己的人生经历和思想的变化：人的形体相貌决定不了命运，内心的悲痛和忧思不能用言语来描述，回头一想十八年已经过去，从春梦中还能醒来么？这四句，既可见出词人识见非同一般，又用“春梦醒来么”一句见出词人思想之成熟。

接下来的四句，是词人对当时社会的认识：细雨滋润万物，春风鼓荡船帆，小照中的我，在这充满生机与希望的季节，独自吟哦。只剩下瓶花数枝与我相伴就已经足够了。这里，词人点明词题，表面是写自己，实则影射晚清：“难有瓶花”，难保长治久安，穷奢极欲，必将亡国！

词的下片，是词人揽镜自照而生发出的壮志豪情。

过片六句，是词人持镜“小照”的观感：我刚由湖湘之地来到这里，饱经风霜，揽镜自照，但见满面风尘。镜子不会随人的意愿，我感到自己形貌变化之大，难道是我醉酒后发红的脸色使我的形貌发生变化了吗？这里，词人巧妙化用“孤舟蓑笠翁，独钓寒江雪”（唐·柳宗元《江雪》）、“以人为镜，可以知得失”（北宋·司马光《资治通鉴·唐太宗贞观十七年》）及“朱颜酡些”（《楚辞·招魂》些：语助词。）之意，表达他对当时政治环境险恶、国势衰微的愤懑。

随后三句，词人直抒胸臆：我拔出锋利的宝剑想要高歌猛进，可面对如此局势，我又有多少侠义之骨，经得起消磨？这里，词人以“拔剑”“侠骨”和“高歌”等词，表达了词人“有约闻鸡同起舞”（谭嗣同《和仙槎除夕感怀》）的自强不息、振作奋发的进取精神。

词末两句，是词人的自我调侃：忽然之间，醒悟过来，知道说的这个人是我，睁眼细看，难以相信。这里，词人以自嘲收束，既生趣味、生动活泼，又将无限的憧憬之意蕴含其中，有一种一心报国、舍我其谁的雄心壮志在！

这首词构思精妙，情感真挚强烈。词人面对自己的“小照”，叙写经历，抒发壮志豪情，角度新颖、巧妙，似写别人，实写自己，足以见词人爱国之“肝胆”（词人有“我自横刀向天笑，去留肝胆两昆仑”（《狱中题壁》）之名句）。

秋　瑾

秋瑾（1875—1907），字璇卿，号竞雄，别号鉴湖女侠，近代民主革命志士，为辛亥革命做出了巨大贡献。从日本留学归国后，倡办《中国女报》，因为反清而遇害。有《秋瑾集》。

满　江　红

小住京华①，早又是中秋佳节。为篱下黄花开遍，秋容如拭②。四面歌残终破楚③，八年风味徒思浙④。苦将侬强派作蛾眉⑤，殊未屑⑥！　身不得，男儿列，心却比，男儿烈。算平生肝胆，因人常热⑦。俗子胸襟谁识我？英雄末路当磨折。莽红尘何处觅知音？青衫湿！

注　释

① 京华：指北京。

② 秋容如拭：写秋色明净，好像擦洗过一样。

③ 四面歌残终破楚：用项羽四面楚歌的典故。这里指中国被列强围攻。

④ 八年风味徒思浙：八年来空想着故乡浙江的风味。

⑤ 侬：我，常见于古诗文。

⑥ 殊：很，极。未屑：不屑。

⑦ 因人常热：为别人而屡屡激动。

题 解

这首词作于1903年。全词基调高昂，词风健雅，所抒情感复杂真切。词的上片写中秋佳节，词人暂住北京，当时菊花灿烂，秋光澄澈。想到国家动荡，前景灰暗，又因八年未归而思故乡浙江，而自己也不屑做一个世俗女子。下片用几个短句，将词人的巾帼英雄形象勾勒出来，表达了词人的远大抱负。词人生活中的种种不被理解，令她发出“俗子胸襟谁识我？英雄末路当磨折”的感叹。词人感叹尘世如此广阔却不知从何处觅知音，无奈只能黯然神伤。具有英雄理想的秋瑾得不到丈夫的理解，更惨遭毒打，于是她逃脱了囚笼，远赴日本，成长为一位杰出的革命家。

赏 析

这首词是清代女词人、“鉴湖女侠”秋瑾于1903年中秋节的述怀之作，表达了词人冲破家庭牢笼、投身革命的坚定决心。亦表现出词人的个性和才情及强烈的爱国主义情怀。

词的上片，词人着重叙写不堪回首的婚后八年的生活，以及冲破家庭牢笼的愉悦。

起首二句，直接点明了写作时间：我在京城小住数日，转眼间就又到了中秋佳节。“小住”二字，说明词人在京城居住的时间不是很长。“早又是”，写出时间过得很快，与词人春末进京时的“潼潼水势向江东”（秋瑾《赤壁怀古》）之心情显然不同，似有悲苦隐含其中。

下面四句，词人见景而思八年婚后之苦悲和冲破家庭牢笼之愉悦：篱笆下面的菊花都已盛开，秋色明净，就像刚刚擦洗过一般。四面的歌声渐歇，我也终如汉之破楚，突破了家庭的牢笼，如今一个人思量着在浙江时那八年的生活况味。这里，词人先化用陶渊明“采菊东篱下，悠然见南山”（《饮酒》其四）之诗意，用“秋容如拭”来衬托她冲出家庭牢笼之喜悦。再以“四面楚歌”之典，寄寓词人胸中的愤懑不平。“八年风味”，是对她不幸婚姻的概括和总结：词人二十岁，由父母包办嫁与湘潭巨富王氏幼子，谁知王某乃是一个俗不可耐的纨绔子弟，整天只知吃喝玩乐、寻花问柳，哪里还有共同语言？！夫妇感情极为不好。词人这样的一位才情奇高、坚强豪爽、极有追求之人，却被封建礼教死死钳制，她的内心被“恨煞无力回天”之恨和“侠骨前身悔寄身”之悔折磨，痛苦不堪！此词写后不久，她便东渡日本，投身革命。

“苦将侬”二句，是词人进一步抒写她对“八年风味”的极为不满：他们苦苦地想让我做一个贵妇人，其实，我是多么地不屑啊！这里，词人着一“苦”字，把无限凄楚蕴含其中。

词的下片，着重抒写词人虽有凌云之志、却知音难觅的愁楚。

过片四句，是词人的自我写照：今生我虽不能身为男子，加入他们的行列，但我的心，却要比男子的心还要刚烈。这里，词人一连用四个三字句，铿锵有力地表达出自己的抱负和志向，有一种“漫云女子不英雄，万里乘风独向东！”（秋瑾《日人石井君索和即用原韵》）的英雄气概。

接下来四句，词人直抒胸臆：想想平日，我的一颗心，常为别人而热。那些庸俗之人，心胸狭窄，怎么能懂我呢？！英雄在无路可走之时，难免要经受磨难挫折。词人用“肝胆”二字，表达了“拚将十万头颅血，须把乾坤力挽回”（秋瑾《黄海舟中日人索句并见日俄战争地图》）的心声。

词末的两句，是词人的慨叹：在这莽莽红尘之中，哪里才能觅到知音呢？不由得眼泪打湿了我的衣襟。这里，词人直陈心事，叙说忧虑和担心，极真实地反映了一个革命者踏上革命征程的思想状况。

这首词最显著的特点是“真”。词人真实、真切而又真诚地叙写了自己冲破家庭牢笼、走上革命道路的心路历程，其情其志可歌可泣，把强烈的爱国主义情怀融会词中。

黄　人

黄人（1869—1913），初名振元，字慕韩，号慕庵，中年改今名，字摩西，江苏昭文（今江苏常熟）人，近代作家、批评家。光绪二十六年（1900）受聘为东吴大学堂文学教习。读书甚广，有奇才，与当时苏州的李思慎、沈修、朱锡梁被文坛合称为“苏州四奇人”。编有《中国文学史》数十册。有《摩西词》八卷。

木兰花慢

问情为何物，深似海，几人沉？算麝到成尘[①]，蚕空遗蜕[②]，生死相寻。英雄拔山盖世，也喑哑叱咤变哀吟[③]。何况痴男怨女，天荒地老愔愔[④]。　沾襟。有千丝万缕系双心。总慧多福少，别长会短，欢浅愁深。无论人间天上，便一般煮鹤与焚琴[⑤]。牛女离长间岁[⑥]，纯狐寡到如今[⑦]。

注　释

① 麝到成尘：余香不断的意思。麝：雄麝鹿可以分泌麝香，有异香。唐温庭筠《达摩支曲》：“捣麝成尘香不灭，拗莲作寸丝难绝。”

② 蚕空遗蜕：蚕吐完丝后留下所蜕之皮。

③ 喑（yīn）哑：发怒吼叫。英雄二句这里指项羽和虞姬的故事。《史记·项羽本纪》载，项羽败垓下，知局势已无可挽救，在帐中对虞姬悲慨而歌：“力拔山兮气盖世，时不利兮骓不逝。骓不逝兮可奈何，虞兮虞兮奈若何？”

④ 愔愔（yīnyīn）：安静和悦。

⑤ 煮鹤与焚琴：把琴当柴烧，把鹤煮了吃。比喻糟蹋美好的事物。

⑥ 牛女：指牛郎织女。间岁：隔一年。

⑦ 纯狐：指嫦娥。传说嫦娥奔月后，和后羿永别。

题 解

这首词是一首歌咏爱情的悲歌。词人黄人是晚清“苏州四奇人”之一，才华横溢，言论狂放。这首词开头化用元好问的“问世间情为何物，直教人生死相许”两句，感慨情深似海，令人沉沦。写麝香和蚕，言爱情的缠绵难分。词中写项羽和虞姬的爱情悲歌，而世间的痴男怨女即使难成眷属却能真情永存。下片的“沾襟”，直言为爱流泪，聚少离多，欢喜浅，哀愁深。无论是天上还是人间，美好的爱情像牛郎织女和嫦娥奔月一样，总是磨难多多。全词所用典故均为反面，词人感慨美好的爱情终不能圆满，既然如此，还是看开、看淡一些为妙。

赏 析

这首词是清代词人黄人所作，是词人为情所困、郁结于心且深受金代词人元好问“问世间、情是何物，直教生死相许”（《迈陂塘》）之影响的作品。词人独辟蹊径，从一个独特的角度，发表了对古今言说的“情”之看法，确实做到了“情欲信，辞欲巧”（出自《礼记 · 表记》，意为：感情要真实，言辞要巧妙。）之写作要诀。

词的上片，着重咏写情深难测。

开篇三句，是词人百思不得其解的发问：问问情啊，你究竟是什么物事？你深似大海，不知有多少人沉溺于你而不能自拔？！乍一落笔，词人就化用元好问的名句，以极为痴情、执着的口吻，提出令词人亦百思不得其解的、倍含愁闷和苦痛的问题。且用不答之答的“深似海，几人沉”的事实来再推深一层，把“情生于有情之地”（唐 · 李峤《答李清河书》）的情之无所不在写了出来。

接下来三句，是他对“沉”之解释：推想你麝化为尘，亦是余香不断；春蚕到死，你犹未已；为你生死相许，忠贞不渝。这里，词人从形消神存、相思不已和生死不渝三个方面揭示了“情”之本质。化用“捣麝成尘香不灭，拗莲作寸丝难绝”（唐·温庭筠《达摩支曲》）、“春蚕到死丝方尽”（唐·李商隐《无题》）之诗意，巧妙而直至“情”之本质。

下面四句，词人通过事例来说情：“西楚霸王”项羽“力拔山兮气盖世”（《史记·项羽本纪》），英雄一世，但在垓下之围、四面楚歌之时，也由发怒吼叫而变成“虞兮虞兮奈若何”（《史记·项羽本纪》）的哀吟。何况那些一般的痴男怨女，他们虽然默默无闻，但在苦情相恋而难成眷属之时，犹能做到地老天荒、真情永存。词人从特殊到一般，用具体的事例说明了“沉”之具体表现。

词的下片，着重感叹情之可哀。

过片两句，词人归结上片的种种至情：情到悲处，常常令人泪流沾襟。因为有那千丝万缕的情系于两人心上。词人由现象揭示本质，点明了至情所蕴含的悲剧因素，且以形象的“沾襟”出之，做到了化抽象为形象。

接下来三句，词人承上具体说明“沾襟”的具体情形：但总是真心相爱的多，而获得爱情幸福的却极少；两相厮守的时日短，而别离相思的时日却很长；两相欢娱缠绵、难舍难分之情浅、少，而悲绪满怀、相思相念之愁深、多。这三句，词人由“总”字领起，从三个方面说明了“沾襟”之悲。且与上片的“算”字对比、照应，词意绵密。

词末四句，是词人得出最后的结论：不论天上人间，便都是美好爱情惨遭糟踏。就如那牛郎织女私自相恋违背天律，竟被罚隔河相望，一年仅得会面一次；更有那月中嫦娥，为情窃那不死之药，与丈夫永诀到如今。这里，词人用“煮鹤焚琴”的成语和牛郎织女及嫦娥的事例，同时化用“碧海青天夜夜心”（唐·李商隐《嫦娥》）之诗意，表达了“天上如此，人间更不用多说”之意，深化了词旨。

这首词构思奇特，情感深挚。词人颇似一位超脱尘世而论说情感的智者，来开导情迷之人。词人巧设疑问，以人间、天上古今悲情故事循循善诱，即使迷者饱受情海煎熬之苦，也终能度过“情”关。看似少有主观情感参与，实则融词人一生真切体验及感悟于其中。